KB270385

조운 문학 전집

편자

이동순 李東順, Lee Dong-Soon

조선대학교 자유전공학부 교수. 가사문학의 산실인 전남 담양군 남면에서 태어나고 자랐으며, 전남대학교에서 「조태일 시 연구」로 박사학위를 받았다. 저서로『움직이는 시와 상상력』,『광주 전남의 숨은 작가들』,『광주문학 100년』,『광주의 시인들』등이 있으며, 편저로『조태일 전집』, 『박흡 문학 전집』,『목일신 전집』,『목일신 동요곡집』,『정태병 전집』,『땅의 노래-조태일의 시세계』,『조종현 전집』등이 있다.

조운 문학 전집

초판 1쇄 발행 2018년 1월 30일 **초판 2쇄 발행** 2018년 3월 30일
기획 영광문학기념사업회 **지은이** 조운 **엮은이** 이동순 **펴낸이** 박성모 **펴낸곳** 소명출판
출판등록 제13-522호 **주소** 서울시 서초구 서초중앙로6길 15, 1층
전화 02-585-7840 **팩스** 02-585-7848
전자우편 somyungbooks@daum.net **홈페이지** www.somyong.co.kr

ISBN 979-11-5905-267-5 04810
ISBN 979-11-5905-266-8 (세트)

값 37,000원
ⓒ 영광문학기념사업회, 2018

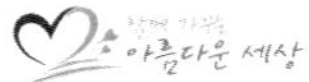

이 책은 지역문화진흥을 위하여 한수원(주) 한빛원자력본부에서 지원하였습니다.

매제 서해 최학송(오른쪽)과 조운(1930년대 초)

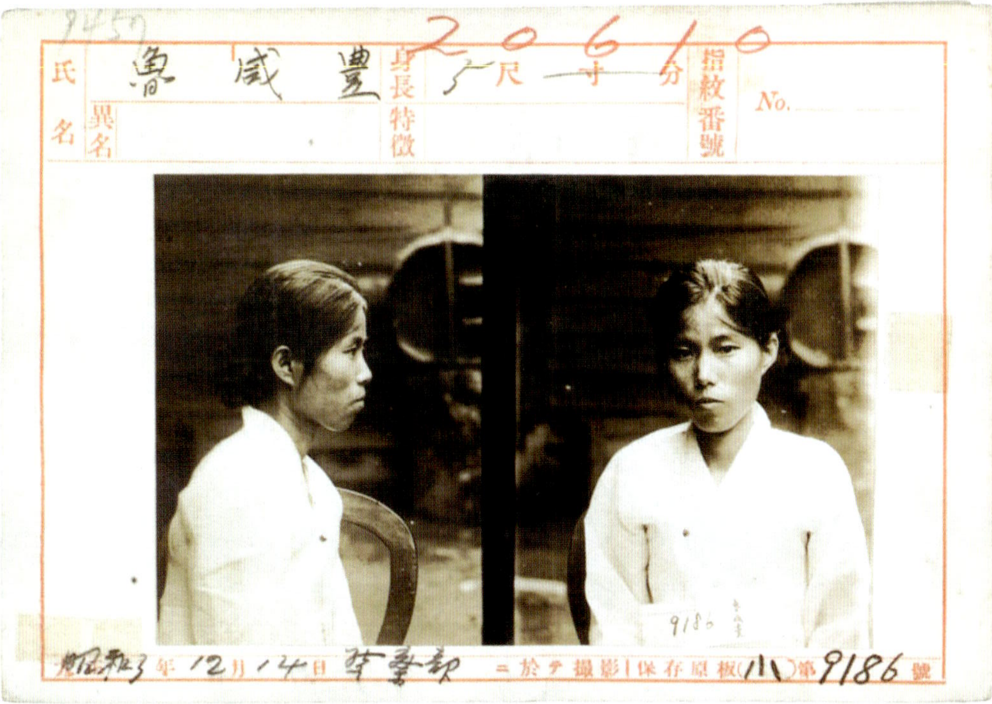

일제의 감시 대상자였던 조운의 부인 노함풍(1927)

조운의 딸 나나의 남장한 모습

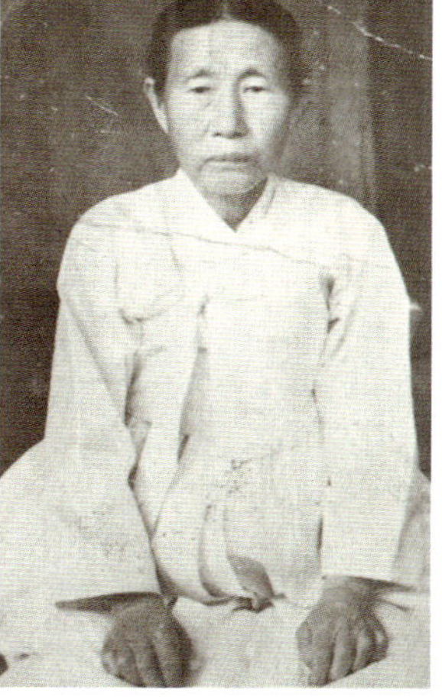

조운의 어머니(위)와 누나들
(아래 왼쪽부터 첫째 누나 조현승, 둘째 누나 조영모, 셋째 누나 조영정)

장녀 나나의 결혼 기념 사진(앞줄 왼쪽 세 번째부터 사위, 나나, 부인, 조운, 어머니)

조운의 셋째 누나 조영정과 매부 위계후

이을호 고택에 모인 1920년대 영광의 지도급 인사들(앞줄 왼쪽부터 두 번째가 조운, 그 옆이 이을호)

가족사진(1924)

(뒷줄 왼쪽부터 매부 위계후, 셋째 누나 조영정, 한 명 건너 동생 조분려, 막냇동생 조금주, 첫째 누나 조현승, 한 명 건너 조운, 첫째 누나의 장남 김원섭, 작은매부 이양호, 앞줄 가운데의 오른쪽이 조운의 어머니, 둘째 누나 조영모)

영광 사람들과 함께 찾은 금강산 비로봉(1930년대)(왼쪽 첫 번째가 조운)

서해 최학송의 묘비 제막식에 모인 문인들(1934)(뒷줄 오른쪽 끝이 조운)

동서들 사이의 망중한(1936)
(오른쪽 끝이 조운)

조운의 가족사진(1941)
(왼쪽부터 3남 명재, 차남 청재, 조운, 사위 임 씨, 장남 홍재, 부인 노함풍 씨, 딸 나나)

일제하 영광지역 민족운동의 본거지이며 영광중학원 교사로 사용되던 영광 향교 명륜당

영광 불갑산 연실봉에서(1936)(중절모 쓴 이가 조운, 그 옆이 부인 노함풍)

조운 문학전집 화보 | 9

매제인 죽창 김형모의 묘비 제막식(1935)(뒷줄 왼쪽 두 번째가 조운)

가족사진(1936)(뒷줄 오른쪽에서 세 번째가 조운, 두 번째가 부인, 앞줄 오른쪽에서 세 번째가 장남 홍재)

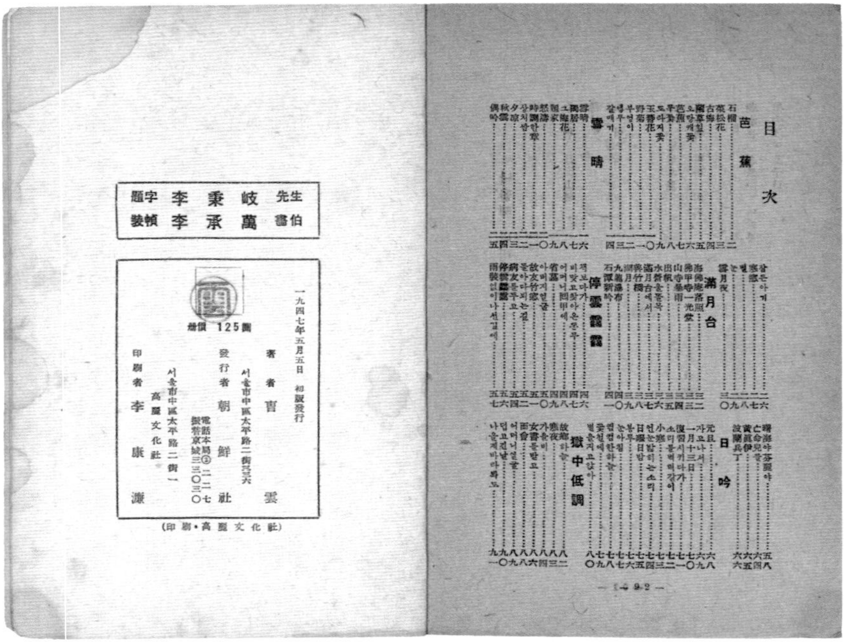

목차:

目次

芭蕉

雪晴

滿月台

停雲靄靄

獄中低調

日吟

판권:

題字　李秉岐先生
裝幀　李承萬書伯

一九四七年五月五日　初版發行

著者　曺雲

發行者　朝鮮社
　서울市中區太平路二街二六
　電話本局② 二二
　振替京城　三三〇三〇七

印刷者　李康濂
　서울市中區太平路二街一
　高麗文化社

冊價　125圓

(印刷·高麗文化社)

『조운시조집』 표지와 목차, 판권(조선사, 1947.5.5)

靜 州
硏 學 會 報
十 二 月 號
THE NEWS
OF THE ZŎNG-ZU STUDING SOCIETY
1945 : 12 : 15 發行 (每月15日 發行)
第 1 卷　第 2 號

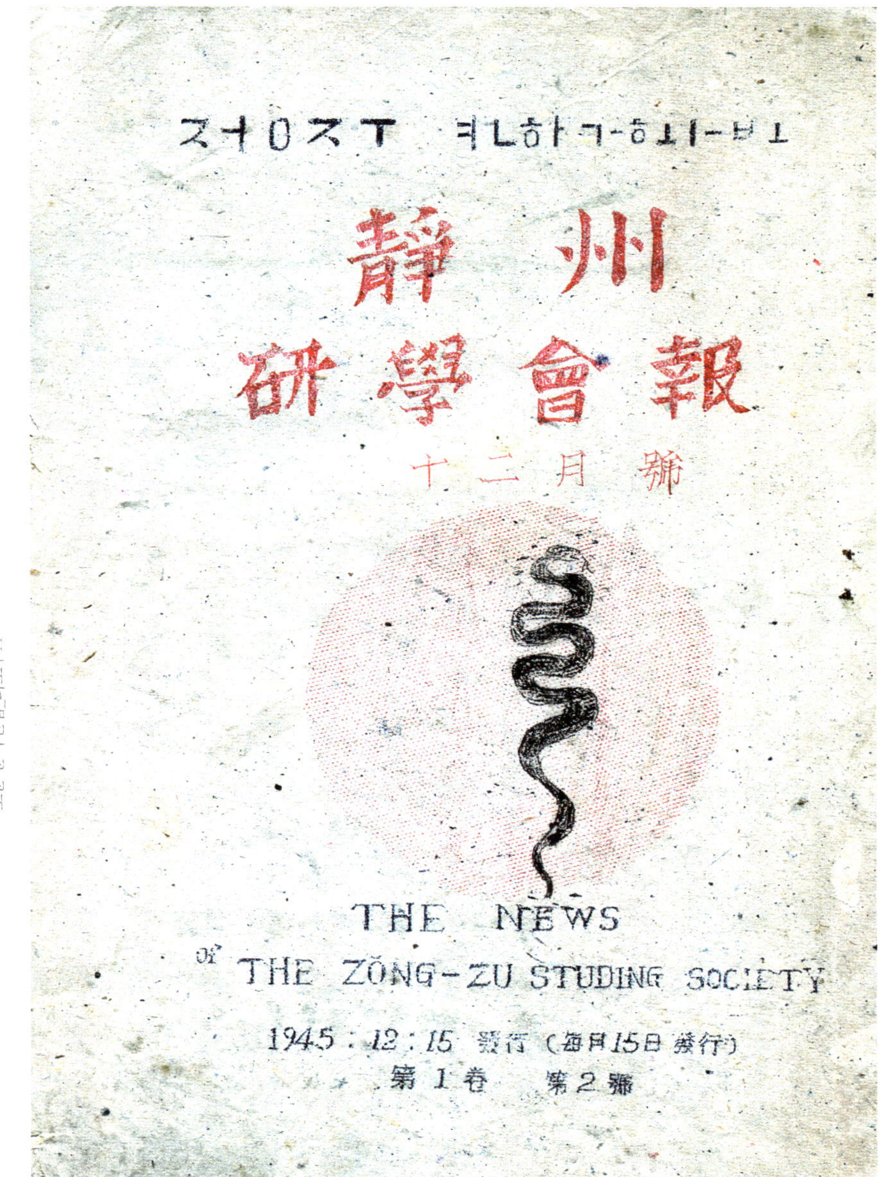

『정주연학회보』(1945)

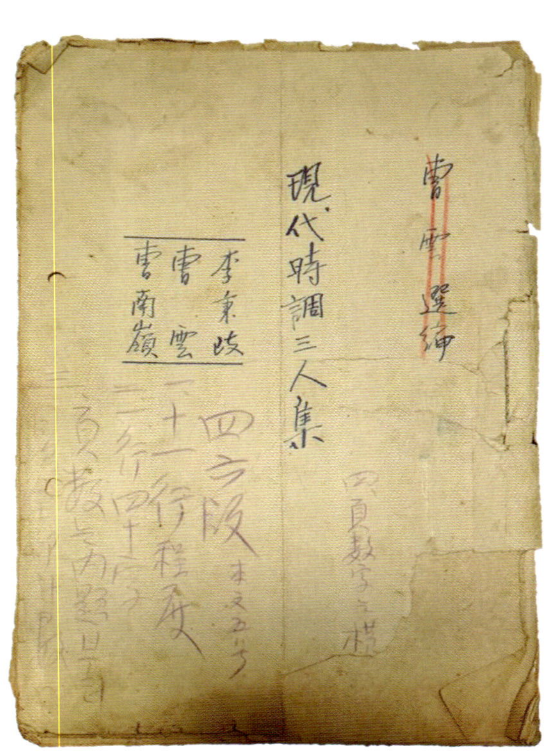

조운이 내려고 했던
『현대시조삼인집』

『조운시조집』(작가, 2000)

『조운문학전집』(남풍출판사, 1990)

『조선창극집』과 목차, 판권지
(료녕인민출판사, 1955)

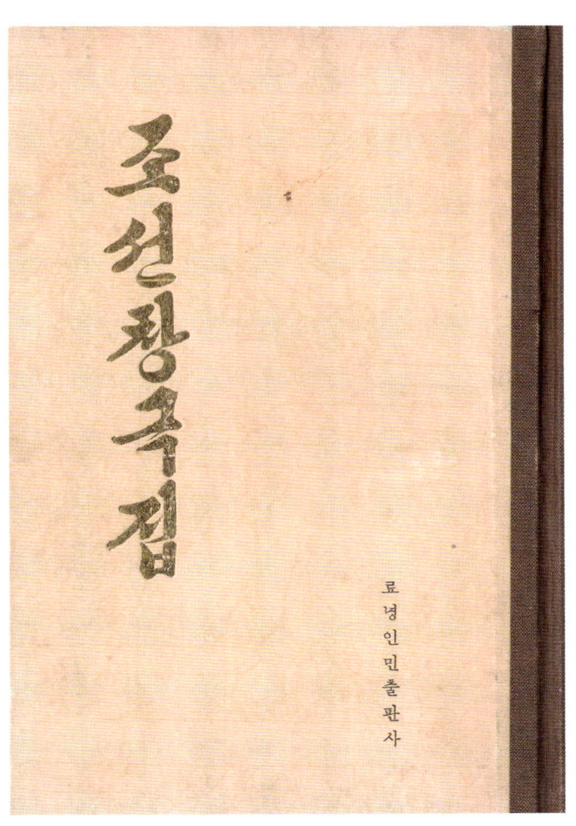

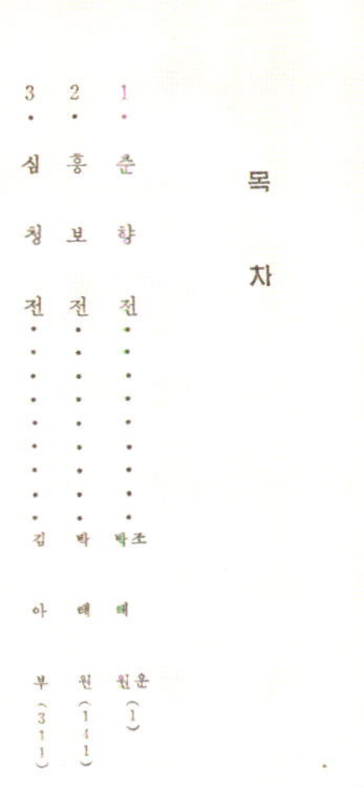

목
차

1. 춘향전 ·········· 박태원 조운 (1)
2. 흥보전 ·········· 박태원 (141)
3. 심청전 ·········· 김아부 (311)

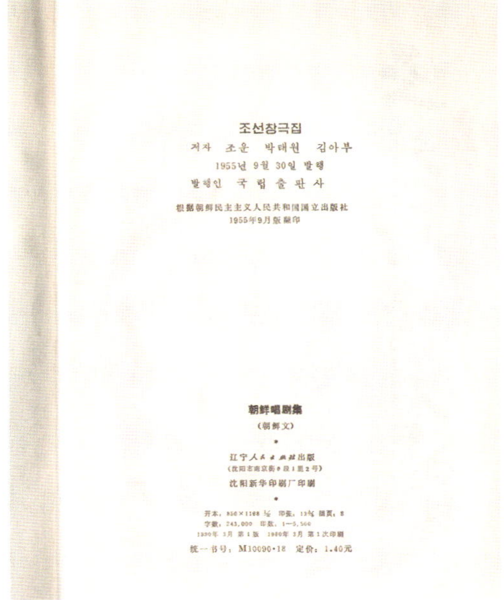

조선창극집
저자 조운 박태원 김아부
1955년 9월 30일 발행
발행인 국립출판사

根據朝鮮民主主義人民共和國國立出版社
1955年9月版 飜印

朝鮮唱劇集
(朝鮮文)
*
辽宁人民出版社出版
(沈阳市南京街○段1□2号)
沈阳新华印刷厂印刷
*
开本：850×1168 1/32 印张：13¼ 插页：8
字数：243,000 印数：1—5,500
1990年 3月 第1版 1990年 3月 第1次印刷
统一书号：M10090·18 定价：1.40元

『조선구전민요선집』(조선작가동맹출판사, 1954.3)
(연변교육출판사에서 1954년 8월에 번인함)

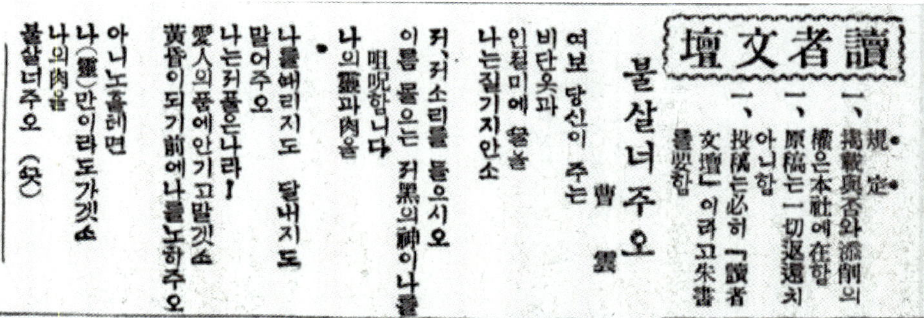

讀者文壇

規定
一、 揭載與否와 添削의 權은 本社에 在함
一、 原稿는 一切返還치 아니함
一、 投稿는 必히 「讀者 文壇」이라고 朱書를 要함

불 살너 주오
　　　　曺 雲

여보 당신이 주는
비단옷과
인절미에 뭇놀
나는 질기지안소

커-커 소리를 들으시오
이름 몰으는 커黑의 神이 나를
咀呪합니다
나의 靈과 肉을
•
나를 써리지도 달허지도
말어주오
나는 커-ㅅ풀은누나!
愛人의 품에 안기고말겟쇼
黃昏이 되기前에 나를 노하주오

아니 노흘려면
나(靈)만이라도 가겟쇼
나의 肉을
불살너주오 （끗）

조운의 첫 작품 「불 살너 주오」(『동아일보』, 1921.4.5)

모ㅅ비에집생 각이난다 (詩調)

靜州郎

비ㅅ소리 잠ㅅ결에듯고
얼시구나 모ㅅ비로다
아아豐年일시
잘든채 무릅첫네
오느라 작고오려무나
남실남실
◇
◇
달도쇠울달은
애잔하고 애잔하니
◇
비도쇠울비는
부즈럽고 귀찬컨만
나란게 農村아희라
깃불밧게
◇
어쎄ㅅ날이 쌩ㅅ햇스니
보리ㅅ대를 널엇스리
누나는 둘여싸코
어머니 뒷치울제
那那는 마르섯헤쉬
비야비야 노래하리
◇
감자움 마쳐노코
올나가라 하시든결
불안봄야 쎠나옴에
미차말도 못해쒸네

내말이 비개인뒷밧터
쏫이필가
◇
주르르 쏫는비가
얼마마니 고엿슬고
언덕밋 장고바미니
이만해도 족하것만
옷눈은 건다랭이라
줄남뿔지 엇덜지
(六•一四雨朝쇠울)

小曲二篇

泰雨村

숨사이를것닐며

집흔밤홀로 숨새를그닐면
새들은잠드러 달빗을쑴구고
써마음잠드러 녯일을쑴군다
◇
나무를흔드러 새쑴을날니면
써쑴도나르고 달빗도날너
쑴품은나래를 쉬일곳업서라
山根町숨에쉬

떠-기山쏙

셔마둑히먼 떠-산기슥에
우리넘산다오 뻑국이운다오
써마음잇다오 뻑국이울면은
寂寞도하구요 우리넘살면은
써마음질거워 쎠나기실타오
京仁線車中에쉬

「못비에 집 생각이 난다」(『동아일보』, 1925.7.20)

病友「曺雲」(外血痕)

崔鶴松

최서해가 조운의 건강을 걱정하며 쓴 글(『조선문단』, 1925년 11월호)

예! 이 사람　曹雲

쉬울어 예서八百里 머나먼 길이엇만
오자면 하로ㅅ길 길이먼게 아니드고
無心이 千里요萬里 모르는체 지내데

너는 나사는곧 七十里밧을 지벗드구나
구라여 날보자고 들려가튼 몯하야도
지냇다 藥書나날리지 내가가서 볼것을

나와 나사는곧 총총하야 잇엇든가
예기 無心할손 차마그럴 노릇인가
이사람! 너나되어그려봐라 너도짐작 잇슬타

시 「예! 이 사람」(『동아일보』, 1931.6.13)

落花時節擁羅衣
卻像江南人未歸
—— 許蘭軒

（譯時調 "石羊歌" 抄）

별, 달, 해　曹雲

◇별
十年에 하로식만 별어 밤이 잇다 하면
기나긴 겨울밤을 선채얼어 구들망정
우리터 씀박새고 서오하여 하엿다

◇달
달이 무엇이든고 ㅅ이걸쎄 이려는고
오랑캐도 니가시러 풀어가저 못가거늘
얼핏듯 창에빗최어 맘만답게 하는고

◇해
신방에 드는처자 지는해에 비길전대
안개 거듭치고 둥두렷아 돗는해는
치마폭 거어쥐고나서은 신부인듯 하여라

「별달해」(『매일신보』, 1932.1.7)

譯詩

갖옷 말아 안고

1

갖옷 말아 안고 수무관에 접어 가니
천년 비인 ○○ 추억식혀 울오 않고
장퇴인 梅花 한그루 鶴이 門을 지킨다.

(原詩)
坐久松花落小睡溫 倚倚訪夢勤家園
花時寂寂無人拉 一樹梨花鶴守門
──戰艦 李衙雄

2

굵은비 남잡아두 접직 개도 않앗가
들밤에 江불소더 진종일 들노라니
구구쑥 쑤구쑥멀에 비느거가 우노나

(原詩)
好○留人故不晴 隔憲終日鬧江聲
珠○又暖香消心 山杏花邊款款啼

번역시조 「갖옷 말아 안고」(『민성』, 1948.12)

漢江小景 (시조)　曙雲

漢江 아츰물은 어랸듯 자노매라
비위에 지어써서 넷일을 그리자니
바람이 얼굴을 시치며 부즈립다하더라
◇
江岸에 버들숩은 잠을아즉 덜쌧는지
맑은 바람에 좁氣만 피우노나
이슬이 하고흔지라 춤못추어하노라
◇
물은 파란비치, 언덕은 草綠비치
그건너 모래人벌은 안개와 한비친데
그속에 걱붉은무지개는 鐵橋라하더라
◇
烟霧 萬丈이 하늘에 다핫는데
뎅뎅 우는鍾은 어대人메로흘더오노
열린게 江물쑌이니 水宮엔듯하여라
◇
큰돗은 나무人배요 버실는배 작은點이
흐르느냐 써잇느냐 오다가조으느냐
삼개역 아츰을기다려 느릿느릿헛노라
◇
매노흔 놀이배엔 색들이와 지져귀네
체등에 케가실려 쓸쓸도 한쿼이고
바람에 써밀린배쪼각이 넘자그러하는듯하여라
◇
물이 흘러가매 언덕이 잇슬것이
언덕에 푸른버들 쇠율이 오란것이
니쏘한 물딸하새딸하 올수밧게업소랴.
── 六, 一八 안개아츰에 ──

시조 「한강소경」(『시대일보』, 1925.6.30)

누이를 보내고 — 曹雲

새도록 퍼붓고도 머결주을 모르는고
가는 비마음이 보내는나 갓게드면
細雨도 핑게를삼아 하로를어 갇랏나

큰놈은 신을벗겨 담노우에 안치우고
연한애 돌치안으며 혹시늑겨 쓸어지니
비고게 구더진듯이 江건너만 보인다

북간노 이사문은 그래도 호상이야
남군의 무쇠가튼 팔쭉같이 매달려지
어련애 늙은어머니롤 약한네가 엇젓네

어느듯 淸凉里라 나는에서 나리란다
倉寧이 千八百里 一晝夜를 가다깃만
어더룻 잠싼이머야 낫인에는 못가리

비스발는 내쌓늬치며 哀愁흐뗘 두드린다

汽笛이 멋자마자 에고옵바 나는소리
머리가 쑤썻하더니 오르르 썰린다
차라리 못할말로 죽어가는 길이라면
이러틋 쓰럽게 안늬치든 안을지며
손우의 누이만뵈어도 이닥지는 안으리

돗치서 터벅＜ 비마저며 걸어오니
「옵바 못가겟소」 울부지며 짜르는듯
무침코 도라다보고 헛기침만 하엿다

비도 얄궂지 써나차곳 개더니만
旅館 찬방에 밤기프자 쓰다진다
城津을 지별때쯤은 제반오지 마라다오

비하로가 이러길제 언마나 너는머냐?
汽車 時間表와 時計를 겨테노코
지금은 여기쯤이나하며 뜬채밤을 새웟다

二十八日午前八時三十四分
지금은네가 富寧驛에 다엇스리라

「누이를 보내고」(『매일신보』, 1932.9.29)

영광문학총서 01

이동순 엮음

조운 문학 전집

소명출판

　　시인 조운(1900.6.26~?)은 전남 영광군 영광읍 도동리 136번지에서 태어나 1919년 삼일만세운동에 참여한 후 중국으로 망명할 만큼 민족의식이 뚜렷한 사람이었다. 영광으로 돌아온 후 민족운동을 하면서 시 「불살너주오」가 1921년 4월 5일 『동아일보』의 '독자문단'에 실리면서 시인의 길을 걷게 되었다. 최서해와 깊은 교류를 통해 『조선문단』에 많은 작품을 지속적으로 발표하면서 시인의 입지를 굳혔다. 가람 이병기와 교류하면서 시조에 관심을 갖게 되었고 「법성포12경」을 시작으로 시조쓰기에 전념하였다. 그는 민중의 언어와 일상의 언어로 관념적인 시조가 아닌 생활 시조를 썼다.

　　그런 한편으로 일제의 감시에서 한시도 자유롭지 못했다. 결국 '영광체육단사건'으로 1년 9개월을 복역했다. 이후 일제는 전시동원 체제를 가동했고 많은 작가들이 친일의 길을 걸었으나 조운은 1941년부터 1947년 2월까지 절필하였다. 그는 강인한 항일 민족정신의 소유자였다. 그가 다시 작품을 발표하기 시작한 것은 해방 후인 1947년 3월이다. 이후 조운은 전남 영광을 떠나 서울로 이주하였다. 그리고 나서야 『조운시조집』(조선사, 1947)을 냈고 이병기와 조남령의 작품을 모아 『현대시조삼인집』 발간을 준비하였지만 월북과 분단으로 발간하지 못했다.

  그는 북한에서도 시조를 썼다. 특히 구전되는 민요를 수집하여『조선구전민요선집』(조선작가동맹출판사, 1954)을 냈고, 창극〈춘향전〉을 박태원과 공동 창작하였고『조선창극집』(국립출판사, 1955)을 박태원, 김아부와 함께 냈다. 그래서 시인 조운은 1988년 해금될 때까지 남한의 문학사에 이름을 거명하는 것과, 그의 작품을 읽는 것은 불온했다. 해금된 후에야 비로소 연구의 대상이 되어 고향의 뜻있는 이들이 모여『조운 문학 전집』(남풍출판사, 1989)을 발간, 그의 문학적 성과가 한 자리에 모아지기 시작하였다. 그리고 조운 탄생 100주년에 조운기념사업회에서『조운시조집』(작가, 2000)을 내면서 성과를 확산시켰다. 그럼에도 불구하고 일부 서지가 분명하지 않거나, 오류들이 반복되는 문제가 있었다. 이에 오류를 바로 잡을 필요가 있고, 사장되어 있었던 작품들이 발굴되면서 보완할 필요가 생겼다. 또한 북한에서 발표한 작품들의 경우에는 일반 대중들이 접근하기 어려운 문제를 해결할 필요가 있었다. 이렇게 새로운 전집을 발간할 필요성이 제기됨에 따라『조운 문학 전집』을 낸다.

  『조운 문학 전집』구성은 모두 3부로 구성되었으며 부록을 두었다. 제1부는 시와 시조, 제2부는 산문, 제3부는 창극이다. 제1부에는 시조 127편, 시 35편, 번역시조 1편, 제2부에는 산문 11편, 제3부에는 박태원과 공동 창작한 창극〈춘향전〉1편이다. 여기에는 해방기에 조운이 발간하려고 준비하였던『현대시조삼인집』(다행히 원본은 가람 이병기가 소장. 2017년 가람 이병기의 손주 이원배가 발견하여『가람 이병기전집』(전북대 출판문화원, 2017)에 수록하여 빛을 보게 되었다)의 작품

들뿐만 아니라 월북 이후 북한에서 창작한 작품과 박태일이 쓴 논문
「재북시기 조운 시조의 한 양상」(『열린인문학』 16권 2집)에서 밝힌 작
품까지 망라하였다. 시와 시조는 처음 발표한 원본을 정본으로 삼되
『조운시조집』에 실린 작품들은 『조운시조집』을 정본으로 삼았다.
작품의 제목은 처음 발표했던 제목으로 하되 제목이 바뀐 경우에는
바뀐 제목을 별도로 표기하여 혼란을 없앴다. 또한 발표 당시의 표
기법을 그대로 따라 썼으나 다만 동음반복으로 쓰인 '〈'와 'ㅆ'는 풀
어서 동음으로 표기하였다. 부록에는 조운의 작품 연보와 생애 연보
를 수록하였으며, 조운의 발굴작품을 대상으로 쓴 논문을 「『조운 문
학 전집』 해설」로 붙였다.

　이 『조운 문학 전집』은 영광문학기념사업회에서 영광문학에 대
한 자부심과 애정으로 편자에게 발간을 요청하여 이루어지게 되었
다. 이 과정에는 소중한 정보와 자료를 제공해준 통일부 북한자료센
터와 근대서지학회의 오영식, 엄동섭님의 동행이 있었고 소명출판
식구들의 꼼꼼한 노고가 있었다. 이 모든 분들께 고마움을 전한다.
그리고 이 땅의 시인들께 고개 숙여 경의를 표한다.

새날을 기대하며
엮은이 이동순

차례

1

시와
시조

불살너주오

『동아일보』, 1921.4.5

여보 당신이 주는

비단옷과

인절미에 쓸을

나는질기지안소

저, 저소리를 들으시오

이름 몰으른 저黑의神이나를 咀呪함니다

나의靈과肉을

나를 째리지도 달내지도

말어주오

나는저풀은나라!

愛人의품에안기고말겟소

黃昏이되기前에나를노하주오

아니노흘테면

나(靈)만이라도가겟소

나의肉을

불살너주오

（삿）

（삿）

초승달이재넘을새

『조선문단』 2호, 1924.11.

재넘은 초숭달이
쪼각구름에 남겨둔 빗을
마즈막거두랴고 할새

쎄치고 가는 님의
야속한 발자최를
일은나의 靈은

속삭이는 落葉의
애닯은 餘韻에
밋츤듯이 비틀거름으로
터덕그리립니다.

나의사람

『조선문단』 2호, 1924.11.

世上에
나를못니저 하는사람은 업다
한사람도업다

그러나 내게는
니즐수업는 한사람이잇다
꼭 한사람이 잇다

그의얼굴을 본적도업고
그의말소리를 들은적도 업는
이름도 조차 모르는 한사람이……

울기만 햇셔요

『조선문단』 2호, 1924.11.

바람 쳐불고 비오든 간밤에
나는 혼자서 울기만 햇서요

窓에젓는 비방울 방울마다
님이 그리워서
나는혼자서 울기만 햇서요

바람소리 비소리 물소리속에
밤은속절업시 깁허가는데
나는 혼자서 울기만 햇서요.

웃는채로

『조선문단』 3호, 1924.12.

예라 계집애야 고만두어라

그따윗것은 고만두어라

내 업는 시드른 곳이랑은 던지지도 마러라

줄랴면 장미꼿 붉은장미를

웃는채로 한송이 아담쑥 꺽거

타는 가삼에 품게나 주렴

山에가면

『조선문단』 3호, 1924.12.

산에 가면
나는 좃터라
바다에 가면
나는 좃터라
님하고 가면
더조흘 네라만!

立秋

『조선문단』 3호, 1924.12.

봄가고
녀름도 가고
이제는 쏘가을이다

누구라 하나
곱다는이 업것만은

철업는 이 마음은
오는철 가는 철에
무엇을 이리도 기다리노?

지는 숏을
지는 숏을
엇더케 합닛가
쇠소리 가 운대도
모르는 척하고
저혼자 지는 숏을
엇더케 합니싸

孤獨

『조선문단』 4호, 1925.1.

아— 孤獨은 宇宙의 열쇠다

나는 이제 이모든 수수썩기를

孤獨의안에서 發見하리라

孤獨은 가장 쓸쓸하고 찬것갓흐나

太陽보다 더한

熱과情이 뭉치인것이다.

나의별

『조선문단』 4호, 1925.1.

나는 별을 딸아 가랸다
아무리 불상한 사람이라도
별하나식은 다─가젓다니
내별을 차자 나는 가랸다

하고 만한 별가운대에
맛나 뵈울 줄이 잇스랴만은
아니 가든 못하겟스니
내별을 차자 나는가랸다
이몸이 고닯허 씨러질 째까지
아침 이슬이 吊상의 눈물을 흘너줄째까지
온 별숩을 헤매고 뒤지며 쏘아다니며
소리처 불으고 불너나 보랸다.

이몸은

『조선문단』 4호, 1925.1.

이몸은

날니는 닙파리

이슬에 저저 싸에 무칠 째싸지

바람부는 대로는 저녁 하날에

나붓기여 속살 그리리라

이몸은

개ㅅ가에밀닌 부서진 배쪼각

찬바람이 불어 어러붓흘째싸지

물결치는 대로는 갈대닙속에

닥첫다 밀녓다 하리라

이몸은

病든몸 부즈럽는 몸

개미가 이몸에 곡간을 질째싸지

보이는대로 들니는대로

읇흐며 노래하며

희젓한 곳에서 빌기나하리라

한줄의 소리나마

『조선문단』 5호, 1925.2.

자네의 갈길이
밧브고 먼줄을 내가알거던
구디잡을줄이야!

허나
오늘이 초여들애
달이 잇스리니

마즈막 남은
한줄의 소리나마
듯고가게나

生의씨경이

『조선문단』 5호, 1925.2.

나에게는 限업는눈물이잇다
한숨도 잇고

눈물과한숨이 限이업는만치
그만치 쏘 웃음이란 쏨도가젓다

이모든것은 다―
나의살고남은 씨경이다

이씨경이를 긁어모아
먹물로 그려노코 나는그것을
「詩」라 불은다

눈물과 비

『조선문단』 5호, 1925.2.

비는 하나님의 눈물
눈물은 마음의 비ㅅ방울이다

비는 自然을 美化하고
눈물은 사람을 淨化한다

웨그대지도

『조선문단』 5호, 1925.2.

별은 웨 그대지도 옛브며
섯은 웨 그대지도 고은고

별은웨 그대지도 놉디놉게 잇스며
섯은웨 열을이 다― 못가는고

고개를 숙엿다 들엇다
나의눈물은 웨그대지도
섯칠줄을몰으는고

春夜의 曲

『조선문단』 6호, 1925.3.

아즉도 밤ㅅ중인가
닭이나 울엇는가

窓밧게 가는비는
수접은 색씨의 말소리갓치
海岸의 봄밤을 속삭이는데

숑그리는 비닭이의
나는못견될 그소리에
木枕을 세윗다 뉘엿다
쏘 세윗다가 도로다시뉘엿다가……

아침禮拜

『조선문단』 6호, 1925.3.

아침해가 부럭부럭 솟아올은다
새는 지저귀고
짐승은 소리질은다
풀닙엔 이슬이 반짝거리며
물속에 고기는 쇠리를친다
사람아 뛰어일어나거라
祈禱하는信徒야 고개를들어라
念佛하는僧侶야 눈을쓰라

어두운밤에 입고지내든
옷은 모조리씨저버려라
光明의神은
寺院과 會堂의 神갓치
法衣와 祈禱와 祭祀를
질기지 안는다
허리를 펴라
벌어숭이로 뛰여나와
아침을 禮拜하여라

그이의꿈속에

『조선문단』 6호, 1925.3.

꿈마다 그가 보이는 것은
그가 나를생각함으론가
내가 그를생각함으론가

그가 나를생각함으로
내꿈에 그가보인다하면
그님도 응당 꿈꾸실째엔
나의얼굴을 보시련만은

이게만일 그러치안어
내가 그를 그립음으로
꿈마다 그가보인다하면

그이의 꿈속에 나의얼굴이
잇고 업슴을
뉘르다려 물어볼가?

봄ㅅ비

『조선문단』 7호, 1925.4.

비라도 봄ㅅ비니
마저나 두자

이비를 마저서
마음이 저즈면

행여나 새엄이
도다나 나도……

봄이라네

『조선문단』 7호, 1925. 4.

봄이라네
버드나무 눈이 실금실금 기어나오네

오늘밤을 자고
이제 멧밤을 거듭자고는
나도 들판으로 나아가랴네
그제는 江가 솻들이한창일테니
님씌드릴 花環하나를
곱게곱게 꾸미세나그려.

자네는 써나며 섭섭해하지마소
뒤ㅅ밧헤 대나한개 벼어두고가면
자네올동안 혼자서는
솏싸나릴 바구니를 절어노을테니.

봄!

『조선문단』 7호, 1925.4.

꽃피는 봄
바람부는 봄
아지랑이 씨고
종달새우는 봄

봄이곱기야 좀고으냐만

이를 엇저랴!
미듬성이 적으니ㅡ.

法聖浦十二景

『조선문단』 8호, 1925. 5.

仙津歸帆

山으로 올으는듯 山에서 나리는듯

오는듯이 가는듯가 가는듯이 오는듯가

沙工아 山影이잠겻느냐 桃花떳나 보아라

玉女朝雲

하늘은 물빗이오 물빗은 하늘인데

玉女峰 어제밤은 어느神仙 쉬여갓나

허리에 아츰구름만 붉으레히 웃더라

西山落照

海光이 늘실늘실 하늘에 다앗는데

먼곳은 金빗이오 갓가운곳 桃花로다

落霞에 갈매기펄펄 어갸둬야……

九岫晴嵐

暎湖亭 간밤비는 봄을얼마나 늙혓스며

九岫에 갠안개는 몃번이나 풀으럿나

길손이 술잔을들고 녯일그려……

仙庵暮鍾

山은漸漸 멀어가고 바다는 놉하진다

낙시거더 도라오니 鍾소리 어느절고
紫雲이 자자젓스니 仙庵인가하노라

鷹岩漁笛

매바위 絶壁아래 고기잡이 젓대소리
한소리 쏜한소리 山峽이 깁고깁다
물새는 나래를치며 배ㅅ전에와 노더라

東嶺秋月

霽月亭 맑은물에 笙歌를 아뢰울제
東嶺에 달이소사 고기가 쮜노매라
沙工도 사양말어라 밤새도록 마시자

後山丹楓

봄에는 軟綠香氣 여름엔 草綠그늘
단서리 하로밤에 물밋가지 붉엇서라
西風에 배부른白帆도 醉한듯이 가더라

鼎島落雁

기나긴 서리밤을 울어새은 저기럭아
鼎島의 여윈갈이 그대지 그립던가
西湖의 지새는빗을 내못니저 하노라

待郎暮烟

山밋인가 물밋인가 白鷗난다 아득한곳
漁村 두세집에 草綠에 잠겻는데
淸烟이 斜陽을씌고 길게길게 흘으더라

馬村樵歌

잔물에 沙工아희 半空에 종지리새

개건너 山비탈에 樵童의 노래소리

굴싸는 큰아기들도 흥글흥글 하더라

七山漁火

별들이 귀양왓나 봄싸라 나러왓나

고기불 一千里가 바다밧게 써잇는데

어갸차 노젓는소리 밤빗푸려 지더라

初夏唫

『동아일보』, 1925.5.16

안저도 괴로웁고
누어도 괴롭고나
덥흐면 갑갑하고
벗자니 몸이차다
아서라 돌아안고
궁글어나 보리라

이불에 몸비기고
窓밧글 내다보니
자잣빗 梧桐꼿이
소리업시 하나둘식
두어라 지는꼿이나마
헤여볼가 하노라

아마도 간밤비에
봄은무더 갓나보다
님도조차 써낫거든
하물며 시절이랴

저갈대로 두어아

(病床에서)

○ ○

붉은것 구름이오
파란것 저녁煙氣
누른소 芳草우에
흰것은 牧笛인가
山길에 소고를치니
나는樵夫……

○ ○

풀香氣 놉흔골에
달은밝어 깁숙한데
숩풀밋 바위에는
닥쌔치는 물소리라
두견이 空山에운다
맘도三更……

漢江小景

「시대일보」, 1925.6.30

漢江 아침물은 어린듯 자노매라

바위에 지어서서 녯일을 그리자니

바람이 얼굴을시치며 부즈럽다하더라

江岸에 버들숩은 잠을아즉 덜쌧는지

맑은 바람에 香氣만 피우노라

이슬이 하고흔지라 춤못추어하노라

물은 파란비치, 언덕은 草綠비치

그건너 모래ㅅ벌은 안개와 한비친데

그속에 검붉은무지개는 鐵橋라하더라

畑靄 萬丈이 하늘에 다핫는데

뎅뎅 우는鍾은 어디ㅅ메로흘러오노

열린게 江물샌이니 水宮엔듯하여라

◇

큰點은 나무ㅅ배요 벼실은배 작은點이

흐르느냐 써있느냐 오다가 조으느냐

삼개위 아츰을기다려 느릿느릿젓노라

◇

매노흔 놀잇배엔 새들이와 지저귀네

제등에 제가실려 쓸쓸도 한저이고

바람에 써밀린배쏘각이 님자그려하는듯하여라

◇

물이 흘러가매 언덕이 잇슬것이

언덕에 푸른버들 쇠꼴이오란것이

내쏘한 물쌀하새쌀하 올수밧게업소라

―六.一八 안개아츰에―

님쎄드릴선물

『조선문단』 9호, 1925.6.

나는 헛길을 거럿습니다
서울길 千里 헛거럿습니다.
長安萬戶를 뒤지고 매도
님쎄드릴 선물은
맷맷쟌엇습니다.

서울업는 보배가
시골에 잇스랴!
나는울며 村으로 도라옵니다
님뵈올 낫이업서 엇더케합니까

님쎄서는 철업는나를 기다려
洞口싸지 마지러나왓습니다
그는 이름도업는 적은풀닙을
길에서 쓰더 나를주시며
『이것이 가장 귀엽지 안으냐?』고

나의詩를읽어주는이여

『조선문단』 9호, 1925.6.

동무여 그대들이 나의詩를 닑을째엔
或 눈으로만 보는이가잇서, 빗갈이
피ㅅ빗침을 차자내기도하리라.

쏘는 코에대고 비린내를 맞는이
귀를기우려 그 리듬을 고요히듯는이도잇슬것이며
속으로 쯧을파내려고 애를쓰는이도잇슬이라.

동무여 아무러커나조하! 그러나
나의詩를 닑고는 손을 모름직이
그 글字우에 집허보기를 잇지말아다고

醫師가 알는이의 손목을 집허보듯이
눈을감고 가만히 집허보아라
……………

한번

『조선문단』 10호, 1925.7.

훨훨탄다
부글부글 싫는다
아―이가슴에 뭉클니는
이름몰을 불ㅅ덩이!

제야 밧던지 마던지
그는그에게 매이려니와
아모런곳이거나, 조하!
한번
더저나볼곳이 잇섯스면……

네가?

『조선문단』 10호, 1925.7.

네가 그사람이더냐
내그리든 사람이 네냐

깁히깁히에 앗겨둔
노래 한가락은
그게 오즉
너하나를 기다림이더라냐

엇더케할랴?
써러트릴곳 몰라하는
두어줄눈물을
아—너는엇더케할테냐!

지는쏩닙히

『조선문단』 10호, 1925.7.

지는쏩닙히
여윈 억개를
툭 툭 툭치며
훗듯는다

홍독개로 마진들
이리도 압흐리!

봄아 가려면가지
남은 웨 치며……

엇던날아츰

『조선문단』 10호, 1925.7.

엇던날이든가?
너는 그날을 記憶하늬
재ㅅ빗구름이 무겁게무겁게
덥허눌으든날 아츰

너는 나를 向하고
나는 너를 向하고
가싸히가싸히 걸어서는
걸어서걸어서 멀어지든째

그째 너는 나를보앗고
나도 너를보앗섯다
네가 나를본줄도 내가알앗고
내가 너를본줄도 너는알앗느니라

그리고 네가 나를본줄을
내가아는줄도 네가알앗고
내가 너를본줄을

네가아는줄도 나는알앗다

그러나 너는말이없섯다

그리고 쏘 나도말이업섯다. 응

말! 말! 말보다 더 —

미묘하고 神秘한것이 이世上에는 잇는것일네

아— 이사람아!

—이글몃篇을B洞C孃에게넘히고십다—

모ㅅ비에집생각이난다

『동아일보』, 1925.7.20

비ㅅ소리 잠ㅅ결에듯고

얼시구나 모ㅅ비로다

아아豊年일세

잠든채 무릅첫네

오느라 작고오려무나

남실남실

◇ ◇

달도서울달은

애잔하고 애잔하니

비도서울비는

부즈럽고 귀찬컨만

나란게 農村아희라

깃불밧게

◇ ◇

어제ㅅ날이 쌩쌩햇스니

보리ㅅ대를 널엇스리

---

* ‘靜州郞’으로 발표되었음.

누나는 들여싸코

어머니 뒷치울제

那那는 마르싯헤서

비야비야 노래하리

◇ ◇

감자움 마처노코

올나가라 하시든걸

불야불야 써나옴에

미차말도 못햇섯네

내말이 비개인뒷밧테

싯이필가

◇ ◇

주르르 쏫는비가

얼마마니 고엿슬고

언덕밋 장고바미

이만해도 족하다만

웃논은 건다랭이라

좀납불지 엇덜지

(六·一四雨朝서울)

燈盞ㅅ불

『신민』 4호, 1925.8.

다—마서진 헌燈盞에는

기름이 조—곰 담겨잇슴니다

쌤도못되는 저근심지에

불이 부터서 그불비츤

늙은 령감이 삼ㅅ고잇는

신틀을 비최이고는

수지로 쐬작쐬작 바른

竹窓을 쓸코

싯엄는 空間을 向하야

작고 다라나고만 잇슴니다

불은 오래가지도 못할것이니

닭이 세홰나네홰쯤 울게되면

기름은 다—달을것임니다

바람에 불려 꺼지거나

기름이 다—달키까지는

이燈盞은 심지를태워 그불비츨

작고작고 보내고 잇슬것임니다

燈盞은 아무긴쯧도 가지지안햇습니다

다맛 기름을 흘니지안는것

심지를 담ㅅ고 잇는것 쑌입니다

밋글밋글한 기름

헌솜을 피어비빈 심지

그것들도 무슨쯧을 가진것은아님니다

허나 기름이 심지에 시어들고

심지에 불이부터 타게되면

그쌔부터는 모든것이 —

意義를 가지게 됨니다

령감에게는 조름이왓습니다

신틀을 치워노코 잠ㅅ자리를봅니다

燈盞불의 마즈막運命은 가ㅼ워윗습니다

그러나 燈盞은 조곰도서러워하지도안코

몃방울남은 기름을 앗가워하지도안습니다

只今에 써저도 곱게써질것입니다

燈盞에 불은 써젓습니다

그러나 불비츤 사라지지안는것이니

이쌔쌋빗난 燈盞ㅅ불의비츤

千萬年 萬萬年 그지업는時間에

千萬里 萬萬里 그지업는空間을
쏘아나가며 빗나고잇습니다
아— 이적은 燈盞ㅅ불은!
이—적은방에서 타고난불비츤!

今日

『동아일보』, 1925.9.4

저도오늘 새도오늘

三百六十이 오늘오늘

甘餘年에 오늘밧게업섯것만

철엄시 來日을기다려

저놀아 보냇노라

그렁성 하로가고

저렁성 하로가네

오늘 내일을

그럭저럭 보내노니

남은건 그러저럭한

어제쑌이……

오늘을 보내보고

쏘오늘을 보내봐도

오늘이 오늘이요

쏘오늘 오늘일네

아마도 오늘오늘이

百年인가 하노라

오늘이 百年이요

백년이 그오늘이
흥망성쇠가
제마다 오늘에서
사람도 사네죽네가
오늘인가 하노라

비

『동아일보』, 1925.9.7

창밧게비ㅅ발
소리처울째에
싸닭업는내서름
놉하도지고
깁허도지고

비소리가늘게
자즈러질째엔
내맘도싸라서
자즈려지나니
이러틋내마음
눈물을지우나
참밧게구슲흔비소리
아즉도우수수우수수

暎湖淸調

『조선문단』 12호, 1925.10.

○

저물자 물이미니 갈매기도 싸라든다
暎湖에 달이밝고 月退臺 물은잔데
바람은 가을을먹음어 살낭살낭부더라

○

連峰이 거듭거듭 四面으로 둘너잇서
물낫과 뷘하눌만 우아래로 열렷는데
그中에 無心한구름은 혼자배회하는구나

○

달실고 벗을실어 湖心에 씌워노니
노래가 절로맑어 밤빗이 푸르른다
갈마귀 뒤를싸라 내마음은 어데가노

○

山月은 물에잠겨 두렷이 흐르는데
맑은 바람은 連派를 일흐키며
배ㅅ몸을 실근실근밀어 달을싸라보내더라

○

달이배를 싸르다가 배가달을 싸르다가

배ㅅ머리 빙긋돌제 물결이 櫓에 부드치면

앗불사 조각조각부서저 뱃전으로 돌더라

○

풍덩실 쮜어들어 이달을 건저내랴

훨훨 날나가서 저달을 안아오랴

머리를 들엇다숙엿다 엇절줄을 몰나라

○

江煙은 으리으리 銀波는 萬頃인데

아득한 구름박게 가을이 萬里로다

小舟에 실니인몸은 의지업서 하노라

○

배를실흔 가을바다 배에실닌 가을달빗

上下 萬里에 秋心을 못니기어

외로운 나그내는 눈물겨워하노라

○

후유 긴한숨에 이몸이 가이업다

돗대를 부여안ㅅ고 눈물얼인 눈을드니

山容이 아스라하야 꿈이런듯 하여라

○

아서라 이훌랑은 霽月亭 가을물에

행여나 배씌우리 달도달 이언마는

蘆洲에 벌네울음을 나는참아 못들을네

○

술잔을 달에빗처 萬古를 우는벗님

배ㅅ전을 썽썽치며 노래를 읊는동무

사공도 제시름에겨워 어갸뒤차 하더라

○

峽江을 東南으로 거슬느면 仙律이요

구시미 나리밧게 七山이곳 하눌이라

中流에 紫壁이 조타커늘 어듸매로씌워놀ㅅ고

○

이리대소 저리대소 구태어 일을줄이

사공이 알씸잇서 느릿느릿 흘니저어

鼎島를 감돌고휘도라 鷹岩으로 대더라

○

버리쭐 잡어매고 기슭으로 올나가니

풀에 매진이슬 방울방울 달곷이라

이슬이 보선에저즈니 달시는듯 하더라

○

매바위 등성이에 지어서서 굽어보니

山은 나직히졸고 물은넘실 빗나는데

어데서 물새가울어 밤은더욱 깁허

○

殘月이 山머리에 자남짓이 걸렷슬제

물은 기와녈에 잠겻다 도로썬다
鷹岩에 쉬엇든배는 물쌔마처 나리더라
○

노래술 다―파하자 이르르니 想思바위
風月은 四更인데 쌔그적 櫓소리에
山谷도 누구를그려 깁숙히도 울더라
○

櫓도 젓지마라 고기가 쒸는고나
제대로 미뤄두니 이슬은 옷에젓고
沿岸에 벌네소리만 배에실려 흘은다
○

여보소 사공아희 절미트로 배를대소
나는예서 나릴테니 고은벗만 보내다오
가다가 서운하거든 남은술을 싸라보게
○

고흔벗 배에실허 노래불려 쯰워보내니
노래와그림자는 가물가물 사라지고
발아래 철프적철석 물소리만 나더라
○

님보내자 달이지네 남은밤을 어대샐ㅅ고
풀에무친 험한돌길 더듬어 올나가니
仙庵은 千尺奇岩을지고 잠이곤히들엇더라

―乙丑七月望間―

× × × ×

◇暎湖는 法聖浦압바다의 이름이니 四面에 山이둘러잇서

湖水와 갓흔지라 흔히글에는 暎湖라는 雅號를쓴다

◇・은地名이다 그中에七山은 山이름이아니오 바다의이름

이니有名한 靈光굴비를 産하는 七山바다다

◇그글은 平時調로써長篇을 시험한 것이다

옹색한 點은만히 發見하엿다

◇어쩐句는 初中終章의區別을세지안코 終章만을 부쳐도

보앗다 이것도첫시험이다

―作者의말―

殘日

『조선문단』 13호, 1925.11.

하늘바람이 간을 차게하는

蓮實峰 머리에

가슴을 헷치고서서,

하늘가 한모통이에

내가 너를보낸다

발아래 감을감을하는

山이며들이나가 安息을위하야

내 말나기만을 기다리나니

大夜의 神秘로운 날개로하야곰

이모든것들을 고요히 덥허주리라

네가 나를 써나가

저편나라에 빗나는 歡迎을바들새

혼자 남어진 나는

嚴肅한 이밤을직혀

希望의 술ㅅ잔이나 기울이리!

지는大日을 볼새

『조선문단』 13호, 1925.11.

벍어케 벍어케 타다가
타다가 타다가는 제만해 희어진
네얼굴을 내가볼새

쓰겁게 쓰겁게 슬타가
슬타가 슬타가는 오히려 서늘해진
네情熱을 내가볼새

아— 내손으로 내갈비를 째개고
그속에 心臟을
주무르는듯하고나.

—一九二五, 녀름—

思鄉

『신민』 10호, 1926.2.

모레가 한가위라 써난지 멧해런고

어머니 그리움에 찬달이 밟히는데

두견이 목메는소리에 山은닷시 깁더라

---

* 「秋蚓會咏草」라는 큰 제목으로 5명이 쓴 작품이 실려 있는데, 이 작품의 필명은 '靜
州郎'으로 발표되었음.

울음

『신민』 10호, 1926.2.

벌네가 우는고야 두견이도 우는고야

禪雲寺 가을달이 나마자 울니누나

밤禮佛 木鐸소리도 애녹는듯하더라

---

* 「秋蚓會咏草」라는 큰 제목으로 5명이 쓴 작품이 실려 있는데, 이 작품의 필명은 '靜
州郎'으로 발표되었음.

어머니 回甲에

『신민』 11호, 1926.3.

아버지 일찍 여인 우리들 七男妹를
한 이불에 재워 놓고 행여나 깨울세라
말없이 울어 새우신적이 몇 번이나 되시노.

우는 애 보채는 애 등에 업고 품에 품고
여름비 겨울눈을 마다 아니 하셨건만
봄바람 가을달이야 좋은 줄을 아셨으리.

벽에 금이 날로 높고 철마다 옷이 짧아
크는것만 좋아 하고 늙는 줄은 모르시다
오늘에 白髮을 만지시며 속절없어 하시네.

—丙寅 正月 二十 一日—

---

* 『조운시조집』(조선사, 1947.5)에 수록되었음.

아이고 아이고

『조선문단』 17호, 1926.6.

九曲에 매친恨이 한숨엔들 잇치랴만
넘어서 타는초불 마즈막 꺼지시니
서럼이 새롭고깁허 애고애고 하노라

두어줄 이눈물을 쌕릴곳이 그어데며
어데를 울어러 한숨인들 지을것가
千萬이 서로보랏고 목이메어 하노라

울은들 시원하며 부르지진들 멋하리만
노래가 끗절이요 쏘업슬서름이라
옷깃에 저진 혼적을 못감초아하노라

春愁

『신민』 15호, 1926.7.

장독대 엽헤 돗는란초는 옙브기도하이
새풀이 자랄사록
그대생각으로만 찬 나의마음에는
서럼이 자라나니 새서럼이 자라나니

그대는 지금어데잇노
그고장에도 봄이오고 쏘풀이자라거든
내가 그대를그려 서러함을보소
장독대 엽헤 란초가 치나자랏네

밤ㅅ새

『신민』 15호, 1926.7.

山은 나직하여
므리므리한 그림자만 멀직히 조흐는데
한밤ㅅ중이면 물도드나드지안는지
물우에로 걸어갈듯이나 십다

마을에 등불은 모조리 써지고
게우 두서네게 남어젓고나

내가 잠못니뤄 海岸을 헤메는
이밤에사 말고
별은 웨저리도 총총하며
이슬은 웨이리도 차게나리는고

아—저건쏘 무슨샌가?
제발 우지나 좀마랏스면………

노고질이

「동광」 4호, 1926.8.

비 오고 먼 하늘을 우지짓는 노고질아
너는 게서 울고 예서는 내가 울어
春光이 上下 몃 萬里던 울어 울어

썻다 네보아라 千길 萬길 아득하고나
天氣에 나리느냐 地氣에 울르느냐
내 맘도 노고질일세 千길 萬길

뉘를 차저

『동광』 4호, 1926.8.

거긔 뉘 잇더냐 누가 너를 반기더냐
이마에 손을 언ㅅ고 님이 너를 기달더냐
三冬에 배적삼 입고 뉘를 차저 가는다

님이 거긔 안 게신 줄 번연히 내가 알고
날 그릴 님이 쏘한 내게는 업건마는
어리고 철업는 탓인가 아니 가들 못할레

하고시픈말

『동광』 4호. 1926.8.

너도 나를 對해 할 말을 다 못하누나
내 쏘한 너를 對해 할 말을 다 못하나니
언제다 할 말을 다하고 너 나 업시 살으리

네 눈을 내가 보고 내 눈을 네 보것만
萬里 長城이 가루 누어 굿단 말가
어즈버 맘에 싸힌 城을 뉘를 시켜 헐을고

—丙寅早春—

불난나발

『신민』 20호, 1926.12.

나는 코코수다
새로 쌥힌 한 적은 코코수
불이 벍어케덩거
훡훡하는소리에 쒸어나왓다

이 불난나발에
쎄를차저 가락을나무라지마라
아즉은 선둥이 그마자 잠ㅅ결이니
이웃사람을 쌔우기에 넉넉하면 고만이다

불난나발

鐵網틈으로 내다보이는 하늘

『신민』 20호. 1926.12.

철망틈으로 내다보이는 먼 하늘
네가 나를 기쁘게하는고나
아— 조선의 얼굴이여
나의 마음가는 곳이어

자나되는 돌벽이 북판가티 울리네
쉬임이업는 이소리
한쌘들잇고 잠이들으리
아— 조선의 呼吸이여

窓을 막으렴
벽을 겹겹이 싸흐려무나
나라를쩌나 萬里異域에
千길파고 무드려무나

이느물이 깁고넓으냐
돌안고아 풍덩실
이몸을 던지려무나

내가진인 님의情이냐
엇전들! 엇저리……

—夢入獄中, 吟—

기대야七十年

『신민』 20호, 1926.12.

슯흔노래를 가장만히 긔억하나니
그래도 이몸이이리 부지하는게 異蹟이건과
쓰리네 압흐네 서럼이괴로워
죽음을 애써 사는것은 내몰을짓이드고?

언젠지 한번은 지고만말 입하리
萬年이오 十萬年이라도
無限한 歲月압헤는
極히 짧은동안인것을……

기대야七十年 짧으면 이레안
쓰리면 얼마나 네쓰릴테냐
아모리 사나운쑴자리라도 동트면째나니
어듸! 두고 보자

—솟—

思鄉

『동광』 8호, 1926.12.

이제 쏘 한 가을
제비 훨훨 날아가고
　기럭이는 돌아오는데
　내 故鄉은 그 어덴고
　　하늘을 바라다 보니
　　맘만 기퍼 지노나
　　　　◇ ◇ ◇
나그내 아닌 몸이
　鄉愁가 어인 일고
　萬頃蒼波上에
　목마른 沙工일래
　　千里에 한 보금자리가
　　날기달ㅅ고 잇스리.
　　　　◇ ◇ ◇
千里면 어써하리
萬里면 어써하리
　잔나비도 저어하는
　險谷인들 어써하리

가다가 다 못갈 길이란들
아니가고 견디리.

…丙寅秋 故鄉에서…

未忘

『신민』 21호, 1927.1.

×

동지ㅅ달 기나긴밤을 쓴눈으로 곳 새울적에
장다리 곳이나피면 저키나흐리 하엿더니
봄밤도 밤이냥하여이리 새일줄을 몰으네

×

내 뉘를 그리워선고 뉘를못니저 이리는고
千里에 그리운님도 겻헤원수도 내겐업서
밤이면 안닛친이업슴을 내안닛처 그러네

×

오거나 못오시거나 오마는님을 기달끼와
오실리 萬無한님을 행여기다려 보기두군
이름도 그림도업는님을 못니즈니 어일쇼?

春香이는

『조선문단』 4권 2호, 1927.2.

春香이는 離別하던날
面鏡 軆鏡 듶어쳣건만
長安萬戶 거리거리에
분성적한 연지빰은 상긔도고아!

山川草木이 버르르떠는
『暗行御史出道야』 고함ㅅ소리에
龍簪 琥簪이 쓸대가없고나
꽃같은妓生들을 치마에채인다.

---

* '靜州郞'으로 발표되었음.

딸을안ㅅ고

『조선문단』 4권 2호, 1927.2.

那那야 어서자라라

네가 어서자라

하로에 十里만 것게되면

우리서로 이끌고 먼길을떠나자

물이깊으면 업어건늬고

험한산길은 손잡어올려

極光이 손에 쥐어질때까지

산이든 돌이든 또한물이어든………

철업이 네가웃고 재롱부르는냥을 볼때

무심코 웃다가도 가슴이 미어지나니

가뜩이나 못믿어워하는 人間性

누구를 시켜 네머리를 빗기리

네가 보금자리를 찾아

---

* '靜州郎'으로 발표되었음.

내 품을 떠나는날이 있을줄내가아나니
그날이올때까지는 오로지 네길잡이가되어
네걸음을 맞추어 「지화자……」를부르리라.

苦待

『신민』 22호, 1927.2.

오마는 글을밧은후 열흘이지내고 쏘열흘이 지내도록 기척이없는C君
에게 사흘걸러 한首식 보낸것

오느냐 못 오느냐 소식조차 이리없냐
널 위해 담근 김치 맛도 시고 빛 변했다
오만 때 아니 오고는 시니 다니 하렸다.

올테면 오려무나 말테면 말려무나
서울 千里가 머대야 하룻길을
차라리 내 가고마지 기다리든 못하리.

오마고 온 죄에 罰 마련을 하라 하면
가네 곧 가네 하고 사흘밤만 두어 둘사
사립에 개 짖는 족족 젠들 짐작 못하리.

---

*　『조운시조집(조선사,1947.5)에 실림.
**　원제목은 「苦待」였으나 『조운시조집』에 수록하면서 「停雲靄靄」로 제목이 바뀜.

해

『동광』 11호, 1927.3.

어마한 그 얼굴에
감히 고개 들으리까
부시는 그 빛살에
눈도 뜨지 못하리다
말씀도 없으시오니
더욱 두렵사외다.

바로 보도 못하올 님
어쩌자고 그렸던고
수줍아 이리함을
외다고야 하시오리
돌앉아 머리 숙인 채
잔둥이만 댑니다.

님은 옛이시되
빛은 매양 새론지고
다― 낡은 大地언만
呼吸이 香氣롤사

그 품에 태여난 마음
후둑후둑 합니다.

—27. 正初—

봄ㅅ비

『신민』 33호, 1928.1.

밤새도록 오는비가 개고나니 새소리를
따에는 기름돌고 가지가지 윤이난다
이제는 제째로구나 호미메고 나서자

✕

長安에 비가오니 萬戶가 봄이로다
노돌에 새물나고 淸凉里 버들피면
쇠꼬리 저도나올테지 함쯰노래 하리라

도라다 뵈는 길

『동광』 17호, 1931.1.

(投獄된지 三年만에 重病으로 保釋되어 방 한간을 세 얻어 외로이 누어 있는 벗
C군을 찾아보고 돌아 오는 길에 車 안에서 三○·二·一)

밤낮 마주앉아 애기 끝이 없었것다
三年이 十年만하야 할말이 좀많으리
대하니 말도 눈물도 막혀 물그럼이 보기만.

窓이나 발라주고 떠나오자 하던것이
비 개인 밤바람은 몹시도 차고 차다
蚊布가 눈에 밟히네 어이 갈꼬 어이 가.

作別을 차마 못 마쳐 「떠날때 또 다녀가마」
아예 못할 짓을! 이게 맘에 걸리네나
찬 달이 기울었는데 상기 깨어 있는가?

故鄕에 돌아가면 무어이라 이르를꼬

---

* 『조운시조집』(조선사, 1947.5)에 수록됨.

깨물고 남은 찌경이 病 안구어 내쳤는데
그병도 맘은 못 새기드구 걱정 마소 하리라.

예! 이사람

『동아일보』, 1931.6.13

서울이 예서八百里 머나먼 길이엇만
오자면 하로ㅅ길 길이먼게 아니드고
無心이 千里요萬里 모르는체 지내데

너는 나사는곧 七十里밖을 지냇드구나
구타여 날보자고 들려가든 몯하야도
지낸다 葉書나날리지 내가가서 볼 것을

나와 나사는곧 총총하야 잊엇든가
예기 無心할손 차마그럴 노릇인가
이사람! 너나되어그려봐라 너도짐작 잇슬라

머므른꼿

『신생』 5권 7~8호, 1932.7~8.

비맞인 꼿보옹오리 입술이 뺨앗고나
이바람에 네가다시 흩날릴줄 모르고서
한때올 번화로운꿈만 철이없이 꾸느니

소리만 버럭질러도 활짝버러 질듯하이
열흘이 다몯되어 툭툭흩어 지잔느냐
석양에 네곁을거닐며 조심조심딀노라

별

『매일신보』, 1932.7.1

十年에 하루씩만
별밤이 있다하면

기나긴 겨울밤을
선채 얼어 굳을망정

우러러 꼬빡 새고도
서오하여 하렸다.

---

* 『조운시조집』(조선사, 1947.5)에 수록됨.

달

『매일신보』, 1932.7.1

달이 무엇이든고 뭣이길래 이러는고
오랑캐도 니가시러 물어가지 못가거늘
얼릴듯 창에빗최어 맘만덥게 하는고

해

『매일신보』, 1932.7.1

신방에 드는쳐자 지는해에 비길진데

안개 거들치고 둥두렷이 돗는해는

치마폭 거머쥐고나서는 신부인듯하여라

비맞고 찾아온 벗에게

동광 36호, 1932.8.1

어제밤 비만 해도 보리에는 무던하다
그만 갤것이지 어이 이리 굳이 오노
봄비는 찰지다는데 질어 어이 왔는고.

비맞은 나무가지 새엄이 뾰쪽뾰쪽
잔디 속잎이 파릇파릇 윤이 난다
자네도 비를 맞아서 情이 치나 자랐네.

---

* 『조운시조집』(조선사, 1947.5)에 수록됨.

누이를 보내고

『매일신보』, 1932.9.29

새도록 퍼붓고도 머질줄을 모르는고
가는네마음이 보내는나 갓게드면
細雨도 핑게를삼아 하로묵어 갈랏다

큰놈은 신을벗겨 담뇨우에 안치우고
업힌애 돌처안으며 흑흑늑겨 쓸어지니
내고개 구더진듯이 江건너만 보인다

북간도 이사꾼은 그래도 호강이야
남편의 무쇠가튼 팔쑥에나 매달리지
어린애 늙은어머니를 약한네가 엇절네

어느듯 淸凉里라 나는예서 나리란다
會寧이 千八百里 一晝夜를 간다건만
이러듯 잠깐이면야 낫안에는 못가리

빗발은 내쌤을치며 車窓을쏘 두드린다
汽笛이 멋자마자 에고옵바 나는소리

머리가 쑤셋하더니 오르르 떨린다

차라리 못할말로 죽어가는 길이라면
이러틋 쓰럽게 안니치든 안을지며
손우의 누이만되어도 이닥지는 안으리

돌치서 터벅터벅 비마지며 걸어오니
『옵바 못가겟소』 울부지며 싸르는듯
무침코 도라다보고 헛기침만 하엿다

비도 얄궂지 써나자곳 개더니만
旅館 찬방에 밤기프자 쏘다진다
城津을 지낼째쯤은 제발오지 마라다오

내하로가 이리길제 얼마나 너는머냐?
汽車 時間表와 時計를 겨테노코
지금은 여기쯤이나하며 쓴채밤을 새윗다

二十八日上午八時三十四分

지금은네가 부령역에 다엇스리라

雨裝 없이 나선 길에

『신생』 6권 1호, 1933.1.

雨裝 없이 나선 길에
비바람 치지 마라

맞는 나두곤
앉아 보기 또 다르니

가뜩이 날 보내신 님
맘 상할가 저어라.

---

* 『조운시조집』(조선사, 1947.5)에 수록됨.

달도노엽다

『신생』 6권 1호, 1933.1.

달아! 달도노엽다 매양이리 밝도드냐
앓아누은 窓머리에 어이하잔 심술이냐
千萬年 참은비바람 나를미워서드냐

책 보다가

『신생』 6권 1호, 1933.1.

바람에 몰린 눈이
窓틈에 드리친다

책들어 시린 손을
요밑에 녹이면서

얼없이 天井을 바래니
네가 생각히니라.

---

* 『조운시조집』(조선사, 1947.5)에 수록됨.

病友를 두고

『카톨릭청년』 8호, 1933.12.

(竹窓을 海州 療養院에 入院시키고 돌아오늘 길에 車中에서)

있거라 가거라 말이 어디 나오더냐
얼굴도 어이런지 바로 보지 못하고서
머리맡 치우는척하다 훌쩍나와 버렸다.

食母께 네 입맛을 조군조군 이르고서
醫師를 붙들고는 알뜰이 당부했다
病勢도 새삼스러이 다져 물어 보았어!

오늘따라 급자기 차서 어디 맘이 잊히느냐
치워 하는양만 노상 눈에 밟히련과
車속은 이리 다순것을 괜히 걱정하겠고나.

아예 여기까지 따라 오지 말았든들
지금에 이대도록 고약하진 않았을지?

---

* 『조운시조집』(조선사, 1947.5)에 수록됨.

海州야 좀 가까웁거나 다숩거나 하여라.

죽은 사람 갇힌 사람 앓고 드러 누운 사람
해마다 겹쳐겹쳐 離別이 이리 자지고나
뉘 애가 더 닳았는가 언제 만나 물을꼬.

— 一二, 三. 一

滿月臺에서

『문학』 1호, 1934.1.

寧越 子規樓는 봄밤에 오를꺼니
滿月臺 옛宮터는 가을이 제철일다
지는잎 부는 바람에 날도 따라 저물다.

(端宗의 詩—奇語世上苦勞人 愼莫登春三月子規樓)

松都는 옛이야기 지금은 하품이야
설음도 낡을진대 새 설음에 아이느니
臺뜰에 심은 벗나무 두길 세길 씩이나.

---

* 『조운시조집』(조선사, 1947.5)에 수록됨.

눈

『신가정』 2권 3호, 1934.3.

뺨에는 이슬이오
가지에는 꽃이로다

곱게 쌓여노니 미인의 살결일다

비단에 밟히는양 하여
소리조차 희고나.

---

* 『조운시조집』(조선사, 1947.5)에 수록됨.

어느밤

『신가정』 2권 3호, 1934.3.

눈우에 달이 밝다
가는대로 가고 싶다

이길로 가고 가면
어디까지 가지는고

먼 말에
개 컹컹 짖고
밤은 도로 깊어져.

---

*　『조운시조집』(조선사, 1947.5)에 수록됨.
**　원제목은 「어느밤」인데 『조운시조집』에 수록하면서 제목을 「雪月夜」로 바꾸었음.

春夜不短

『월간매신』, 1934.4.

기나 긴 三冬밤을

쓴 눈으로 새엇거늘

봄밤이 기─다하면

제 얼마나 길랴마는

짧은 밤

길게 새자니

안타까워 더욱히─

봄밤을 짧다하리

千里를 머─다하리

밤이 길고 짧은것과

길이 멀고 가까운게

이 모도 내 시름탓이라

뉘를 외다 하리오

善竹橋

『중앙』, 1934.9.

善竹橋 善竹橋러니 발남짓한 돌다리야
실개천 여윈 물은 버들잎에 덮였고나
五百年 이 저 歲月이 예서 지고 새다니.

피니 돌무늬니 물어 무엇 하자느냐
돌이 모래되면 忠臣을 잊겠느냐
마음에 스며든 피야 五百年만 가겠니.

圃隱만한 義烈로써 흘린 피가 저럴진대
나보기 前일이야 내모른다 하더라도
이마적 흘린 피들만 해도 발목지지 발목져.

---

* 『조운시조집』(조선사, 1947.5)에 수록됨.

完山七咏

『조광』 1권 2호, 1935.12.

梧木臺에서에

앞殿 뒷殿 肇慶壇과

梧木臺에 駐蹕碑閣

예가 龍興之地를 무척 애써 나타냈다.

흙 더미 甄萱城너도

當年일을 일르렴.

· 完山＝全州古蹟
· 앞殿＝慶基殿
· 뒷殿＝肇慶廟

豊南樓

五十三官 號令하던

湖南第一城이었다.

城葉은 다 떨리고

빗장헌채 우뚝서서,

인경만 무슨 새수로

제철 인양 올리노.

밤에 한번

낮에 한번

데잉데잉 우는인경,

옛날 그 소리었만

듣는 이는 예와 달라,

豊年은 해마다들어도 豊年인줄 모르네.

· 豊南樓＝全州南門樓
　樓上에매여단인경을 처야
　豊年이든다해서
　근자에다시 치기비롯했다한다.

楸川

萬馬關 나리는물이

바리山을 에둘러서,

寒碧堂 石壁아래 구비쳐 머르렀다,

黃鶴臺

多佳亭을시척

萬項으로 가더라.

楸川＝全州앞내
바리山＝鉢山

寒碧堂

百尺 奇岩우에

날을 듯이 앉어있어,
萬戶 喧譁聲은
들은체도 아니하고,
물에진 제그림자
제가 굽어 보노나.
樓干에 기대이어
完山七峯 바래다가,
쥐었든 太極扇
무심코 놔버렸다,
四十里 長谷을 달려온 바람탓만아니어.

無題

威鳳山 威風寺는
震黙大師가 其人이오,
南固山城은
萬景臺가 볏이었다,
德眞못
醉香
不老만
새 재미를 보든고.

醉香 不老는 亭子이름

名節안날

『조광』 2권 7호, 1936.7.

무단히
픽 나갓다
휘휘 도라 들와서는,
걸터 앉은체
新聞을 들고 보노라니,

딸년이
거꾸로 본다고
손벽치며 웃네나!.

×

대초를 사자거니
고무신을 사자거니,
떼쓰며
쫄르는애를

---

* 북한에서 나온 『현대조선문학선집』(1957)에는 2수를 개작하여 「추석장날」로 발
표되었음.

달래다가 메부치고,

지어서
위엄을 부리는
어머니의 눈시울!.

雪晴

『조광』, 3권 6호 1937.6.

눈오고 개인 볕이

터지거라 비친 窓에

落水물 떨어지는 그림자

지나가고

와지끈

고드름 지는 소리

가끔 맘을 설레네.

---

* 『조운시조집』(조선사, 1947.5)에 수록됨.
** 북조선작가동맹 편, 『현대조선문학선집』(1957)에는 「눈 오고 개인 볕이」로 제목
이 바뀌었음.

雪窓

『조광』 3권 6호, 1937.6.

두부장수 외는 소리
골목으로 잦아지자

뻘건 窓볕이
어슴듯 그므러져

쪼이든 화로를 뒤지니 불은 벌서
꺼지고.

---

* 『조운시조집』(조선사, 1947.5)에 수록됨.
** 원제는 「雪窓」이었으나 『조운시조집』에 수록되면서 제목이 「寒窓」로 바뀌었음.

무제

예서 부안읍이 북으로 백 오십리
모르든 전날에는 천 오백리만 여겼더니
이제는 시오리 남짓 되나마나 합니다

내고향 산과 물이 변산 만이야 하리마는
해불암 하로저녁 쉬어감즉 한 곳이니
신나무 제철이 되거든 한번 찾아주소서

—1935.8.25—

---

*   조운이 신석정에게 보낸 편지 속의 시조로 최승범이 밝혀 적었음.
** 최승범, 『시가 있는 문학기행』

獨坐

『문장』 2권 8호, 1940.10.

빈 방만 여기고서
함부로 수뙤리든

처마에 새 두 마리
기침에 달아난다

열쩍어
나려지는 먼지만
물그럼이 보노라.

---

* 『조운시조집』(조선사, 1947.5)에 수록됨.
** 원제목은 「獨坐」『조운시조집』에 「獨居」로 제목이 바뀌었음.

長吟

『문장』 2권 8호, 1940.10.

손가락 모돠 쥐고

비비다 꼬다 못해

질항을 버쩍 들어

메부치는 마음으로

훤한 들 바라다 보며

時調 한章

부른다.

---

* 『조운시조집』(조선사, 1947.5)에 수록됨.
** 원제목은 「長吟」이었으나 『조운시조집』에는 「時調 한 章」으로 제목이 바뀌었음.

海門의 아침

『문장』 2권 8호, 1940.10.

海門에 陳을 치는
큰 돛대
작은 돛대

뻘건 아침 볕을
떠받으며
떠나간다

지난밤
모진 비바람
죄들 잊어 버린 듯.

---

* 『조운시조집』(조선사, 1947.5)에 수록됨.
** 원제는 「海門의 아침」이었으나 『조운시조집』에는 「出帆」으로 제목이 바뀌었음.

故鄕하늘

『문장』 2권 10호, 1940.12.

등에 비친 햇볕
다사도 한저이고

고향 하늘은
바라지도 못하느니

오늘은
어이런 구름이
떠 흐르고 있는지.

---

* 『조운시조집』(조선사, 1947.5)에 수록됨.

찬밤

『문장』 2권 10호, 1940.12.

한번 눕혀노면
옆에 사람 어려워라

돌아도 잘못 눕고
자다 보면
그저 그밤!

파랗게
유리窓에 친서리
반짝이고 있고나.

---

*　『조운시조집』(조선사, 1947.5)에 수록됨.
**　원제목은 「찬밤」이었으나 『조운시조집』에는 「寒夜」로 제목이 바뀌었음.
*** 북조선작가동맹 편, 『현대조선문학선집』(1957)에는 제목이 「찬밤」으로 수록됨.

나올제

『문장』 2권 10호, 1940.12.

구름은 月出山에

끊일락

또 이으락

그저 한양으로

나올제 바라 봐도

潮水는 오르랑 내리랑

榮山江口로고나.

---

* 『조운시조집』(조선사, 1947.5)에 수록됨.
** 원제목은 「나올제」이었으나 『조운시조집』에는 「나올제 바라봐도」로 제목이 바
   꿔었음.

石榴

『조선시집』, 1947.3.

투박한 나의 얼굴
두툼한 나의 입술

알알이 붉은 뜻을
내가 어이 이르리까

보소라 임아 보소라
빠개 젖힌
이 가슴.

---

* 『조운시조집』(조선사, 1947.5)에 수록됨.

古阜斗星山

「조선시집」, 1947.3.

斗星山 이언마는 녹두집이 그어덴고

뒤염 진 늙은이 대답을 하지 않고

고개를 배트소름하고 묻는 나만 보누나

솔잎 댓잎 푸릇푸릇 봄철만 여기고서

일나와 敗했다고 설거운 노라 마라

오늘은 百万農軍이 죄다 奉準이로다

녹두집＝全녹두(全琫準)의 舊蹟

脫出

『문학』 3호, 1947.4.

새넘은 달그림자 버언한 새 하늘빛
드믄 별처럼 길바닥이 희미하다
발소리 내 발소리에 놀래 저겨딛고 하노나

窓에서 窓에서 새는 꿈이 다 다르렸다
골목으로 골목으로 인애처럼 흐르는 꿈깰세라
살어름 밟는 발가락이 가려워

허위허위 기어 올라 재마루를 딛고 서니
냅다 쏘는 붉은 햇살 반갑고 저어워라 내가야
이렇든 훤한 날잡아 이내 돌아 오란다

얼굴의 바다 ─ 어느 大會場에서

『문학평론』, 1947. 4.

○

얼굴

얼굴의 바다

늠실거리는 이얼굴들

모도 몰으는얼굴

허나 모도 미쁜얼굴

視線이 마조칠 때

그만

끼어안꼬 싶고나.

○

전예 보든얼굴

오 너도 同志더냐

쪼차가 손을잡어 꽉쥐고 흔들었다

그리고
눈으로 눈으로만
않던말을 다 했다.

落花岩

『신조선』 2권 3호, 1947.4.

落花岩에 지는宮女 하나씩 안고 못지더냐

唐兵 三千이면 泗沘水로 매였을라

아무리 울며울며 진다 막아낼줄 있으리

論介

『신조선』 2권 3호, 1947.4.

泗沘水에 宮女 三千이 落花처럼 진 百濟는

扶蘇山 흙속에 火米만을 남겼건만

論介는 倭將을 안고 南江에가 드니라

菜松花

『조운시조집』, 조선사, 1947.5.5

불볕이 호도독호도독
내려쬐는 담머리에

한올기 菜松花
발돋움 하고 서서

드높은 하늘을 우러러
빨가장히 피었다.

古梅

『조운시조집』, 조선사, 1947.5.5

梅花 늙은 등걸
성글고 거친 가지

꽃도 드문드문
여기 하나
저기 둘씩

허울 다 털어버리고 남을것만 남은듯.

蘭草잎

『조운시조집』, 조선사, 1947.5.5

눈을 파헤치고
蘭草잎을 내놓고서

손을 호호 불며
들여다 보는 아이

빨간 손
푸른 잎사귀를
움켜쥐고 싶고나.

---

* 북조선작가동맹 편, 『현대조선문학선집』(1957)에 수록됨

오랑캐꽃

『조운시조집』, 조선사, 1947.5.5

넌지시 알은체하는
한 작은 꽃이 있다

길가 돌담불에
외로이 핀 오랑캐꽃

너 또한 나를 보기를
나
너보듯 했더냐.

芭蕉

『조운시조집』, 조선사, 1947.5.5

펴이어도
펴이어도 다 못 펴고
남은 뜻은

故國이 그리워서냐
노상 맘은 감기이고

바드시 펴인 잎은
갈갈이
이내 찢어만지고.

무꽃

『조운시조집』, 조선사, 1947.5.5

무꽃에 번득이든
흰나비 한 자웅이

쫓거니 쫓기거니 한없이
올라간다

바래다
바래다 놓쳐
도로 꽃을 보누나.

도라지꽃

『조운시조집』, 조선사. 1947.5.5

진달래
꽃잎에서부터 붉어지든
봄과 여름

붉다 붉다 못해
따가운 게 싫어라고

도라지 파라소름한 뜻을
내가 짐작하노라.

玉簪花

『조운시조집』, 조선사, 1947.5.5

우두머니 등잔불을 보랐고 앉었다가

문든 일어선김에 밖으로 나아왔다

玉簪花
너는 또 왜 입때
자지 않고 있으니.

野菊

『조운시조집』, 조선사. 1947.5.5

가다가 주춤
머므르고 서서
물그러미 바래나니

산뜻한 너의 맵시
그도 맘에 들거니와

널 보면 생각히는 이 있어
못견디어 이런다.

부엉이

『조운시조집』, 조선사, 1947.5.5

꾀꼬리 사설
두견의 목청
좋은줄을 누가 몰라

도지개 지내간 후
쪼각달이 걸리며는

나는야
부엉부엉 울어야만
풀어지니 그러지.

앵무

『조운시조집』, 조선사, 1947.5.5

앵무는 말을 잘해
갖은 귀염 다 받아도

저물어 뭇새들이
깃 찾아 돌아갈젠

잊었던 제말을
이깨우며
새뜨리고 있니라.

갈매기

『조운시조집』, 조선사, 1947.5.5

갈매기
갈매기처럼
허옇게 무리 지어

마음 대로 좀
쑤어려 보았으면

파아란 물결을 치며
훨훨 날아도보고.

그 梅花

『조운시조집』, 조선사, 1947.5.5

窓볕이 다샇거늘
冊 덮고 열뜨리니

去年 그梅花가
밤동안에 다 피었다

먼 山을 바래다가 보니
손에 꽃잎일레라.

題家

『조운시조집』, 조선사, 1947.5.5

울이 없는지라 뵈는것이
다 뜰일다

사립 없는 집이어니 임자가
나만이랴

뒤안에 노란 살구는
동내 애들 차지여.

---

* 「우리집」으로 제목이 바뀌어 『조선문학강독—해방전현대편』 2(김일성종합대학
출판사, 1988)에 실림

怒濤

『조운시조집』, 조선사, 1947.5.5

돌틈에 솟은 샘물
山골이 갑갑해라

千里 萬里길을 밤낮없이
울어 와선

바다도
갑갑해라고
이리 노해 하노니.

상치쌈

『조운시조집』, 조선사, 1947.5.5

쥘상치 두손 받쳐
한입에 우겨 넣다

희뜩
눈이 팔려 우긴채 내다보니

흩는 꽃 쫓이던 나비
울 너머로 가더라.

夕涼

『조운시조집』, 조선사, 1947.5.5

볏잎에 꽂힌 이슬 놀랠새라
부는 바람

빨아 대룬 적삼 겨드랑이
간지럽다

예 벌서 정자나무 밑에
時調소리 들린다.

秋雲

『조운시조집』, 조선사, 1947.5.5

하늘은 맑다소니
나래는 가볍것다

오늘은 九萬里
來日은 또 몇萬里뇨

오가는 저 구름짱들 서로 말을 미루네.

偶吟

『조운시조집』, 조선사, 1947.5.5

지는 잎이 서오ㅎ더니
드는 달이 정다웁다

오거니
가거니
모르는척 하쟀더니

반기고
아끼는 맛이
외려 구수 하고나.

잠든 아기

「조운시조집」, 조선사, 1947.5.5

잠고대 하는설레에 보던 글줄
놓치고서

책을 방 바닥에
편채로 엎어 놓고

이불을 따둑거렸다
빨간 볼이 예쁘다.

海佛庵 落照

『조운시조집』, 조선사, 1947.5.5

뻘건 해

끓는 바다에

재롱부리듯 노니다가

도로 솟굴듯이 깜박 그만

지고 마니

골마다 구름이 일고

쇠북소리 들린다.

佛甲寺 一光堂

『조운시조집』, 조선사, 1947.5.5

窓을 열뜨리니
와락 달려 들을듯이

萬丈 草綠이
뭉게뭉게 피어나고

꾀꼬리
부르며
따르며
새이새이 건는다.

山寺暴雨

『조운시조집』, 조선사, 1947.5.5

골골이 이는 바람
나무를 뽑아 내던지고

峯마다 퍼붓는 비
바위를 들어 굴리는데

절간의 저녁 종소리
여늬땐양 우느냐.

水營 울똘목

「조운시조집」, 조선사, 1947.5.5

碧波亭이 어디메오
울똘목 여기로다

當年에 못다 편 뜻
상기도 남아 있어

오늘도 워리렁충청
울며 돌아 가누나.

湖月

「조운시조집」, 조선사, 1947.5.5

달이 물에 잠겨 두렷이 흐르는데
맑은 바람은 漣波를 이르키며
뱃몸을 실근실근 밀어 달을 따라 보내더라.

달이 배를 따르다가 배가 달을 따르다가
뱃머리 빙긋 돌제 달이 櫓에 부디치면
아뿔사 조각조각 부서져 뱃전으로 돌더라.

풍덩실 뛰어들어 이 달을 건져내랴
훨훨 날아가서 저달을 안아 오랴
머리를 들었다 숙였다 어쩔줄을 몰라라.

九龍瀑布

『조운시조집』, 조선사, 1947.5.5

사람이 몇生이나 닦아야 물이 되며 몇劫이나 轉化해야 金剛에 물이 되나! 金剛에 물이 되나!

샘도 江도 바다도 말고 玉流 水簾 眞珠潭과 滿瀑洞 다 고만 두고 구름 비 눈과 서리 비로峯 새벽안개 풀끝에 이슬 되어 구슬구슬 맺혔다가 連珠八潭 함께 흘러

九龍淵 千尺絶崖에 한번 굴러 보느냐.

石潭新吟

『조운시조집』, 조선사, 1947.5.5

一曲이 예라건만 冠岩은 어디 있노
半남이 떨렸으니 옛모습을 뉘 傳하리
흰구름 제그림자만 굽어보고 있고나.

二曲은 배로 가자 花岩은 물속일다
長廣 七八里가 거울 같이 즐펀하여
人家도 다 묻혔거든 물을데나 있으리.

三曲을 찾아 가니 翠屛이 예로고나
松林을 머리에 인채 허리에 배 매었다
夕陽은 無心한체 하고 불그러히 실렸다.

四曲이 깊숙하다 松崖에 쉬어 가자
架空庵 옛터 보고 凌虛臺로 내려 오며
石泉水 손으로 쥐어 마시는게 맛이다.

五曲으로 돌아드니 隱屛에 가을일다
聽溪堂 거친 뜰에 銀杏 잎만 흐든는데

布巾 쓴 弱冠 少年은 입벌린채 보는고.

六曲은 釣峽이라 물이 남실 잠겼고나
兩岸에 늙은 버들 빠질 듯이 우거지고
새새이 내민 바위는 釣臺인듯 하여라.

七曲 楓岩은 깎아지른 絶壁이야
푸른 솔 붉은 丹楓 알맞게 서리 맞아
一千길 물밑까지가 아롱다롱 하더라.

八曲으로 거스르니 물소리 果然 琴灘일다
돌을 차며 뒤둥그려 이리 꿜꿜 저리 쫠쫠
바위를 싯어 흐르다간 어리렁출렁 하더라.

九曲이 어디메오 文山이 아득하다
十里 長堤에 오리숲이 컴컴하다
淸溪洞 淸溪다리 건너 게가 기오 하더라.

高山 九曲潭은 栗谷이 노던 터라
오늘날 이꼴씨를 미리 짐작 하신 끝에
남 몰래 시름에 겨워 오르나리 셨거니.

省墓

『조운시조집』, 조선사, 1947.5.5

조카를 더부리고
省墓하고 오는 길에

海望臺 바윗등에
이야기 이야기하다가

아버지 얼굴을 아느냐?
서로 물어 보았다.

아버지 얼굴

『조운시조집』, 조선사, 1947.5.5

내가 그림을 배워
아버지를 그리리라

한때는 이런 생각을
한적도 있었거니

네 살에 본 그 얼굴이 아버진지
아닌지.

故友 竹窓

『조운시조집』, 조선사. 1947.5.5

술은 싫어해도
술자리에도 좋더니라

平生에 두려워 조심하는
동무연만

醉하면 그의 무릎에 잠든 적이 많았어.

曙海야 芬麗야

『조운시조집』, 조선사, 1947.5.5

(芬麗의 訃電을 받으니 먼저 간 曙海가 더 생각힌다)

「曙海야」
무릎우에 너를 눕히고
피 식는걸 굽어 볼 때

그때 나는
마지막으로 무엇을 원했던고

부디나
누이와 바꾸어 죽어다오
가다오.

누이가 죽어지고
曙海 네가 살았으면

주검은 설어워도
삶은 섧지 안하려든

이설음 또 저설음에
어쩔줄을 몰랐어.

늙으신 어버이와
젊은 안해
어린 아이

이를 두고 가는 주검이야
너뿐이랴

네살에 나도 아빠를 잃었다
큰 설음은 아니어.

하고 싶은 이야기를
다 해보지 못한 설음

千古에 남고 말을
뼈 맞히는 恨일지니

한마디
더 했더라면
어떤 얘기였을꼬.

「芬麗야」
너는
비오던 날
會寧千里를 떠났것다

나는 널 보낼제
「웃누이나 못되더냐?」

「차라리 죽어가는 길이라면」
하고 울었더니라.

간지
겨우 三年
더 못 붙일 뉘(世上)이더냐

白이놈이 국문이나 붙이어 볼줄 알아

내 葉書 읽게 될 때가지나
못 기다릴 네더냐.

(白이는 曙海의 큰아들)

亡命兒들

『조운시조집』, 조선사, 1947.5.5

그네는 어디로들 떠 돌아
다니는고

이런 港口에나
或 머물러 있잖는가

사람들 모여선 곳이면
끼웃거려 지노나.

黃眞伊

『조운시조집』, 조선사. 1947.5.5

欄干에 기대이어

구름을 바라다가

어른님 내가 되어

紫霞洞 찾아 가니

흰구름

黃眞伊 되어

미나리를 뜯더라.

波蘭兵丁

『조운시조집』, 조선사, 1947.5.5

(三次歐洲大戰中 獨軍의 「왈소」陷落을 듣고)

스무해前 스무살 때

나만하던

波蘭兵丁

海蔘威 埠頭에서

부러뵈던

그의 얼굴

머리털 쏘꾸친채로

어느 벌에

누었노.

元旦

『조운시조집』, 조선사, 1947.5.5

어허 또 새해라니
어이 없어 하면서도

이新聞 저新聞
뒤적뒤적 뒤지다가

오늘도 다름 없이 거저
해를 지워 버렸다.

××日

『조운시조집』, 조선사, 1947.5.5

자고 나서 보아 해도
잘 일 밖에 다시 없어

자고 도로 자고
자다가 눈떠보면

生시가 꿈인양 하여
깨는듯이 도로 자.

---

*　『조운시조집』의 「目次」에는 제목이 「자고나서」로 표기되어 있음.

一月 十三日

『조운시조집』, 조선사, 1947.5.5

오늘이 열사흗날
설 氣分도 다 가시고

이젠 一年 일이
그저 아득한저이고

窓밖에 새벽 빗소리
더욱 뇌곤 하여라.

復習시키다가

『조운시조집』, 조선사. 1947.5.5

배운걸 모른다고
툭 질러 나무랬다

눈물 섞인 소리
다시 고쳐 읽는 모양

엊그제 나 하던양 같아 선웃음을 삼키다.

×月 ×日

『조운시조집』, 조선사, 1947.5.5

소리를 벽력같이
냅다 한번 질러볼까

땅이 꺼지라고 퍼버리고
울어볼까

무어나 부드득 한번
쥐어보면 풀릴까.

---

* 『조운시조집』의 '目次'에는 제목이 「소리를 벽력같이」로 표기되어 있음.

×月 ×日

『조운시조집』, 조선사, 1947.5.5

小寒 철이언만 三月보다
더 다수어

신든 버선에
짚새기가 생각힌다

마루에 고양이 어루 만지며
낮잠이나 조를가.

---

* 『조운시조집』의 '目次'에는 제목이 「小寒」으로 표기되어 있음.

×月 ×日

『조운시조집』, 조선사, 1947.5.5

언눈 밟히는 소리
좋아라고 딛는듯이

고개를 수구리고
빠스각 빠스스각

들 밖에 다 나와서야
도로 돌쳐 걸었다.

---

*　『조운시조집』의 '目次'에는 제목이 「언눈 밟히는 소리」으로 표기되어 있음.

日曜日밤

『조운시조집』, 조선사, 1947.5.5

눈에 車가 막히면
새벽길 三十里 걷는다고

밤으로 간다는 안해
달래여 잡아 두고

자다가 깨일 때 족족
窓을 열어 보았다.

×月 ×日

『조운시조집』, 조선사, 1947.5.5

봉투 접는 機械廣告를
드려다 보고 보고

내 손을 쥐었다 폈다
주물어도 보았거니

한달에 十圓만 생겨도
안해 군이 덜릴라.

---

* 『조운시조집』의 `目次`에는 제목이 「봉투」로 표기되어 있음.

눈아침

『조운시조집』, 조선사, 1947.5.5

간밤엔 바람도 없어
기척 없이 쌓인 눈이

가지가지 꽃이 되어 오막사리가
繁華하이

자리옷 입은 그채로
한참 뜰에 거닐어.

×月 ×日

『조운시조집』, 조선사, 1947.5.5

컴컴한 하늘에서
쏙쏙 빠지는 사비약눈

終日 드러누어
小說이나 읽으련다

오늘은 메주 삶은 덕으로
방이 뜻뜻 하거니.

---

* 『조운시조집』의 '目次'에는 제목이 「컴컴한 하늘」로 표기되어 있음.

✕月 ✕日

『조운시조집』, 조선사, 1947.5.5

꽃철에 비바람 치면
봄이 半이나 무지러져

피자 지는 꽃과
다 못피고 지는 꽃들

나 역시 스무살적부터 낯에 주름 잡혔어.

---

* 『조운시조집』의 '目次'에는 제목이 「꽃철에」로 표기되어 있음.

×月 ×日 晴

『조운시조집』, 조선사. 1947.5.5

볕을 지고 앉아
新聞을 보노라니

「雲아!」
부르는 소리 건넌山 마루에서

하이얀 두루마기 자락이 가벼웁게
날린다.

---

* 『조운시조집』의 '目次'에는 제목이 「볕을 지고 앉아」로 표기되어 있음.

가을비

『조운시조집』, 조선사, 1947.5.5

「어머니생각」
뜰에 芭蕉 있어 빗소리도 굵으리다
내가 이리 그리울제 어버이야 좀하시리
어머니 어머니 머리 내가 세게 하다니.

「안해에게」
새로 바른 窓을 닫고 수수들을 까는 저녁
요 빗소리를 鐵窓에서 또 듣다니
언제나 등잔불 도두면서 이런 이약 할까요.

「딸에게」
올 날을 이르라니 날짜나 어디 있니
너도 많이 컸으리라 날랑은 생각 말고
송편에 돔부랑 두어 할머니께 드려라.

女書를 받고

조운시조집』, 조선사, 1947.5.5

너도 밤마다

꿈에

나를 본다 하니

오고

가는 길에

만날 법도 하건마는

둘이 다 바쁜 마음에

서로 몰라 보는가.

바람아 부지 마라

눈보라 치지 마라

어여쁜 우리 딸의

어리고 연한 꿈이

---

* 북조선작가동맹 편, 『현대조선문학선집』(1957)에는 「딸의 글을 받고」로 제목이
바뀌었음.

날 찾아

이밤을 타고 二百里를

온단다.

面會

「조운시조집」, 조선사, 1947.5.5

읽고 자고

읽고 자고

出接만 여겼더니

몰라보는 어린 자식

돌아서며 우는 안해

이몸이 가친 몸임을 새삼스리 느꼈다.

어머니 얼굴

『조운시조집』, 조선사, 1947.5.5

주름진 어머니 얼굴
매보다 아픈 생각

밤도
낮도 길고
하고도 하한 날에

그래도 이생각 아니면
어이 보냈을거나.

덥고 긴 날

『조운시조집』, 조선사, 1947.5.5

찌는 듯 무더운 날이
길기도 무던 길다

고냥 앉은 채로
으긋이 배겨 보자

끝내는 제가 못 견디어
그만 지고 마누나.

靑春은커녕

『民聲』 4권 2호, 1948.2.

이젠 막우 한번 살아보자! 외치다가
펄석 주저앉어 땅바닥을 두들었다
靑春이 간 내 靑春이 아까웠다 말이다
당장만 녀겼더니 지긋지긋한 三年일다
콩가루 죽일망정 먹으명 떼메기명
제집에 이설을 쇠은이 그몇이나 되느뇨
아―으 靑春은커녕 白首도 아낄 나우없다
自由냐 죽엄이냐 자진고패치는 꼬드막에털보다
헌신짝보다 이목숨이 자볍다.

(1947)

柚子

『문장』 3권 5호, 1948.10.

柚子는 향기롭다 祖國처럼 향기롭다

이을줄 모르는 잎에안게 자랐노니

가시城 六百里두리 漢拏山을 지킨다

물을 건너오면 탱자된다 하거니와

물을 건너가면 탱자도 柚子된지

밤마다 漢拏山봉우리 별이 부른다노나

―四八.六.一七―

金萬頃들

『조선문학전집』, 1949.4.20

들이 바다두곤 넓어
눈이 모자라 못보겠다

이개 우리거지!
꿈같은 일이로다

東津水 九百 구비쳐
흰젖처럼 흐르고

黃昏은 밀려오잖아
따에서 솟나부다

온 들에 저녁 煙氣
煙氣 속에 등불일다

南洋서 北支에서들
다들 돌아왔는지.

내 땅

『조선문학전집』, 1949.4.20

몽근 흙 굵은 덩이
촉촉하고 상기한 내

祖父의 살과 뼈와
땀과 피와 눈물방울

어째서
이게 어째서 놈들꺼란 말이냐!

만저봐도 내흙일다
누어봐도 내흙일다

내가 너를 위해
싸워 죽다 한있으리

싸워서 싸워서 죽어도
네게 묻힐 내여든!

습작

북조선작가동맹 편, 『현대조선문학선집』, 1957.

태산을 넘어 넘어 풍랑을 헤치면서

님 위해 일하건만 님이 나를 아시는지

님이야 아시던 마던 할 일이니 하리라.

(1918)

그림

『조선문학강독─해방전현대편』 2, 1988.

우는 애 달래려고 한 송이 꽃 그려 주니
아니는 내던지며 향내 없다 보채누나
아이야 기다렸으라 내 나도록 그리리

(1923)

이 世紀의 시인아

북조선작가동맹 편, 『현대조선문학선집』, 1957.

붓을 단단히 쥐여라
마치를 쥐듯 힘껏 쥐여라
이쑤시게 들듯 들테면
차라리 아편 침대를 들어라

오는 뒤날에 들었던 붓을
기운껏 팽개칠 때가 있으리니
그것을 위하여 또한 그 때를 위하여
기운껏 기운껏 붓대를 쥐여라

아― 시인아 이 세기의 시인아
너희는 그때를 알지?
또한 그 때에는
무엇이 너희 손에 잡힐지도……

창을 던지고 붓대를 다시 쥘 때
그제야 우리는 우리의 노래를
마음껏 읊을 수 있으리라

그 때를 위하여
기운껏 기운껏 붓대를 쥐여라

1926—

설음

북조선작가동맹 편, 『현대조선문학선집』, 1957.

자내도 서러우리

부르기 싫은 노래를

매에 못 이겨 부르는

자네도 서러우리만

나는 더 서러우리

노래하고 싶은 노래를

노래하지 못하는

나는 더욱도 서러워!

평양 8경을 찾아

문학신문 . 1957.10.10

을밀대의 봄(乙密臺春)

빈공에 솟을 다락 좌우로 흐르는강

강건너 들이요 들건너 산이로다

한눈에 천리춘색을 먼저 찾아 즐긴다

부벽루의 달(浮碧樓月)

새기둥 나뭇잎새 안아보고 싶은마음

달도 추녀끝에 매달리려 하는구나

너 또한 부벽루없이 무슨달맛이리요

*폭격에 헐린 부벽루는
금년에 새로 세웠다

영명사의 중(永明寺僧)

천년 고찰이요 국중명찰이더니라

미제의 란폭(亂暴)으로 일조에 빈터되다

나무로 새긴 부천들 정만넘츨 있으리

애련당 비소리(連堂聲雨)

애련당 그어뎬고 예인지 오래란다
련광정 란간에 비껴들던 한늙은이
재로선 5층층집 가리키며 (그자린가 싶으오)

보통문 손님 전송(普通送客)

만리 풍설중에 부디편안히 다녀오소
울며불며 애를끊던 보통문 처마밑에
부러운 국제 별차가 예보란듯 달린다

통산의 푸른빛(通山漫翠)

뜨는별엔 청둥오리 지는별엔 한서린듯
노상 푸른결은 늦가을이 제철이다
비개자 구름가시니 더욱멋이로구나

수례문 뱃노리(車門之泛)

퍼얼펄 공화국기 휘날니며 닿는배에
한말 물자구나 수례문이 어드메요
뚝 안이 백치섬이니 게가물어 보시오

　　*수례문 건너에 있던 백치섬(白痴島)이 록지가 되어 강둑안에
들었다. 지금은 이를 전리라 한다

마탄의 봄물(馬灘春深)

단비가 한밤새에 무던히 왔나부다

안주벌 중화벌에 대여주고 남은물이

제풀에 바쁜냥하여 뒤둥그려 흐른다

一九五七・一○

《아브로라》의 포성

『조선문학』, 조선작가동맹출판사, 1957.11.

암흑의 굳은 지각(地殼)을 단방에 깨뜨렸다.

광명을 인민에게 길이길이 열어주고

상기도 《아브로라》의 포성 울려울려 퍼진다.

*

낡은 것 허는 힘은 새것을 쌓는 힘이니라

오늘의 이 위력을 뽐내는 인민들은

4십년 《아브로라》의 포성을 들으면서 싸웠다.

*

해가 둘이 없느니라고 서로 걸고만 사더니라

민족과 민족끼리 이리 의좋게 지내거니

일신들 《아브로라》의 포성을 잊을 줄이 있으리

*

어제는 아세아에 오늘은 아프리카

식민 세력이 나날이 무너진다.

이놈들! 《아브로라》의 포성 무서워하는 이놈들.

*

인류가 어이 그리 전쟁만 해야하리

원자 폭탄이 제물에 얼리로다.

우렁찬 《아브로라》의 포성 울리고만 있거니.

*

사람을 압제하는 사람이 없어지도록
평화와 행복에 찬 이 지구가 돌고 돌도록
영원히 영원히 울릴 《아브로라》의 포 소리.

평양 8관

『조선문학』, 조선작가동맹출판사, 1958.6.

해방탑

천 근 든 쇠북을 들듯 안았던 꽃을 드립니다,
꽃도 머물렀다 한 번 핀 보람 있어
예 와 고이고저 피인상 싶으거늘
제주도 유자꽃이야 오죽 부러우리까.

해방투쟁 박물관

투더운 얼음'장 밑에 흐르던 샘을 본다
얼음은 터지고 바다는 열렸구나
력사로 더불어 꽃다울 이름이여
나오며 되돌아 보며 김일성 장군! 하고 외이다.

지하극장

땅 속도 조선이외다 우리 살으란 조선이외다,
우리야 노래하면 싸우며 건설하지요.
폭탄이 쏟아져 내려 터지고 터지던 그날 밤도
우리는 해방 6주년을 예서 맞아 즐겼소.

*1951년 8월 14일 개관하다.

전승기념관

무려 16개 나라 일거에 덤볐으나
정의의 전쟁이기에 우리는 이기었소,
당이야 인민이야 그 진한 땀이야 피!
옷깃이 절로 여며지고 손이 쥐여집니다.

공업 및 농업전람회

화약내 상기 아닌 가신 듯 싶으은데
언제 싸웠냐는 듯 이리 만들어 놓았으니,
아 이런! 아 이런 하며 나도 몰래 닿은 손을
〈만지진 마셔요〉 소리에 깜짝 놀라 떼였소.

—1955년—

방직공장

쌀은 사회주의다, 밭을 일쿠고 논을 푸니
공장 아가씨도 사회주의를 짜는구나
강처럼 흐르는 천 보기만 해도 등 따슨데
꽈리등 번쩍만 하면 원쑤 같이 밉구나.

*을이 끊어지면 꽈리등이 반짝 켜진다.

김일성 광장

즐거운 때도 성이 날 때도 모두다 여기 모입니다,

통일과 사회주의 이룩하는 우리 호흡
선량한 인류의 맥박과 통하기에
원쑤는 이 광장 숨'결을 못내 저어합니다.

력사박물관

쏘련의 인공 위성 5백 번째 돌던 날에
돌도끼 청동 거울 자기붙이 두로 봤다,
뜰밑에 쓸쓸한 샤만호 포신(砲身)처럼
녹쓸은 제국주의를 진렬장 안에 보리라.

*1957년 11월 7일, 사회주의 10월 혁명 40주년, 이날 오전 6시
현재에 제1인공위성이 자구 주위를 500회 회전했다.

한 늙은 귀국자의 노래

『시문학』 1집, 조선작가동맹출판사, 1960.

게나 혹 삶즉한가 하여, 몰래 숨어 나갔더니
삼십 년 이국살이, 남은 것이 백발뿐이
훨훨훨 공화국기 휘날리며, 내가 돌아오다니!
*

조국이 그 어데요, 백두산가? 대동강가?
백두산, 대동강과 내가 닮은 동포니라
이렇듯 반겨 주는 동포, 내가 아니 그리랴.
*

새도 제 고장 쪽에 깃을 친다 하거니와
천리마 내닫는 듯, 어제 일이 옛'일인 듯
나날이 번형하는 내 조국, 아니 오고 어이리.
*

고토에 뼈나 묻히자 오는 줄만 여기지 말아
꺾어다 꽂은 가지도 꽃은 피고 마르거든
산 내가 사회주의 나라에, 아니 필 줄 있으랴.

더 살아! 이 행복 어찌하고 더 못 살리
다문 벽돌 한 장, 구실이라도 내 하리라
조국의 민주 통일을 내 눈으로도 볼 것을!

잊지 못할 5·1절

『시문학』 3집, 조선작가동맹출판사, 1961.

천 년을 지내고 만 년을 지내도 5·1절은 대명절이라
걸게 채리고 가지록 즐길 적에
피 흘려 앗은 명절임을 아이들은 모르리.

한 아바는 손자를 데리고, 손자는 또 그 손자를 데리고
유격대 명절놀이, 개구리'국 이야기를
행여나 모르고 즐길세라 두고두고 하겠다.

호박 물'부리

『시문학』 3집, 조선작가동맹출판사, 1961.

하루에 열두 번 더 꺼내여 피면서도
가끔 손을 넣어 만져 보고 생각하고
어려운 고비고비에는 꽉 쥐여 본 물'부리

쥐여 보며 싸웠노라 싸워서는 이겼노라
첫 상봉 기념으로 쥐여 주신 그 물'부리
오늘에 승리를 기념하여 도로 드리옵니다

(김일성 원수와 최현 장군과의 첫 상봉에 주고받은 호박 물'부리는 지금 혁명 투쟁 박물관에 보관되여 있다.)

동무들 이 총을 받아 주

『시문학』 3집, 조선작가동맹출판사, 1961.

조국을 위하여서 목숨을 바치고도
바치고도 남은 것이 또 하나 있었으니
"동무들 이 총을 받아 주"하고 바쳤다.

한 홉의 미시'가루

『시문학』 3집. 조선작가동맹출판사, 1961.

앞길은 아득하고 적은 뒤에 다가 들고
눈은 길로 쌓였는데 군량이 떨어지단 말가
배낭을 죄 털어 모으니 미시'가루 단 한 홉.

굶은 채 나흘 행군 지칠 대로 지쳤는데
눈을 쥐여 새기면서도 권커니 사양커니
한 홉의 미시'가루 오늘도 또 남았다.

한 홉의 미시'가루를 한 되씩이나 나눠 먹었다
부른 줄은 몰라허되, 솟은 힘은 화산 같다
갈 가루 적을 쳐 이기고도 힘은 더욱 남았다.

이 눈이 녹기 전에

『시문학』 3집, 조선작가동맹출판사, 1961.

눈 우에 가로 누워 토막 같이 언 시체를

고드름 같이 언 손발로, 눈을 덮어 묻단 말가

동무! 눈을 감소, 자는 듯이 누워 있소

이 눈이 채 녹기 전에, 내 원쑤를 갚으리.

뜻을 못 이루고 넘어진 청춘이여

산악은 흐느끼고 계곡은 목이 멘다

지나던 구름도 떠 흐르지 못하누나

가지를 꺾어다 꺾어다가 덮고 덮고 하였다

가야 한다! 원쑤를 찾아 어서 가야 할 우리들은

돌쳐지지 않는 발'길 빠듯이 내치노니

래일은 모름지기 해방된 삼천만이

행복을, 영원한 행복을 널로 하여 누르리.

第三秋夕

조운 편, 『현대시조삼인집』

적게 뉘 무덤고
안악이 풀을 벤다

일가 親知에
소식이 죄 끊졌으니

상기도
山에 있는지
붙들려가 맞는지?

---

* 『가람 이병기 전집』 1, 전북대 출판문화원, 2017.

고향소식

조운 편, 『현대시조삼인집』

고향서 온 이 있어
집소식을 물었더니

몇해 더 백여야
아들 곁에 죽는다고

여든 셋 자네 어머님
몸조심을 하시네.

---

* 『가람 이병기 전집』 1, 전북대 출판문화원, 2017.

영광유치원가

『영광의 노래와 글모음』, 1991.

불갑산의 큰 돌이 다 없어지고
서해의 깊은 물이 다 마르도록
관람산의 송죽은 울울창창타
무럭무럭 자라나는 영광 유치원

해방가

『영광의 노래와 글모음』, 1991.

일어나 나가자 쏘아나가자
시련에 어두움을 박차버려라
백두산 마루에 희망의 기운
얽히어 새벽에 휘황차구나

자유 자유 자유자유 자유의 노래
피와 바꾼 자유의 노래
지축이 무너져라 우렁차구나

기름진 앞뒷벌 무궁화동산
영겁에 알뜰이 내 보금자리
못잊을 기억이 거름이 되어
새로운 아세아 꽃이 피구나.

---

* 해방의 감격을 읊어 청년들에게 나누어 준 시로 영광청년들이 불렀다고 함.

자유 자유 자유자유 자유의 노래
피와 바꾼 자유의 노래
지축이 부너져라 우렁차구나

갖옷 말아 안고

『民聲』 5권 1호, 1948.12.30

1

갖옷 말아 안고 수우잠에 집엘 가니
흰 니 비인 뜰은 눈쌓인체 쓸도 않고
갓피인 梅花 한그루 鶴이 門을 지킨다.

(原詩)

坐擁貂裘小睡溫 依依歸夢訪國園

雪晴溪館無人掃 一樹梅花鶴守門

— 藕船 李尙迪 —

2

궂은비 날잡아두고 짐짓 개지 않는것가
窓밖에 江물소리 진종일 듣노라니
꾸꾸꾹 살구꽃밑에 비둘기가 우노라

---

*　번역시(翻譯詩)

(原詩)

妊雨留人故不晴　隔窓終日聽江聲

班鳩又報春消息　山杏花邊款款鳴

— 保閑齊 申光漢 —

3

처마에 나는 제비 깁소매에 지는 꽃잎
뷔인 洞房에 무엇이아니 설음이꼬
江풀은 푸르고 푸른데 임은 아니 오시네

(原作)

燕掠斜△雨雨飛　落花僚亂撲羅衣

洞房極日傷春意　草綠江南人未歸

— 許蘭雪軒 —

(譯時調 『石羊集』抄)

2

산문

'님'에 對하야

『조선문단』 7호, 1925. 4.

님이란 말이 퍽賤해젓습니다. 어느째부터 그리 賤待를 바더왔는지는 몰으겟스나 요새에 와서는 엇더케賤하게되얏는지 점잔하다는 이들은 입밧게도 아니낼말인것가치 野卑하게 생각하고잇습니다.

우리 俗歌中에 '一千肝腸 맺친서럼은 우리님생각쑌이로다'하는 것을 '父母님 생각쑌이로다'로 고처불으며 '綠衣紅裳 美人들은 오락가락 추천을하는데 우리님은 어대가계시어 端午時節을 몰으시나'를 '우리친구 벗님네는 어대가게시고 端午時節을 몰으시나'로 고처불을만치 님이라는말을 그릇알고 낫게역입니다.

더욱 웃우는것은 다갓치 戀愛하는異性에게 쓰는 말이라면서도 新式(?)사람들은 님이라고 불으지안코 戀人이니 愛人이니 하는말을 씁니다. 戀人이니 愛人이니는 神聖한말이오 님이라는말은 野卑한 말이어서 靑樓나 妓生방에나 에서弄談에 쓰는 말로만 압니다. 그래 요새 詩라는 것에도 님이라는말은 거의쓰지 안는모양이오 戀人이니 愛人이니 나의 女王이니를代用하며 讀者中에도 '님'이라는 글字가 씨어진詩는 덥허 노코 戀愛詩로 알고 갓흔 戀愛詩에도 '님아, 나의 님아'한것을 野卑한戀愛詩요 '愛人아 나의女王이여' 한것은 참 所謂神聖한 戀愛詩로 알게까지되얏습니다. 여긔까지는 넘어 과장한 말인것갓흐나 엇잿든 님이라는말을 퍽 들스럽게 역이는것은 事實입니다.

果然 님이라는 말이엇더한 뜻을가진말인가 무엇을 대표한 말인가를 들추어볼必要가잇습니다. 적어도나로는 그님이라는 말을 그리 들스럽게 그리 좁게알고 말아버린것이 아닐것이라고 생각합니다.

史冊을 끄집어내어 그語源을 들추어볼것도업시 형님 아우님 누이님 이니 하나님 先生님 임금님 하는것을볼째에 尊敬한자리에 쓰는말임을 알것이오 달님 이니 별님 이니 할수도잇는 것을보면 아모런것에 나 마음에맛는데에 님을붓처불너 敬愛함을 表할수도 잇는것입니다.

요멧해前에 金상이니 李상이니 미스터朴이니 씬요로趙니 하는소리에 구역이나서 金님 朴님으로가름써본일도잇습니다. 그런데 님이라는말은 이와갓치 接尾語로만 쓰는것이 아니요 代名詞로 그냥 '님'이라고 불너쓰입니다 이제 내가 생각하고저 하는것은 代名詞로 쓰는 '님'이 엇더한뜻을 가젓느냐하는것입니다.

그것을 典辭에 註내듯이 님이란 엇더 엇더한것이라고 說明하는이보다 님은 글에만히 쓰이는말이니 그를主題로 쓴녯사람의 글을 摘記하는것이 滋味도 잇슬샌아니라 더쑥쑥히 짐작할 수 잇스리라고 생각합니다.

'님向한 一片丹心이야 가실줄이 잇스랴'한 鄭圃隱의詩와 李白沙의 '孤臣怨淚를…… 님게신 九重深處에 쌱려준들 엇저리' 한노래는 모르는이가 업슬것이며

마음이 어린後니 하는일이 다어리다
九重雲山에 어느님 오리마는

지는닙 부는바람에 행여 옌가하노라

花潭 徐敬德

내마음 허러내어 저달을 만들과저
九萬里長天에 번듯이 걸녀잇서
고혼님 게신곳에 비최여나 볼가

松江 鄭澈

님을 미들것가 못미들손 님이로다
미더온 時節도 못미들줄 아랏스랴
밋기야 어려워라 마는 아니밋고 어이리

月沙 李廷龜

冬至달 기나긴밤을 한허리를 둘혀내어
春風을 이불아래 서리서리 너헛다가
어룬님 오신달밤이여드란 구비구비펴오리라

淸陰 金尙憲

사랑이 거즛말이 님날사랑 거즛말이
쑴에와 뵈온말이 긔더욱 거즛말이
날갓치 잠아니오면 어내쑴에 뵈오리

仙源 金尙容

梨花雨 훗색릴제 울며잡고 離別한님

秋風落葉에 님도 나를 생각는가

千里에 외로운 꿈만 오락가락

梅窓 桂娘

죽어서 이져야 하랴 살아서 그려야하랴

죽어잇기도 어렵고 살아 그리기도 어려왜라

저님아 한말만 하소라 死生決斷하리라

梅花

바람도 쉬여넘고 구름도 쉬여넘는고개

산진이 수진이 海東靑보라매라도

다쉬여넘는 高峰長城嶺고개

고넘어 님이 왓다하면

나는 한번도 아니쉬여 넘을가 하노라

失名氏

이러한 노래를 읍조리며 그作者를 생각하면'님'이란 무엇을 가르첫는가를 짐작할수가 잇슬 것입니다.

辭典에 씨인것과갓치 님이란 懷慕하는 사람을이름이니 戀愛하는 異性만을 불든 것이 아니라 그가 君主이든 父母이든 兄弟나 쏘는 친구이거나 自己가 極히 愛慕하는 사람을 님이라부른것입니다.

漢詩에 美人이라는것이 우리노래에 님이라는것과 비슷한 뜻을 가진것인가 합니다.

岑參의 「春夢」詩에

洞房昨夜春風起 遙憶美人湘江水

라거나 盧同의 「有所思」에

湘江兩岸花木深 美人不息愁人心
……… 美人兮 美人 不知爲慕兩兮
爲朝雲………

이라거나 李白의

碧水渺渺雲茫茫 美人不來空斷腸

이란詩와

美人女花融雲端 上有靑冥之高天
下有綠水之波瀾 天長路遠魂飛苦

라한 「長相思」를 읽어보아 알수있습니다 詩傳에도 云誰之思 西方美

人, 皮美人兮, 西方之人兮라 하고註에 西方美人은 西周의 盛王을 가르처말한 것이라고 하엿습니다.

우에말한것으로써 님이란 戀愛하는 異性에만 쓰는말이 아니라는 것을 말하엿습니다. 나는 또 이님이라는 말의뜻을 더 넓히고저합니다. 아니넓히고저하는것보다 넓어젓다는것을 말하고저합니다.

님이란君主라거나 父母 兄弟 친구라거나 異性이라거나 그戀慕하는 사람하나에게만 붓처 불을것이아니라 우리의 意識이 넓어진 오늘에 잇셔셔는 同胞라거나 全人類를 님이라고 부를 수도 잇슬것이며, 自己方向의目標, 理想의자리, 憧憬의焦點, 그리워하는곳, 또宇宙生命의 本體를님이라하며 님의품이라 할것입니다.

原文은 모르되 '아버지여 萬一 질기시거든 내게서 이잔을 써나게 하소서' 한 예수의 橄欖山 祈禱의 一節과 '아버지여 내靈魂을 아버지손에 付託하나이다' 한 예수의最後의 言과를 나로 하야곰 번譯케 한다면 '님이여 萬一 질기시거든……' '님이여 내靈魂을 님의손에 부탁하나이다'로 읽겟습니다. 孝子의 太上境과 釋尊의 龍華와 極樂이 님의 나라며 님의 짯쯧한 품안일 것이올시다.

우리의 살님이야말로 美人不來空斷腸하는 살님이며 죽어서이저야할지 살아서 그리여야할지 모르는사람들입니다. 우리야말로 海東靑보라매라도 쉬어넘는 고개를 한번도 쉬지안코 넘어야만 할것입니다.

숫머슴애

『조선문단』 10호, 1925.7.

春海兄 나대고 戀愛觀을 쓰라고요? 참 엄청난 付託이올시다.

누구하나를 사랑해 본적이업고 누가하나의 사랑을 바더본적이업거늘 이러한 「숫머슴애」에게엇지그에對한 感想이니 經驗談이니가 잇겟스며 더욱히나 訓戒니 期待를 말할수잇슬이까?

나는 村머슴애이니 나도일즉 나물캐는處女나 惑쑬싸는큰아기들과라도 사랑을한번 매저보앗든들 이러한機會에 붓을들고 「사랑이란 쓰니라 다니라기—니라 싸르니라」아조 한번휘둘러볼ㅅ걸 그런 섭섭할쎄가업습니다.

兄의 말슴과갓치 經驗은없다해도 「나는戀愛를엇더케본다」하는 觀이야 업슬수업스며 이후에 사랑을맷게되면 「엇더케하리라」는것조차야 업슬수업겟슴니다. 허나 그도빗긋하면 남의말을 쓰기쉽고 그러치안으면 격거보지못한者의 冷淡한이약이, 이력찬소리 에지내지못할테니 차라로 뒷긔회를 기다려참스럽게한번 쓰는것이조켓다고 생각합니다.

春海兄! 기다려주우! 잉? 그러나

春海兄

봄눈이 하 자지고 거츠러

여윈가지는 필똥말똥 하니

싸라서 그도쓸똥말똥합니다.

술!*

「조선문단」 17호. 1926.6.

내 그리 자로 술을대함은아니나 술ㅅ잔을 손에들째마다 이게 엇저자는것인고하고 항상생각하나니 아즉 술과깁흔情이들지아니하고 情이아즉깁허지지 못햇는지라 그리실토록 情이써러지지도아니햇으나 상기 무엇인고하는 수수썩기는 풀지못하얏다.

이제또한 술ㅅ잔을들어 친구에게주며 이것이 무엇인고? 무르니 술ㅅ잔이입술에서 써러지자 씽그럿든얼골을펴며 나를보고 또술ㅅ잔을對하야 빙그레 웃을쑨이다.

積雪이 다녹아도 봄소식은 몰을너니
歸鴻은 得意天空濶이요 臥柳生心 生動流라
兒嬉야 새술걸너라 새봄마지 하리라

엊그제 쥐비즌술을 酒桶잇재 두러매고나니
집안아희들 허허처웃는고야
江湖에 봄간다하니 餞送하려가노라

오늘철 가는철을 보내고 마지함에도 술로써하며 봄바람 가을ㅅ
달과 녀름ㅅ비 겨울눈 철철이 일으는 興을 술과함씌 게위하나니

歲月이 流水로다 어나듯 새봄일세

舊圃에 新菜나고 古木에 名花로다

하의야 새술만히 두엇스면 새봄노리하리라

—朴孝寬 咏新春—

桃花는 훗날니고 綠陰은 퍼저온다

쇠꼬리 새노래는 細雨에 구을것다

마초아 盞들어 勸할제 澹粧佳人 오도다

—安玟英—

大棗봄 붉은골에 밤은어이 듯드르며

벼뷘 그르해 게난어이 나리난고

술닉자 체장사도라가니 아니먹고어이리

—黃喜—

白雪이 滿乾坤하니 千山이 玉이로다

梅花는 半開하고 松葉은 푸르럿다

아희야 盞가득부어라 興을겨워하노라

알수업는것은술이다 이러케興에겨워서만 마시는것이아니오 조
하도술 나저도술 분해도술 깁브나슲흐나 안타가워도술이다

　　　　萬頃蒼波水로도 다못쓰실 千古愁를
　　　　一壺酒가지고 오늘이야 쏫겟고나
　　　　太白이 이러함으로 長醉不醒하닷다

이 노래의 作者는 에라노아라 흥게겨워마시는것이아니오 천고에
맷친 人間의 愁恨을 쏫기위하야 마셧스며

　　　　大丈夫 되어나서 立身揚名못하건댄
　　　　차라리 다바리고 酒邑으로 늙으리라
　　　　이밧게 碌碌한 營爲야 걸닐줄이잇스랴

— 金裕器 —

하는 노래를들으면 쏫두고이루지못한 不遇의人의絶望의싯헤도 술
이니 엇지하지못하는 남은半生을 술로써보내자는것이다

　　　　淸明時節 雨紛紛하니 路上行人이 欲斷魂이로다
　　　　뭇노라 牧童아 술파난집어드매 나하뇨
　　　　뎌건너 靑帘酒旗風이니 게가무러보시오

그지업시흘으는 浪人이 지튼봄 구진비에 마음을 傷해가지고지내가
는 牧童다려 술집을먼저 뭇는것을보면

　　故鄕바래보니 구름밧게 아득하다
　　저믈자 이르르니 내ㅅ가이요 酒幕일네
　　부어라 孤客旅懷를 풀어볼가하노라

　　저믈어 酒幕에 드니 술이마츰 괴이거늘
　　一盃一盃復一盃 路毒이 풀리놋다
　　아마도 客苦를 잇기에는 술샌인가하도다

이러듯 나그내의 외로움과 괴로움과 그리움에도 술밧게동모할것이
업는것인가부다

　　쏫은밤비에피고 비진술은다닉엇다
　　거문고 가진벗은 달과함씌 오마더니
　　아희야 모첨에달올낫다 벗오시나 보아라

술은 쓴것이언마는 그리운님을 기다릴째에 술을비저두고 손을 곱으
며 반가운 손님을 마즐째에 點心먼저 술을걸르나니

　　窓밧게 菊花를심어 菊花밋헤 슐비저두니

술닉자 菊花피자 님오시자 달이도다온다
아희야 거문고청처라 벗님대접하리라

이 노래를 을픈이가 그러했고

거문고 줄골나노코 忽然이잠을드니
紫扉에 개지츠며 반가운손 오노매라
아희야 點心도하려니와 濁酒먼저 걸러라

한 이노래의 作者도 쏘한그러했다
술에는 老少가업스니 늙으면늙을사록 술맛은 젊어지는 것이다
  아흔아홉 곱먹은 老丈이 濁酒를걸러 가득담싼취케먹고 납죽소라
한길로 이리로뷔쑥 뎌지로뷔쑥 비척비척 걸어갈제

웃지마라 더 靑春少年男兒놈들아
우리도 少年적마음이 어제런듯하노라

누라서 나를늙다던고 늙은이도이러한가
곳보면 반갑고 盞잡으면 웃음난다
귀밋헤 훗나는白髮이야 낸들어이 하리요

그래도 늙으면 맛은젊을지언정 긔운은 쇠할수밧게업스니

　　죽기설어란들 늙기도곤 서러우랴

　　무거운 팔춤이요 숨저른노래로다

　　갓득에 酒色재못하니 그를슬허하노라

죽는것보다도 늙는것이서러우며 늙는것보다도술못먹는것이 더서
럽다니 술이보배롭기도한것이로고!

　　百年을 假使人人壽라도 憂樂中分 未百年이라

　　況是百年이 반드시어려우니

　　두어라 百年前까지란 취코놀까 하노라

엇던이는 기다해야 百年이다못되는 人生의덧업슴과 갓득하나 근심
만한사람의 이一生을서러하야 술을취한다는데 長生不死하면서도
北海에 술을비저너허두고 길이길이마시자는

　　天地로 帳幕삼고 日月로 燈燭삼아

　　北海水 휘어다가 酒樽에 너허두고

　　南極에 老人星對하야 늙을줄을 모로리라

— 李安城 —

하는 노래를들으면

이몸이 죽거들한 뭇지말고 줍풀에 여다가

酒泉웅덩이에 풍덩드리처 둥둥씌워두면

平生에 즑이든술을 長醉不醒하리라

한것도 고이치는아니한노래다

言忠信 行篤敬하고 酒色을삼가하면

제몸에 病이업고 남아니 우이려니

行하고 餘力잇거든 學問조차 하리라

—成石璘—

한 修身書한장을쓰더늙은듯한 노래가생각나니말이지 술毒에죽는사람이 번번히나는米國은아즉도 禁酒國이오 술을삼가한다면서도 祝祭에는 술을올니고 취하지말라하면서도 聖餐禮에는붉은술을마시며 구디징계한다면서도 穀茶라고하면 마셔도괜찬코 어른압헤서는 고개만 돌리고 들이키면 상관이업다

참술이야말로 요새 文字로 國境도업고 階級도업고老少도업고 古今에差도업고 喜怒哀樂의 區別도업다 업지못할것이오 잇서야 쪽할것이요 天下에 要緊한 것으로 웃듬인것갓치생각된다 술그自體에잇서서도 淸濁의 區別이업스니

집方席내지마라 落葉엔들 못안즈랴

솔불 혀지마라 어제진달 도다온다

兒嬉야 薄酒山菜ㅣㄹ망정 업다말고 내여라

酒客이 淸濁을갈으랴 다나쓰나 막우걸러

잡거니 勸하거니 量대로먹은 後에

大醉코 草堂明月에누엇스니 그조흔가 하노라

―金裕器―

술이 언제부터잇섯스며 누가먼저마셧는지몰으라 쓰거니 달거니 萬
古에 귀염을 바덧섯고 또한 萬古에 귀염을 바들것이언마는 오즉나한
사람에게는웨그리도 야속한지 情이들기도前에노염먼저생긴다 내이
붓을들새에 장타령버려놋트시 술타령을느러노차는것이아니오 無情
하고 야속하고 모지고 노혀운 술에對하야 노담을 하자는것이엇다.
　내가 술을먹노라하기는 昨年이새부터다 昨年一年동안에 '너도술
먹을줄알드냐' 하는말을 날마다 듯다십히 하얏나니 이새까지 술잔
을 입에 대보지도아니하는사람인줄을 남들이 다―알기새문이다
　마음의한모퉁이가 텅뷘곳이잇서 무엇으론지 거긔를 채워야만되
겟고 나도몰을 까닭없는寂寞과 悲哀에는 무엇인지몰라도 무엇에게
醉하고 그에게 씨러저야만겐될것갓헛다 이리하야 偶然히갑싼술잔
을 손에들어보앗스니

술을 내줌이더냐 狂藥인줄 알앗것만

一村肝腸에 萬端시름 실허두고
眞實로 술곳아니면 시름업서라

술이 眞實로 萬端시름을 풀기곳하량이면 그알씸에 뉘아니 情들으랴
마는 내게는꼭그게그러지못하나니 시름겨워 술을 마시면 풀니기는
커녕 매치고매처창자를 아삭아삭 갈가내고만마니 그아니성성하냐
兒嬉는藥을캐러가고 竹亭은 횡덩그러케 뷔엿는데

훗터진 바돌을 뉘잇서쓰러담을소냐
슬醉코 松丁에 지혀스니 節가는줄몰래나

하것마는 나는취하야 節가는줄을이즌적이업스니 冬至섯달 기나긴
밤은 말할것도 업스런만 장다리곳이피고 健雞뒤웃동그리는봄그리
는봄밤도 쌀븐줄을몰나 봄밤도 밤이냥하야 새일줄을모르는것이 얄
밉고 안타가웟다

이러니 저리니말고 술만먹고 노세그려
먹다가 취하거든 먹은채 잠들리라
醉하야 잠든덧이나 시름잇자하노라

醉하야도 節가는 것이 더디거든 醉한들잠이그리 쉬이들며 설마잠이
든다한들 시름이 잇칠것가

간밤에 大醉하고 北下樓에올나 큰꿈을쑤니

七尺劒千里馬로 遼海를 건너가서 天驕를

降服밧고 北闕에도라들어 告厥成功하여뵌다

兒嬉야 慷慨한마음이 胸中에潛潛하야 꿈에試驗하도다

엇저다잠이들면 눈씨도록 꿈만쑤나 꿈을쑨다해도 시원한꿈은 한째
도 못어더보고 뒤숭숭하거나 시름겨워하는것쑨이다
잠이쌔고 술이쌔도괴로우니 醉해서는마음이 압흐고 쌔서는배ㅅ속
머리가압흐다

술쌔어 이러안저 거문고희롱하니

窓밧게섯는 鶴이 즐겨서넘노난다

아히야 나믄술 부어라 홍을겨워하노라

— 金聲채 —

이러롯 쌘뒤나조흐면 그맛으로나 마실것을그리지도못하니 아마도
술로는 이世上술로는 벗할길이업슬나나브다
술이 노혀워 사양하고 밧지안으면

술먹고 노난일을 난도원줄 알것만는

信陵君 무덤우에 밧가는줄 못보신가

百年이 亦草草하니 아니놀고어이하리

—申欽—

하며 蓋을권하는 벗이잇스니 이蓋을바들ㅅ지 말ㅅ지 날다려무를수
밧게업다

　　　人生이 꿈인줄을 제마다아노라네

　　　아노라 하시나 아난이를 못볼네고

　　　우리는 眞實로아오매 醉코놀려하노라

—宋崇元—

人生에 對하야 늣겨즘직한 幻滅을 眞實로잇기만하량이면

　　　主人이술부으니 客으란 노래하소

　　　한蓋 한曲調식 새도록 즑이다가

　　　새거든 새술새노래로 니어놀녀

—李衆斗—

하련마는

　　　자네집 술닉거든 부대나를 부르시소

　　　草堂에 솢이피여드란 나도자네 請해옴세

　　　百年쩟 시름업슬쇠를 議論할까하노라

하야 벗으로써 이약이약하며 술을기우려보기도햇스나 議論이 싯이
업서 술이더욱 노협기만 하니 이를엇지할소?

　　이슝뎌슝 다지나고하롱하롱 임이업다
　　功名도 어근버근 世事라도 싱슝생슝
　　每日 盞두盞하며 그렁저렁

하자하나 世事가 늘 마음은 써나지안으며

　　이러니 저리니하고 世俗寄別하지마소
　　남은是非는 나의알바아니로다
　　瓦樽에 술닉엇으니 긔조흔가하노라

하고지내가자니 世俗이 잇치지안어서 긔조흘줄에몰으것다 얼그ー
니 취하야 달아래서보기도하얏스나

　　金波에 배를타고 淸風으로 멍에하여
　　中流에 씌워두고 笙歌를알월적에
　　醉하고 月下에 섯스나 시름업서하노라

— 任義植 —

하듯이 시름이업서지지아니하고 먹은술이 눈물이되야 밤새도록울
기만하얏섯고 하늘이 돈싹만하게되도록人醉하야보앗스나

　　술을醉케먹고 두렷이 안젓스니
　　億萬시름이 가노라下直한다
　　아희야 盞가득부어라 시름餞送

　　　　　　　　　　　　　　—鄭太和—

을하야 본적이업스니 億萬시름은 고만두고 한가지시름도 그러하다
누구서 술을人醉하면 온갖시름을 다잇는다던고

　　望美兮天一方할제 百盞을 넘어먹어도 寸功이바이업네
　　하물며 白髮依門望을 못내시러하노라

이노래의主人이누구신고 그이를 뫼시고 술을 議論하면저기나시원
할가한다
술이란 시름을풀랴고 마시는것이아니오 일하고 쉴참먹듯이

　　시름을 잡어내어 얽어매어붓동혀서
　　碧波江流에 돌안고아 너헛스니
　　아희야 盞가득부어라 終日醉를 하리라

씅씅동여 내던지고후유한숨을 내쉬면서盞을들어달에빗최여 玩月長
醉를할것인가브다 그러기 前에는술을對하지마자 그몹슬 술을엇지
나 쏘입에대이리!

　이리해보고 저리도해보고 얼그니취해도보고잔쪽 취해보기도하
고 엽헤잇는술을사양코아니먹어도보고 업는술을 돈주어사다 먹어
도보고 勸에부댓겨먹어도보고 數十名친구가 예라노아라 마셔도보
고 단두엇이 도랑도랑이약이하면서 먹어도보고 나혼자 찬술을 기우
려도보앗스나 내가바래는 술! 취하고십흔술은한번도 맛보지를못하
얏다 이제생각컨댄 내가 취하고자하는술은 決코이런술이아니엇섯
든 것이다

아!이제는 술을대하지마자!

허면 엇지할쇼? 이마음의 空洞을무엇으로써채울고? 千古에 매치고
서린恨을누구에게하소하며 生의쯧업시 孤獨하고 寂寞한 悲哀를 무
엇에게 미러들쇼? 무엇이잇서나를醉케할텐고

그게쏙 업지도 안을것갓흐나 웨 상긔업고만잇는고

술을비지자 새술을비지자 그리하야 天下사람으로하야곰취케하자

　　　　　—봄을낡히는구진비가 窓밧게오는 五月二十日아츰에

상긔도 二十

『동광』 8호, 1926.12.

질문: 만일 내가 다시 20살의 청년이 될 수 있다 하면?

내가 먹은 나이에서 스믈을 헤기보다 설흔이 더 가까우니 나도 스믈을 떠난 지가 꽤 오랜 것임니다. 허나 맘과 긔운은 상긔 스믈을 떠나지 아니하여 일쯕이 하고저 하는 일에 나이를 거리끼어 한 적이 없는지라 스믈 넘은 것을 한 한 줄이 없음에 딸은 새삼스러히 '20의 靑年이면!' 하고 딴 생각이 날 까닭도 또한 없겠음니다.

20의 靑年이 할 수 있는 일이라면 나도 나이를 헤아리지 아니하고 덤비어 들으리니 天下에 役軍을 要하시거던 불으십시오. 나도 또한 한등 짐을 하리다 한 때도 생각을 나이에 머믈어보지 아니하여 이에는 뱃심이 꽤 할만함니다. 어떤 閨秀가 있어 스믈된 郎材를 求한다 해도 대담스러히 나서 볼 긔운은 있음니다. 하나 心氣가 아직 20인만치 뜻을 얻지 못하고 길을 잡지 못하여 그를 못 견디어 하니 '내가 아직 20이다'고 할 수밖에 없이 된 것임니다.

많은 일꾼의 記錄을 보아 30을 가장 뜻있게 녁이나니 30에 뜻을 세우지 못하면 그 一生이 반듯이 無爲에 그치고 말 것이라는 생각이 迷信일는지는 몰으나 맘 속에 깊이 굳어저 이 생각이 나로 하여금 각금 나이를 돌아보게 하고 손가락을 곱게 하여 끄리지 마자면서도

‘어찌할꼬’ 하고 푸른 하늘을 멀거니 치어다 보게 합니다.

몇 해 남지 않은 30을 바라볼 때 이러 하건과 지나간 나이를 돌아다 보면 또한 얼척 없기가 짝이 없음니다.

젊은이의 젊은이인 보람은 空想에 있으니 이것이 모든 偉人의 어머니라. 空想이야 하게 되는대로는 할 것임니다. 不眠症이 생기어도 좋아, 神經衰弱에 걸리어도 좋아, 흠뻑 생각하고 흠뻑 즐기어 할 것임니다. 하나 저러할 때에는 저러할 값이, 이러할 때에는 이러해야 하나니 저리할 때에 저러할 것만 값있게 보고 그를 기다리기 위하여 지금 이때를 쪽구리고 앉아 두팔로 턱을 괴이고만 있어서는 못 쓰것더라는 것임니다. 이게 말ㅅ구로는 일우어지지 못햇는지 몰으나 그 뜻이야 말로 내가 살아온 동안에 가장 깊이 뼈 저리게 느낀 것임니다.

丙寅年과 時調

『조선문단』 4권 2호, 1927.2.

쏘한해 丙寅을 보내게되는구나

실로丙寅은 우리文化史上에 가장 因緣이 깁흔年號니 八百四十年前 高麗宣宗三年의 大藏經續修刊行과 四百八十年前 漢陽朝世宗二十九年의 訓民正音頒布와 最近六十年前 숨은君子의나라가 世界의 새空氣를 마시게된 丙寅洋擾等 이偉大한史實은 吾族으로더부러 千古에잇지못할바이다.

넷날의 丙寅이 그러햇고 今年의 丙寅은 엇지되엿나, 政治的 社會的 學術的으로 얼마나큰 發見과 事業과 事實이 잇섯는지는몰으나, 남의본만쓰고 남의흉내만내든우리가 버리엇든 自己를 도로차즈며 自己自身을 省察하고 自己精神을 收拾하며 自己그릇을먼저 檢討해야할 緊密한무엇을늑기게되여 이제부터는 모든 것에 朝鮮心 朝鮮魂 朝鮮的이 짜라다니게되엿다 실로 올해의 丙寅年의 보람은 이 '朝鮮的'에잇다고 생각하나니 決코이것이 하찬한 것이 아니다.

門外漢으로 할말은못되나 飜譯的이든 社會主義者가 民族運動者와 握手를하게되엿다는것도 丙寅年의 大氣인 '朝鮮的'에 因緣을둔 것이오 文學 音樂 美術에 잇서서도 作家와 아울러 一般이 朝鮮魂을 담은 것을 부르짓고찻게 되엿다. 七百年前에 使用햇드라는 歌劇曲目의 發見과 史庫에서 正音頒布日字를 차자내어 그날을 記念하고 또 '가갸날'로 定하야 永遠히 記念하자는것과 극히적은것이나마 純朝鮮舞踊會와 갓흔 것을 열게되는것이며 이모도가 今年의 '朝鮮'을 바닥으로한데서생긴 한가닥인것과 이보다도 時調復興이 비롯오 한자리를잡게된 것은 朝鮮文學建設史上에重要한폐―지일것이라고밋나니 이쏘한 丙寅年의 收穫中의 大收穫이다.

時調가 今年에 復興한것도아니오 復興運動이 잇는것도아니오 겨우 復興運動이잇겟다고 어림잡을만치엿보이는 것쑨이다 허나 그도 큰것이오 씀직한 것이다.

이째까지 時調는참 이부ㅅ자식과 갓헛다. 점쟌한사람은 점쟌챤한사람의것으로알고 점쟌챤한사람은 점쟌한 사람들의 所有로알고 잇섯스며 風流豪士의 놀음거리로알거나 그러치안으면 하잘것업는 사람의消日쩌리로알앗스니 '時調허제!' 하는 당챤한짓을비웃는 弄詞가생긴것을보아도 얼마나 下待를바덧는가를 알 것이다. 쏘時調를 부르는이로도 時調란 前에잇는 詞說만을 부를것이오지어부르지는 안는것으로알앗다 그러면서도 녯것이나마 時調集 하나가 그들의손에는 업섯스니 靑丘永言이니 大東樂府니 歌曲源流니 하는것들이 다―어데잇는것들인지도몰랏다.

時調의 起源이 乙巴素의作을 참이라고보면 一千七百年前이오 成忠의 作으로부터보면 一千二百餘年前인데 그동안에 作法이니 咏法이니는 고사하고 그의硏究에 關한것이나 쏘는 硏究의 資가될만한것이라고는 한쌤되는 글발도업스니 그리고도 傳해온 것이 奇蹟이오 不可思議다.

開化세상이 되면서부터는 쏘한 開化的(?)으로 賤待를바덧다. 漢詩의 形式이니 漢詩形式을 模倣햇느니한것이니 現代人에게는 交涉이 업다거니, 大衆과 沒交涉한 特殊階級의 所産이니까 無用하다거니, 自由詩를 主張하는同時에 自由로운 表現을 拘束하는 캐캐묵은 固定的詩形은 도라볼 必要가업다거니하야 본체만체는고만두고 漢詩와아울러 無用論까지 主張하는바람에 숨을자리조차도 엇지못하든時調가 이제文壇의한자리를잡어 겨우文壇人의 注目을 밧게된 것이다.

時調의 運動도 實은 新詩와한가지 二十年前부터 움이나기는하엿스니 여긔에도 崔南善氏와 아울러 『少年』雜誌를아니 쓸먹거릴수업다. 우리의 正音으로새로운 詩形을엇기爲하여 여러 가지로 試驗을 하며 硏究도하며 지흔것을發表하는 한편에 녜로부터잇는時調라는 形式에 새精神을담어 國民文學의 한 形式을지으려고애를썻다 일변 녯時調를 硏究紹介도하며 創作을 發表도하엿다 그리다가『少年』이 四年後에 廢刊되고 그後 쏘 四年만에 『靑春』을發刊하여 廢刊될째까지 十餘號에 號를싸라 相當히힘을썻다한다(『大同風雅』와『歌曲選』의 發行도이와한째다 이 冊은 쇄널리퍼어젓나니 京鄕間에 時調를짓는이들은 다― 이冊을본이들일 것이다).

그러나 靑春과 한해에 發刊된 『學之光』이나 一九一八年에 나온 張海夢의 主幹이든『泰西文藝新報』나 東京留學生을 同人으로한 文藝雜誌『創造』나가다―新詩에는 相當히 힘도쓰고 功勞도 잇섯스나

時調에는 조곰만치의 留意도업섯다.

其後三一運動이잇슨後로부터 五六年間에 新聞雜誌할것업시 와
—허니 한씨번에 비뒤에버슷갓치일어낫스나 그도다—時調에는 何
等의 恩澤이엇섯다 文藝雜誌라는 文友니 新靑年이니 廢墟니 靈臺이
니에도 時調말은 빗죽도안햇스며 더욱 詩雜誌로 薔薇村, 金星도 時調
에는 눈도주지안햇다 그 中에 오즉 白潮만이 李光洙氏의 高麗樂府를
두어 號엔가 실타마랏다『靑春』以後 몃해동안 時調의 그림자가 아득
하엿스니 혼자힘쓰고 혼자읇프는 六堂이 獄中에 잇기새문이엇다 그
가 出獄하자 바로「세돌」이란 時調三章을 開闢엔가에 내노흔것갓치
記憶된다 그後同誌에 石松의 時調九章이 한번나고 李相定氏가 두어
번냇다 햇스나누구나그리 留意해보지는안햇섯든 것이다 그해年末
에 月灘이 詩評을쓰면서도 時調에對하야는 一言半句가없고 石松의
詩를 評할지음에 '詩와 時調와 뒤범벅이 되어서 不快하엿다'는말밧
게업섯다.

그리다가 昨年의『朝鮮文壇』에 비롯오 요한의「習作數題」와 六
堂, 가람의 作과 拙作「映湖淸調」가 나타나게되며 文壇人의 注目을
쓸게되여 今年으로 들어서면서는 제법 한자리를어더 文壇正面에 나
타나게되엿다 싸라서 그에關한論과 硏究도만히 나오게되엿스니 朝
鮮文壇에 連載한 六堂의「朝鮮國民文學으로외時調」와「時調胎盤으
로의 朝鮮民性과 民俗」의 이 論文과 新民七月號의「時調와 時調에
表現된 朝鮮사람」이란 孫晉泰氏의 論文과 廉想涉氏의「時調에 關

하야」_(朝鮮日報소재)와 요새 東亞日報에 連載中인 李秉岐氏의 「時調란무엇인고」等이다.

　그外에 아즉보지는 못하엿스나『百八煩惱』라는 六堂의 時調集이 發行되엿다니하니 실로깃버할바이다 新詩運動의 첫收穫으로의『해파리의노래』나『苦惱의舞蹈』의 出世에 比할바가아닐 意味 자못深重한 깃븜이며 東光新年號부터 安自山의 「時調作法講話」가 실니리라니 참반가운일이다 創作으로도 量으로 收穫이 相當하엿스니 新聞이나 雜誌에나와 내가본것만이 한 三百首되엿다 원악 멀리백힌 시골이어서 雜誌나는대로 ――히 다어더 보지못하엿으니 그밧게도더만히 잇섯슬것이라고생각한다 記載한 數로말하면 東亞日報 百四十餘首를 筆頭로 東光, 朝鮮文壇이 한 四十首식 新民, 時代日報가 三十餘首 每日申報, 假面에 若干이잇섯다 中外日報는 새로생겻다는데 아즉 못보앗고 朝鮮日報는 正初에 歌鬪에실닌 時調百首를 紹介하고는 산 首도내지안타가 最近에와서 李秉岐氏 時調 두 首인가를 실흔 것쑨이엇다. 朝鮮之光이 月刊으로되면서부터 時調를실코나오고 京都學友會의 發行인 學潮에새京鄕을씌인 時調가 八九首가잇섯고 衛生과化粧에도 時調가실니어잇섯다 아마도 少年雜誌와 新女性外에는 거의 時調의 펴―지가 준비되어잇는모양이다 이만하면 쐐쌀리 널리 퍼어진셈이니 이것이 우리의것인것만치 發達이나 普及도 다른것에 견주어더쉽게되리라고생각한다.

　이만한 量을가진 丙寅의 時調가 質에잇서서는그리 보암즉한것이

적으니 이것이새것이되자면 一朝一夕의 努力으로 밋칠바가아닌지라 아즉이만함도 크다고 볼수밧게업다.

　이제는 丙寅年時調의 讀後感을 좀쓰자, 時調 對한 科學的知識이 不足하고 時調關(藝術觀)이아즉 確立치못한 學生인바에 評을한다함은 너머나 無嚴한짓이겟기로 이에 讀後感만을 쓴다.

　崔南善氏의作은 七八篇넑엇다 실로이이는 時調의 孤城을직힌 獨將이다 自己의말맛다나그는 '本來詩人이아니다'詩人의 天稟을 가젓슴으로서 時調를 硏究하고 지은것은아니다 國文學의 形式으로 獨特한것이오 오즉하나밧게 업는것이니 우리가이를 가꾸어야할것이며 우리가만든것이니 이속에서도 우리의 얼굴과 마음을 차자볼수잇슬이라생각하고 그는 朝鮮을사랑하는한 學徒로서, 朝鮮精神을 더듬적여찾는이로서 그를 硏究하노라는 것이 歷史家도되고 考古學者도되고 쏘 한모로는 時調詩人도된 것이다 우선 今年作의 題目만을 적어도한번모아 짐작할것이니

　江西三墓에서(東光) 檀君窟에서(東光) 樂浪의꿈자최(朝文) 純宗孝皇帝輓(東亞) 숨어가는銘旌(東亞)들이다

　그의글은 漢字와 궁통스런 말을만히 써서 難澁하다기로 定評이 잇다 오즉해야 '篆字로쓴글'이라는 諧謔的別名까지잇겟나, 허나時調에는 오이려 純正音으로쓰는셈이다 그리고남몰을 朝鮮말을만히 쓴다고하나그는말할것이못되니 우리가 朝鮮語讀本다운것을배우지못해서 우리말수가적은것 辭典이업서차자볼길이업슴을 恨할것이

지 저모른말이라고 덥헝쌍으로 궁통스럽데 古語니 方言이니 하고머
라고할수업는것이다 다른글도그러런이와 더욱 時調에는 그語彙의
自由自在한使用에 歎服아니할수업다 六堂의 時調에서 알틀한 것 싼
쓱한 것 곱고맥그럽고 시고멋진 것을 차질랴는것은잘못이다 그의
時調에는 敬虔, 嚴肅, 崇高가 잇슬쌘이다 돌님 時調부르는자리에 부
를만한 것은 한章도업스니 그의 時調는 書案을 對하야 옷깃을 바루
하고닑을것이오 외어가지고 잔듸밧헤나 시내가에 누어서부를것은
못된다 쏘말하자면 六堂의 時調는 純粹한 詩라고보기어려운 点이
업잔하니 그는 純情에서보다 理智에서나온것이만한 싸닭이라고 나
는 생각한다

　朱耀翰氏의 노래에서 詩보다 時調를 나는더 조하한다 詩에도 말
부침새가 妙하기로 定評이 잇는터이지마는 그 才操는 時調에와서
맵시를부릴새로 부렷다 昨年녀름 朝鮮文壇에 처음난「쬡作問題」을
닑고 決코이것이 첫솜씨가 아니라고생각하엿다 아모리 詩에 妙를
어든이기로 時調의첫손에 그러케 맷그라울수는업는 것이다 그리다
가 今年 東光 創刊號의「발자최」篇尾에(以上 一九二0年 七月 쬡作 C先生의
添削한 것)을보고 그러면 그럿치하엿다 헌데「발자최」는 舊稿라서
그러는지 昨年것에 반해버려서 그런지「쬡作數題」만 훨신 써러진
것갓치생각된다.『동물원에서』는 그리추잘것도 험잡을것도업는 作
이오「나그네」(朝文)도 亦是昨年것만은못하다 全篇이 치렁치렁해서
개안하지못하고 닑고나서 무엇을닑엇는지 印象이하나도남지안는
다그中에

“물그르세 해빗치어 문지방에 노닐거늘 무심코 보앗던들 서러울 리 업슬 것을 어릴째 지내든생각은 무어하러”

이한首는 實感인만치 싼쯕하다 헌데 今年作에는모도 終章소리에 부를 ‘하노라’ ‘하리오’ ‘엇더리’ 하는 씃을 다─쎄어버렷다 그게부르는것도아니오 글씃에도 잇서도그만 업서도그만한것이지만은 닑을째에는씃이업스면 숨한도막이 남어서 주체하기가거북성스럽다 그럼으로 닑는便으로는 부치는 것이 조흘것갓치 생각된다 「새날」(東亞日報)은 新年號에 내기 爲하여 일부러짓지안햇나─한다 절로울어나온것갓지안타 終章을 全部全篇의후렴으로 쓴것은 첫試驗이다 이후로이런것도 만히생길 것이다 또東亞日報 五月엔가에낸 「江南서」와 「江南에서」는 지어서 닑어보지도 아니한모양이다 둘다두首식인데 名名한首식은 조키도하고 험도 없으나 한首식은 말이 잘어울리지도 안엇.

李秉岐氏의 時調는 六堂의것과갓치 壯重하고 難澁하지도안코 요한氏의 것과갓치 부드럽고말숙한맛도업다하나 말이 씃씃하고도 수수하고 툽툽한 맛이잇스니 그게 特色이라면 特色이겟다 調格에는 븬틈이업는 솜씨니 「題宋明府幽居」(朝文)란 譯時調와 「알흐면서 어버이생각」 其他創作等을볼째 솜씨의 익숙한만은볼수잇는 同時에 創作에잇서서는 속이그리깁지못하고 무게가적은 것을 늣기게된다 最近朝鮮日報에난 「밤든서울」을 보면 取才의 局面을 넓히기에 留意하시지 안으시는가─하는생각이든다 東亞日報에 連載되는 ‘時調란 무엇인가’는初學者를 爲하여주는것이만하리라고 밋는다.

亦羅山人의 春信(朝文)은 그저 平凡한 作이다 同誌五月號에 난 「어버이생각」이 春信보다나흐니 그 中에도 가운데首終章이싹금한 맛이잇다 蟋蟀三題(衛生과化粧)는 全篇을 通하여 센티면탈한 氣分밧게남은것이업다 '琴線이 울니잔으면 네탓인가' 한 것은 영낙업시그 렷다. 新民에 난 雜吟도 雜吟에긋치고마랏다.

新民十二月에 氏의 時調가잇는모양인데 손업서서 아즉못닑어섭 섭하다 주저넘은말슴갓흐나 題材의 範圍卽觀察과 描寫의 對象인 局面을 훨신넓힐 必要가 잇지안을싸한다 氏의 作은 恒常 그게좁은것 갓치 생각된다

李光洙氏의 時調는 올로는 못어더닑엇다 今春三月엔가 東亞日報 에 「보낸뒤」라는 時調三首가 잇섯는데 國文으로 춘원이라한듯한 것 이 活字가 흐려서 쪽쪽치느못하나 글이 그이의것갓기도하기로 그이 의것이거니하고닑엇다 崔南善氏와 함씌 時調界의 功勞者인만치 技 巧에는말할것도업다 먼길을 써내보네고 혼자집에도라온이의 情景 이 누구나보고 '그러다!' 할만하다 失禮엣말이나셋재首는 실로氏의 性品의所産이엇다

李殷相氏 數만한 朝鮮詩人 가운데에 時調를어루만지고 가꾸랴고 하는이는 주요한씨와 아울너 李殷相氏 두분쑨이다. 今春合浦의 風 光을 자랑하면서 自然에 對한 靈感과 鄕土에 對한 戀情을 時調로써 表現하였고 새타령을 改作하엿다 (새타령 改作에는 歎服하지못할点이만 타)이후 時調와 民謠에 만흔 硏究를싸흐리라고밋는다 朝鮮文壇四月 號에 離別四曲이잇스니 笈을지고 멀리 故國써나가는 젊은이의가슴

을 들여다볼수잇섯다 '쥐엇든 장긔조차 사래에'던지고 가는곳이 어
듸며 무엇하러가는지 '고국에 봄들걸랑 소식전갈' 하라면서도 엇더
케하마는말도업고 다맛 '혼자가는것이서러워도' '길어멀고 외짜로
워도 가보고야 말리라' 하는 그곳이어듸며 무엇하는곳이며 무엇하
러가며 무어하고도라올텐고! 이게 그저가보기나하자하는 現代朝鮮
靑年의 煩悶相이 아닌가한다.

　權九玄氏의 時調는 時代日報에서한 二十首닑고 月刊으로된 朝鮮
之光에서 댓首닑엇다. 調格으로는아즉時調될랑멀엇다 아조破格으
로 新調를 세윗는지는몰으나 그도쪼 그러케도되지못한모양이다 形
式은 그러하나 內容에잇서서는 確實히 짠色彩가 씌어잇다 그는 在來
의 時調가 花鳥風月만을 읇프거나 쪼唯心觀念만을 基調로하든것에
反하야 現代的生活意識을 表現하랴고하고 物質苦를 읇프려하엿다.

　　　壁上에 時計도니 이몸도 늙을시고

　　　애닯고나 짧은 一生 一秒도 앗갑것만

　　　밤낫업는 機械살님 時間더듸어원수로다

　　　님업다고 설다마오 밥업는게 더설ㅂ데다

　　　限百年 모실님이야 暫時그려 어쩌리만

　　　죽지못해 하는종질 壓迫만이 報酬라오

　　(社會主義者가 이런글을보면 쪼푸로레타리아 時調라고하지안을는지?)

이後로 題材의 範圍가 훨신 넓어지리라고미드며 넓어저야 하리라고
도생각한다 權九玄氏外에 方面은다르나 쏘새로운 傾向을 씌인時調
는 學潮의 지용씨의 「마음의 日記에서」의 아홉首다─시조아홉수─
라는 註를 달지아니햇드면 시조비슷한 新詩로보고말앗슬만치 破調
破格으로된시조다 그리고보니 新詩비슷한 時調이든 것이다 例를하
나적자

      참새의가슴처럼 깃버쒸어보자니

      숭내인 사슴처럼 부르지저 보자니

      永山이 푸러질만치 손을잡아 보자니

마치 八脚詩나 諺文風月을 닑은듯한 늣김을준다 그는 八脚詩나 諺文
風月이 漢詩七言絶句을 模倣한것이어서 四三調로 된것이기째문이다

      한 百年 진흙속에 무첫다 나온 듯

      긔처럼 여프로 기여가 보노니

      먼푸른 하눌아래로 가이업는 모래밧

自由詩의 小曲이라면 確實히 재미잇는 作品이다 엇전지 쓰는대목이
잇다 허나 이것을 時調라고하기에는 어려우니 쏘한 確實히어렵다 字
數만을 싸지고 이게 時調의 字數와 노임새에 틀닌 것이 무에냐고 할
는지몰으나 時調와 時調아닌것의 區別은 字數만 가지고하는것은아

니다 우리詩의 形態를 案出함에는 時調의 變形도 잇슬것이와 時調와 民謠를 基礎로하고 外國詩形을 添酌한 엇던 形式도 생길것이며 가지 각색으로 硏究도하고 試驗도할 것이다 이러한 意味에서 이와갓흔 變體的詩形이 나오는것도 나는반가워한다 만히 硏究하고 만히 試驗하기를바란다.

孤星氏의 時調는 한동안 東亞日報에 每日 보다십히하엿섯는데 이 즘에와서는 別로 보지못햇다 그는 多作하는 便이엇다 그만한 中에 한首도 이것이라고 축겨들만한것은업섯다 아즉 舊套를벗지못하고 舊調그대로일지라도 앵도라진것이한首도업섯다.

朴興哲氏의 大餘八景은 景致을 그대로읊픈것이아니오 거긔서 노닌 것을 읊픈것이엇다 힘이들기는든作이엇스나 새로운맛이업섯다.

統營에 時調짓는이가만한모양이다 그中에 늘샘 春岡의 作을 만히모앗는데 다—아즉 模倣期에잇고 習作時代를 벗지못하엿다 그外에 朴槿坡 開城李聖得氏의것도 亦是그러하엿다.

울어서 된다하면 울어나보올것이

그도소용 업스려니 울어선 무엇하랴

차라리 이악물고 싸오아나 보리라

이것은 盧良洙氏의 作이다 그리잘된것은아니나 요새 新聞에나는時調가 거이『새가엇저고 달이엇저고하니 눈물겨워하노라 그를 서러하노라 수심자아내더라』는 이런소리만하는판이되어서 이와갓흔노

래에는 눈이한번더가게된다

今春東亞日報에時調두首를내신 任東爀氏는그이름이李相定氏의 雅號가혹아닌가하노니 萬一그러치안은면 任氏가 혹 大正十一年八月號開闢의 李相定氏의 時調를 본적이잇는가 뭇고십다.

新聞雜誌讀者欄에 한두首식지어보고 投書한이까지모도합해 내가본것만이 六十餘名이다 ――히―다 말을 부치기는 어려우니 特色이잇는것 만히 지은이의것 쏘는눈에밝히는것만을잡고 讀後感을말한 것이다 三百餘首을다― 차차넑고보고 時調에 對한 科學的知識이 쏘렷하지못하고 아즉 그 內容이나 形式에 硏究들이 적어서 지어보고자하는이나 부르고자하는이나 或 意識이나 價値를 硏究하자고 하는 이나가 다― 엇더케할길을 잡지못하여 터덕그리는냥이 환하다 엇던이는 題에 時調라쓰고 그밋테갈호를치고(비슷한 것)이란 註를 다라부친이가잇섯다 이로써 一般이 時調法則에 얼마나 의아하는가를 볼수잇겟다고생각한다.

쏘하나는 거의 全部를펴노코보아 녯時調에흔한 '世上알가하노라' 한다든다 '아니놀고어이리' 한다든가하는等의 隱逸生活이나 享樂生活的 氣分이 도모지업는것이니 이진실로 現代時調의 特徵이라고하겟고한 題目아래에 여러 首를 짓게되면서부터 時調의 特色인 簡潔하고 明快한맛이 적어진것도한 事實이다.

―丙寅 大靈 病床에서―

近代歌謠 大方家 申五衛將

「신생」 2권 1호~2호, 1929.1~2.

육자백이 愁心歌 아리랑타령이나 沈淸歌는 洋服입은 紳士나 갓쓴 兩班이나 등지개 잔방이에 테머리한 일꾼이나 어른이니 아이니 안악네할 것 없이 몯우가 붉어 좋아하고 들어 좋아합니다. 近來 새 놀애와 새 曲調가 많이 流行하게 되었으나 그는 學生이나 또는 그에 소양이 있는 極少數의 人이 질길뿐이요 同胞의 많이는 아직도 依然이 예로 불어나려오는 놀애를 좋아합니다.

워낙 民謠란 民衆 그 自己네의 思想感情을 뺨아숭이로 表白한 그들의 共通的 作品인지라 作者한둘의 名聲이나 혹은 傳播를 强制하는 어떤 權力으로서 펴지는게 아니요 民衆의 마음에 들어 저절로 傳播되며 時代와 民族을 딿아 자꾸 變하며 또한 그 時代와 그 民族에게 고이나니 이렇듯 民謠는 民族과 平行線으로 發達하는 것입니다.

그럼으로 그 民衆을 질겁게 하는 것으로나 感化를 주는 것으로나 그 民衆에게 및이는 힘이 무엇보다도 끔찍하며 더욱 民謠에 表現된 리즘과 思想은 그 主人의 特色을 들어낸 것이라 그 民族性의 研究資料로서도 무엇보다 要緊한 것일 것이니 愛蘭이나 新興國 첵코슬로박의 例를 보아 의심할바없는 것입니다.

그럼으로 어느 나라를 勿論하고 文學도 또한 그 나라의 傳說 및 民謠에서 出發하여 發達하였나니 우리의 詩歌도 또한 이 民謠에 基礎

하지 않을 수 없을 것입니다.

이러한 意味에서 보아 그동안 全然히 等閒에 붙이고 모르는 척하든 民謠나 時調에 着眼하시는 분이 바야흐로 많아짐을 깃버하며 먹을 다시 갈아 表題에 내센대로 近代歌謠의 大方家 申五衛將을 紹介하겠읍니다.

이는 世上에 널리 알리어진 이가 아니라 그를 아는 이가 흟지 않으나 광대로는 高敞 申五衛將을 모르는 이가 없나니 그를 모르고 광대되지 못하며 광대로는 그이를 몰아지지 않기 때문입니다. 잘낫든 못낫든 우리 民衆의 품에 안기어 寵愛를 받았고 상긔도 우리를 웃기고 울리고 하는 우리 藝術的 所有로 오직 이것뿐인 광대의 소리 여섯 마당이 다 申五衛將의 손을 거치어 오늘날의 것에 이르렀고 流行되는 俗謠의 重要한 것은 거이가 그이의 創作이며 有名한 광대의 대개는 先生의 指導와 批評을 받은 것이라 합니다. 近代에 있어서 이렇듯 偉大한 功績을 우리 歌謠에 쌓은 大家 申五衛將은 과연 어떠한 이인가.

네 선생이 뉘라시냐 성관은 平山申氏
이슬人在 효도孝는 장적의 함人자시오
일백百 근원原은 친구간의 字號로다
뜰앞에 벽오동은 壬申生의 동갑이라
시호는 桐里시니 너도공부 하락이면
가끔가끔 찾아오락

壬申生이라니 百十七年前입니다. 先生은 高敞 胎生이나 그의 父親은 서울사람으로 十七에 落鄕하였는데 成婚만 하고 新行도 미차 아니한 新婦가 딸아 쫓차 나려 왔었드라는 것을보면 그 집안의 식그러웠음을 짐작하겠으며 先生의 幼時가 그리 넉넉하였으리라고는 생각되지 않읍니다.

> 의식지게 하노라고 불피풍우 四十年에
> 검은털이 희었으니

한 놀애를 들으면 젊어서는 살림이 무던히 고생한 것을 알수 있으며 그 遺趾를 살필 때 末年에는 벼千이나했드라는 것을 믿을수있읍니다.

四十까지는 오로지 살림에만 애를 쓰다가 그게 좀 넉넉해짐을 딸아 生을 無爲에 붙이고 말아질 先生이 아닌지라 남저지 三十餘年은 歌謠의 硏究·創作·批評으로 마치었읍니다.

> 사나희로 朝鮮생겨 將相宅에 못생기고
> 활잘소아 평통할가 글잘한다 과거할가

복바티는 하소연과 용소슴 치는 마음의 물결을 놀애에 붙이어 펼친 것입니다.

先生의 博學은 놀라지 않을수 없으며 더욱 音律에 精通하고 詩文에 能하였읍니다. 허나 先生의 先生은 누구인지 아는 이가 없읍니

다. 어려서는 그의 慈親에게 親히 배우었다 하며 四十後 歌謠를 專門
으로 硏鑽하면서는 거기서 한 四五十里山으로 옮아가 숨은 大學者
가 있어 그의 門을 자주두렸다하나 그가 누구인줄 또한 알길 없읍니
다. 先生은 深思의 人이며 冥想의 人이었읍니다. 사람을 對하여 談
話할 때에는 늘 눈을 감고 앉았다 하며 平生에 밤에 불을 켜두는 일
이 없었고 밤에는 돗자리를 갈고 벽은 검은 조히로 도배를 했으라 합
니다.

先生은 學識과 文章보다도 人格이 高貴하였다 하며 當時 그 住民
의 最高의 崇敬을 받았다 하며 마즈막 御使로 魚允中이 湖南에 暗行
할 때『南으로 와 先生을 보았읍니다』고 하였다 합니다. 逸語가 많
지마는 그中 어느 凶年에 飢民을 주게 되는데 '代償이 없이 恩惠를
베풀면 주는 나는 부즈럽시 善한 사람인체할까 두렵고 받는 저희는
恩惠를 입는 사람으로 부끄러워할 것이니 그게 오이려 옳지 않은 일
이다' 하여 '쓸모 없는 물건이라도 가지고 오라 벼와 바꾸어 주마'
하였읍니다. 가지어오는 것은 펴보지 않고 '걸레 한줌에 벼 한섬' 격
으로 풀어내 주어 그의 後孫의 집에는 年前까지 걸레와 짚북덕이가
로적가리 같이 있었다합니다. 이 한 이약이로도 先生이 어떠한 어른
이었든 것을 살피기에 넉넉합니다.

先生은 또 열네간 줄행낭의 그 많은 奴僕에게『해라』를 각박히 한
적이 없었으니 그의 겸손함과 同情이 깊은 줄을알겠고 그의 門下에
게도 늘 이러한 警戒가 많았다 합니다.

못할레라 못할래라 오입쟁이 게집 노릇

世上天地 못할레라 한푼 반푼 못 벌면서

꾸어다 해준 밥 얼른하면 상물 치고

속옷뜯어 해준 보선 술주정에 술항 봅고

밤사이로 또 하라고 아등아등 졸려낸다.

하는 놀애를 보면 自然 그 門下에 배우는 사람 中에는 할량이나 오입장이가 많을 것은 事實이라 딸아서 그러한 黃陶에 더욱 힘을 썼읍니다. 놀애와 소리의 人家라 하니 얼핏 생각하고 先生도 할량이나 오입장이의 발천으로 녀길 사람이 있을는지 모르나 決코 그렇지 않으니 先生은 그에서 그 偉人함을 볼수 있는 걸입니다. 先生의 門下를 지내간 妓生만 하여도 八十餘名이라 하나 先生은 八十平生에 作妾은커녕 妓生의 오입은 고만두고 손목한번 잡고 웃음엣 소리를 한적도 도모지 없다 합니다.

先生의 生活은 質素와 儉朴 그것이었읍니다. 그러나 그는 風致가 있고 淸趣가 있었든것입니다.

고창읍내 虹門안에

두충나무 무지개문

시내우에 마루놓고

방죽우에 포도싫어

첨아 끝에 련꽃핀다

이 놀애를 보면 선생의 居處가 어떠하였음을 알 것이니 趣味란 인견과 相伴하는 것이라 그 또한 高雅할 것을 말할것도 없읍니다

當時의 碩儒 奇로사 先生은 선생의 年長이었으나 서로 追逐하였으니 그 반연은 이러합니다. 先生의 門下에 金春學이란 광대가 있어 로사의 壽宴에 톡기타령을 하였더니 로사 듯고 前에 듣던 것과 다른지라 再三 朗讀을 시킨 後에 그의 先生을 물었든 것입니다. 高敞 申語里라는 말을 듣고 무릅을 치며 『文章이다 文章이다』激讚하고 作品의 全部를 가지어다 읽고 이로붙어 서로 來往하며 詩文을 論하였다 합니다.

先生의 功績을 紹介하기 前에 마지막으로 엃도닿도않은 申五衛將이란 이름이 어이 된 것을 말슴하겠읍니다. 先生은 五衛將 加資를 받은 것입니다. 돌아다니는 말에는 先生이 景福宮 落成式宴에 彩仙이라는 女광대에게 成造歌라는 創作 놀애를 가르치어불리고 大院君의 고임을 받아 나려얻은 加資라 하나 실상은 그렇지 않고 丙子饑饉에 탄 活人堂上이라 합니다.

광대나 곁에사람들이 위한답시고 오위장 오위장한 것만 傳播되어 이름이나 字號를 아는 이는 적고 그저 高敞申五衛將이라고만 하면 그러한 通으로는 다들 앎으로 그때문에 表題에도 字나 號를 쓰질 않고 申五衛將이라고합니다. 五衛將이 訛傳되여 申호장으로 아는이도 있읍니다. (續)

○

이제는 선생의 쌓아놓은 偉積을 들어봅시다. 民謠란 먼저 말한 것

과 같이 백인 임자가 없는 것이라 아무나 고치어도 부르고 달리도 부를수도 있는 것입니다. 그럼으로 오늘날의 놀애가 決코 넷날의 놀애 그대로는 아닐 것이요 닥치는 사람의 손을 거치어 작구 變更되고 進化된 것일 것은 事實입니다. 하나 春香歌나 박타령 같은 長篇大作에 있어서는 그게 달나지었다는 것이 한 句節이나 한 대목 혹 興에겨운 사람이 한마듸식이나 고치었을뿐만 아니라 오히려 굻어치어놓은 것도 있을 것이요 여러 입에 오르나리는 동안 訛傳된 것도 없지 않을 것입니다. 또 그게 發達된 徑路를 생각하면 傳說로 돌아다니는 것을 어떤 입담있는 사람이 이야기품을 팔너다니게 되여 더 좀 자미있게 고치어지고 그 다음에 차차 곡조가 붙고 또 차차 너름새가 아울어지게 되었을 것입니다. 그러고보면 오늘날의 소리 여섯마당이라는 春香歌·沈淸歌·박타령·톡끼타령·적벽가·卜강쇠타령 이렇듯 整調되고 洗鍊된 完成品이 저절로 자라서 일우어진 것이라고만은 믿어지지 않습니다. 반듯이 偉大한 文人의 大修正을 加한 것일 것이니 그 功勞가 申先生에 있다는 것입니다. 소리 여섯 마당은 全部가 先生의 別作이라고해도 過言이 아닐만치 깎고 새기고 깁고 더한 것입니다. 이제 그 作品을 들면

一, 소리 여섯마당

春香歌 男唱 女唱 童唱

박타령

톡끼타령

赤壁歌

沈淸歌

卞강쇠타령

春香歌는 男・女・童唱 三種이 있으니 男唱은 文章이 雄建하고 簡潔하여 男性的이요 女唱은 流麗하고 纖細하여 女性的임이 特色이요 童唱은 童妓나 아이광대에게 適當하도록 制作한 것입니다. 여섯 마당 中 卞강쇠타령은 先生의 創作이라는데 그는 淫亂한 南男北女를 主人으로 그들스런 行動과 醜惡한 場面을 끄림없이 들어내고 無慘한 最後를 無慈悲하게 그리어낸 것이니 그 當時의 社會相의 一面이 歷歷합니다.

一, 허두가

이는 短歌 十三種을 모은 것이니 소리하기 前에 목을 다듬기 爲하여 첫허두로 한다는 뜻으로 이름한 것입니다. 短歌中에는 지금 流行하는 것도 있고 아직 세상에 나오지 않은 것도 있습니다.

一, 烏蟾歌

烏蟾은 短歌보다는 길고 마당소리보다는 짧은 놀애니 金烏와 玉蟾이 마주 앉어 億千萬古에 낮일은 내가 보고 밤일은 네가 보았으니 우리 서로 본대로 이야기하자. 헌대 하고많은 事物을 다― 이르자면 다시 億千萬古가 될테니 거기서 곬아 人間이 도시 웃고 울고하는 사랑과 설음만을 들어 놀애하자하고 낸 것입니다.

一, 성조가

성조가는 三十一聯의 大長篇으로된 놀애니 景福宮을 지으려고 慶尙道 安東땅 제비원의 솔씨 받아 정긔치다라영평等地에 뿌리는 대서비롯하여 나무를 키워 재목을 내고 떼를 엮어 漢江에 흘이다가 삼개로 옳아 실어들이어 다스리어서 터를 닦고 집을 세고 벽을 붙이고 도배하여 준공하기까지를 읊은 놀애로 女광대 彩仙으로 하여금 그 落成宴에 불리기 위하여지은 것입니다.

彩仙은 慶尙道 陜川 女子로 얼굴이 薄色이라 할량에게 고이지 않음을 분이녀기어 소리로써 이름을 떨치리라 決心하고 先生의 聲華를 듯고 찾아와 배운 광대니 當時 國唱의 名을 들었읍니다.

一, 괘심한洋國된놈

이놀애는 當時 社會의 問題거리이든 佛國軍艦이니 英國商船이니 基督敎徒를 題材로 한것입니다.

其外에 漁夫辭 桃李花歌 고설等 小品이 있고 時調·歌辭·雜歌集이 있었으나 中間에 流失되어 찾아볼 길이 없다합니다. 風聞에 들으면 金堤 萬頃等地에 그 謄本이 돌아다니더라 하는데 金堤는 先生의 사위가 사는 곧이라 그게 事實인지도 몰읍니다.

詩律의 軸이 또 籠으로 드북히 쌓이어있드라는 것을 年前에야 休紙로 섰다 하니 可惜한것입니다(그 家産은 後孫에 이를어 많이 致敗되었읍니다).

○

先生은 시조를 잘하고 소리를 잘하는 이가 아닙니다. 잘만 못하는 게 아니라 도모지할줄 몰랐다 합니다. 그러면 어떻게 가르치었나?

그는 큰 의문입니다. 허나 先生은 說明으로써 가르침에 不足함이 없었다합니다.

광대歌는 광대의 經典이라할만한 것이니 初學者에게 가르친 것인듯합니다. 광대 되기 어려운 것을 말하고 광대는 네가지 要件이 具備해야 하는데

첫재는 인물이요

둘재는 사설이요

셋재는 득음이요

넷재는 너름새라

하고 인물이란 어떠해야 하고 사설은 어떻고 득음너름새는 어떠어떠 해야 한다는 것인데 이 놀애를 목으로나 너름새로나 힘없이 하게 되면 그제붙어는 마당소리로 들어가는 것입니다.

當時 광대 치고는 先生의 評을 받지 않고는 行勢를 못하였다 합니다. 이제 그 批評과 修正方法의 例를 하나들어적고 그로써 끝을 맺고저합니다.

先生 以前에는 「白鷗애 훨훨 날지말라」는 短歌 첫머리 내드름을 베락 같이 걸어 올리드랍니다. 그를 듯고 先生이 『나는 白鷗를 멈추기는커녕 자든 白鷗도 놀라 달아나겠다』고 하였읍니다. 과연 요새 그 소리를 들으면 나는 白鷗도 고개를 드리고 날예를 접어 드릴만치 살갑고 알뜰하게 되었읍니다. 이는 소리에 關한 것이며 動作에 關한 것으로는 農夫歌를 부르는 광대가 모폭을 들고 꽂는냥하며 앞으로 나오거늘 '저! 아까운 모 다 밟힌다' 하는등 모든 것이 이러한 투이

었다합니다.

歌謠研究하시는이의 한 參考資料에 드림이나될까 하고 위선 그 대강만을 簡約히 紹介하는 것이며 후人機會를 얻어 자상한 것을 發表할까 합니다.

끝으로 材料를 애써 얻어보이어주신 後孫 申泰煥氏 申松煥氏의 厚意를 感謝합니다.

序

유진오, 「창」, 정음사, 1948.

八·一五 以後 우리 詩壇은 새 詩人 젊은 詩人의 獨舞臺이었다고 해서 지나치는 말은 아닐 것이다. 새로운 時代의 始作이 가져다 준 이 엄청난 感激은 詩가 되기에는 너무나 벅찼으며, 그 振動 속에서는 불꺼진 火爐처럼 싸아늘해진 낡은 詩人의 모지라진 붓끝으로는 生心도 못했고, 오직 氣魄과 情熱만이 危險을 敢行할 수 있었던 것이다.

‘五月의 제비처럼 날고 섰던’ 靑年詩人들의 ‘반가워라 이 노래를 어이 다 불르오리’ 하며, ‘山脈처럼 부풀어오르는 血管을 웅킨채 마구 마구 달려가는 情熱과 歷史的 使命을 警覺하고 歷史의 부름 앞에 일어나’ 憤然히 前衛部隊에 뛰어드는 靑年詩人들의 ‘동무들의 앞장을 서서 미칠 듯이 달려가’는 氣魄만이

> 억수로 나리는 陽光 아래
>
> 요란히 흔들리는 數萬의 손과
>
> 아우성치는 同胞의 高喊속에
>
> 號令하는 將軍처럼
>
> 노래할 수 있었던 것이다

—林和의 詩 「獄中의 兪鎭五 君」

이는 氣魄과 情熱의 詩人, 詩의 肉彈이라는 民主 靑年 兪鎭五 君의 詩集이다. 君이 내 앞에 이 詩集을 던지며 序文을 쓰라고 조른다. 느닷없는 注文에 나는 망설였다. 왜 나를 골랐을까? 兪 君은 나와 親分이 그리 없다. 一二次 面識이 있을 뿐이다. 허나 남이 다 아는 정도로 나도 朝鮮 人民의 한 사람인 程度로는 잘 안다.

兪 君은 名譽스러운 人民의 桂冠詩人이다. 詩를 原子彈보다 무서워하는 무리의 화살을 陳頭에서 받은 尖兵이다.

그의 詩의 奇巧를 말치 말자. 말총으로 콩을 얽듯 手巧만을 내세우며 잦아져버린 귀먹어버린 낡은 詩人이야 偉大하거니 우리에게 무슨 소용이 있으랴. 素朴한 채로 말을 고르고, 깎고, 꺼슬꺼슬한 털을 채 다 따우지 못한 채로라도 우리에게 소리쳐 달라. 보라 祖國의 하늘을! 저 퍼런 하늘 아래 어디 노래를 아니코 견디겠느냐? 자꾸 불러라. 가락을 다듬을 겨를이 없다.

이 詩 속에 技巧를 부리려고 해서가 아니다. 擬裝된 말, 꼬부려 붙인 말, 直言을 삼가고 돌려다대는 말이 상기 자리를 부지하고 있음을 탓하지 말자. 이는 悲鳴조차 지르지도 못하고 휩쓸려가서 지난날의 슬픈 日課를 反芻케 하는 무리와 橫暴가 우리를 둘러싼 이 現實을 꾸짖고 분쇄할 일인 것이다.

또 이 詩集에 當然히 들어 있어야 할 詩篇, 들지 않으면 아니 될 詩篇이 들어 있지 못한 것은, 實로 이 詩集 主人만의 痛憤이 아닐 것이요, 또 이 序文이 無名한 나에게까지 천신이 오게 된 것도 또한 이 詩集 主人만의 悲哀가 아닐 것이다. 서로 말치 아니하였으나 서로 짐작하는 나머지, 날후에 이런 이야기를 주고받을 때가 있을 것이 믿어진다.

1947年 12月 24

조선말과 人民

『조선중앙일보』, 1948.4.6

朝鮮말은 朝鮮사람의 朝鮮글은 朝鮮사람의 글이라는것은 常識일 것이다. 그러나 朝鮮語文의 歷史는 그것을 首肯하지 않는다 過去 朝鮮民族은 兩班과 常놈 두 階級으로 나노아있어서 兩班들은 朝鮮말과글을 쓰는 것을 名譽로 알치아니할뿐 아니라 오히려 賤視을 當하는것처럼 不快하게 생각하였던거이니 아버지를 春府丈 어머니를 慈堂 아재미를 阮丈 족하를 咸氏라해야 行世하는사람이되고 대접을 받게되고 朝鮮말은 이語(상말) 朝鮮글은 諺文 朝鮮노래는 鄕歌라 俗樂이라하야 상놈들이 쓰는것이었던것이다

그다음 이兩班들이 祖上을 日帝에게팔아넘긴 後로 그들은 '國語常用者'가되고 조선말과 조선글은 '요꼬'들만쓰는말이되었다 '國語常用者'는 特權이있었다

그의 子孫은 上級學校入學이 自由로윘다 그의 家庭은 生活程道가 '內地人'과다름없다는 理由로 砂糖配給을더받었다 '國語常用'은 그 自身을 出世시키고 그 집안의 繁榮을 얻어왓다. '조센토쓰까후나! 히고노만다' 하는 號令을 제 子超에게 뿐아니라 大路上에서고래고래질렀다.

---

* 판독이 불가한 부분은 △으로 처리하였음.

　果然 朝鮮말은 朝鮮民族이면 쓰던말이아니라 常놈과 요꼬들의 쓰
는말인 것이다 朝鮮文學의 定議가 朝鮮사람의손으로된것이라할진
댄 金時習의 金鰲新話도 要赫宙의 日文事設도 朝鮮文學이라 할 것이
다 그렇지않고 朝鮮語로 쓴 文學이라할진댄 朝鮮의 國文學은 우리
民族文學은 상놈과 요꼬의 文學인것이며 상놈과 요꼬 卽 勤勞者인
人民을위한 文學이어야할 것이다 이에 우리 民族文學樹立은 그 目標
가 스스로 활력지는 것이다 질겨 常놈이 빼고 될게요 보인 것을 名譽
로아는者 마땅히 朝鮮말과 글 朝鮮文學으로 더부러 消長을 한가지
할 것이다.

　우리말을 虐待하던 兩班의 後裔 '國語常用者'의 後裔가 漢文과 日
本이 武勢해지매 우리말과우리글로써 人民을 배반하고 特權階級을
擁護하는 글을 짓고 노래를 지어 國民文學이라 邪稱한다 人民들이
守護해온 말과 글을 盜用하는 것이다 그러나 萬一 우리의 흘린피가
보람이 없어 祖國이 또다시 外勢의 植民地가된다면 그들은 또 서슴
치않고 우리말과글을 헌신짝처럼 버리고 外語에 추종할 것은 의심
할 나우가없다

　『조선말큰사전』이 刊行되었다 누가 이것을 慶事로 알고 기뻐하
는가 조선말을 사랑하고 死守하던者 그와 運命을 가치하려는 사람
들이 조와날뛰는 것이다 이것을 기뻐하고 반기는 度는 전자에 제말
을 사랑하고 아끼던마음과 제말을 사랑하므로해서 迫害를 받던 度
에 正比例할 것이다 辭典의 刊行을 기뻐하는 우리 반듯이 한卷식 지
니고 싶을 것이다 나도 商店에가면 陣烈된 辭典을 가만히가서 만저

보군한다 六冊에 七千餘圈! 農民의 벼멸구가마터를 저다가 팔아야 살 수 있는 값이다 하늘에 별의나 다름없다 좀싸게는 못되는 것인가 벼한가마니쯤 팔아서살수있도록 못할까? 반기는마음과 못사서 안타까운마음도 또한 그 度가 正比例한다 △△가 刊行해서 헐가로 普及케 하기전에는어렵겠지! 이도 亦是 自主獨立이라야 人民의 生活向上과 文化의 發展을 保障할 수 있는 政府이라야만 可能한 것인가 한다.

跋文

오장환, 『붉은기』, 문화전선사, 1950.5.

장환이 쏘련에 다녀왔다.

'나는 언제나 한번 가보나!'하고 모두들 동경하는 쏘련에 다녀온 정환이 旅裝을 풀면서 우리들 앞에 선물로 우선 내 놓은 것이 이 詩集이다.

장환의 소련行은 우리 共和國을 대표한 使節도 아니요 文化硏究를 위한 視察도 아니요, 호화로운 漫遊나 우정 詩를 지으려고 간 것은 더욱 아니다.

友邦의 한 젊은 藝術家에게 까지도 알뜰히 關心을 놓치지 않는 偉大하고도 慈愛로운 쏘련은 우리들의 아끼는 장환, 이 젊은 詩人의 病이 다스르기 어려운 증세임을 알자 고쳐주려고 다려간 것이다. 偉大한 쏘련의 이 例外의 優遇와 분에 넘치는 溫情에 장환은 병구를 끄을고 모쓰크바의 품에 안기었던 것이다.

'크다!'할 밖에 다른 말이 더 있을 수 없는 위대한 쏘련, 人類의 平和와 民主主義의 城塞요 社會主義의 祖國인 大쏘련의 勝利한 人民의 힘을 헤아릴 수 없이 크고 무겁고 뜨겁고 빛이 나서 황홀하였다. 이는 곧 우리朝鮮人民의 勝利의 保障인 것이며 自信인 것이었다.

'오 찬란한 곳이여

나의 마음은 다시금

시간마다 시간마다 맑어 오도다'

하여 刻刻으로 맑어지는 마음과

'나는 病床에 있으나

내 몸에 넘치는 힘

내 마음에 샘솟는 즐거움

오늘처럼 가득하기는

처음이구나'

하며 몸에 넘치는 힘과 샘솟는 즐거움을 장환은 느끼었다.

장환은 싸우는 젊은 詩人이다. 愛國主義的 國際主義的 情熱과 鬪志에 벅찬 젊은이이며 섬예한 感情과 핍진한 表現力을 가추운 詩人이어던 病中이라해서 이 巨大한 感激 속에 어찌 노래가 없을 수 있을 것인가?

　　　내 마음 용광로처럼

　　　千度 쇠물로 끓고져

하여 저절로 터저 나온 것이 이 노래들인 것이다.

　우리는 이 적은 詩集에서도 偉大한 쏘련의 웅장한 모습과 살가로 운 體溫과 살냄새를 느낄 수 있으며 多感한 장환의 느꺼워 느꺼워 하 는 정서를 가지록 느낄 수 있다.
　그러나 장환은 제 노래를 크다 하지 아니 한다.

　목청을 도구는 나의 노래도
　거창한 이 숲에서는 적고 또 적은 새입니다'

한 것은 스승 쓰딸린께 드니는 노래의 한 句節입니다.

　레닌 쓰달린에게 鼓舞된 우리詩人 장환은 몸도 이내 충실해질 것 이다.

　'.........
　당신은 우리들의 노래에 샘을 주시고
　당신을 노래하는 우리들의 노래는
　더욱 더 목청이 높아집니다'

하고 그는 다짐을 두었다.

一九五〇년 五月

曺雲

머리말

『조선 구전 민요선집』, 조선작가동맹출판사, 1954.3.

인민들의 로동과 투쟁을 통한 기나긴 생활 행정과정에서 많은 노래들을 불러왔다. 로동의 기쁨 억울한 형편에 대한 울분 쓰라린 생활에 대한 탄식 등 그 노래들은 인민들의 생활의 기록이며 진실의 표백이다. 우리들은 이 노래들을 통하여 인민들의 지난 세기의 생활 정경을 만화경처럼 찾아볼 수 있다.

민요는 어떤 사람(예술가)이 자신의 감개를 형상하려는 창작 의도에서 씌여진 것은 아니다.

방아를 찧는다. 누가 하나 흥이 난다. 그 감흥을 노래한다. 다른 나머지 사람들이 받아서 합창한다. 방아의 ‘리즘’을 따라 노래는 더욱 흥겨워진다. 그러면 그들이 가슴 속 깊이 품어오던 사회 제도의 모순에 대한 불만, 착취 계급들에 대한 반항심들이 풍자, 야유, 폭로 등의 사설들로 련달아 나온다. 그러면서 그들은 육체적 로동의 운동을 률동화하면서 륙체적 고통은 노래 속에 사라지고 로동은 명랑하고 유쾌한 동작으로 되었던 것이다.

이렇게 하여 창작된 어떤 〈방아타령〉은 이 집단에서 저 집단으로 번지여 나가며 또는 대대로 구전되여 내려오면서 진정한 인민들의 감정으로 수정, 삽입, 세련되고 완성된 것이다. 이렇게 민요는 항시 집단 로동이든 개인 로동이든 또는 개인 생활이든 모두가 이러한 형성 과정을 밟아온 것이다.

따라서 민요는 전 인민적 합작품인 것이다. 민요가 가진 넓은 인민성은 이로써도 설명된다.

수천 수만의 입에서 입으로 옮아가는 사이 이 노래들은 모든 인민들의 심정, 념원에 공통되는 아름다운 자체의 격조와 내용을 포괄하게 된 것이다. 민요가 가진 형식상에서의 선명한 민족성의 상징은 이와 같은 과정에서 형성되여 나갔다.

때문에 문학, 음악상에서 민족적 형식의 형성 과정은 민요에서부터 시작되였다. 민요는 민족적 형식의 기본적인 형태의 하나로 된다.

이 형식은 인민적인 그 내용과 불가분리의 련대성 안에서 형성 되었다. 인민들의 가작적인 생활 감정들의 자유로운 분발이 형식적 형상 안에 선명하게 반영되였다는 사실은 이 형식이 우리 인민의 이데올로기적 형상이라는 것도 능히 짐작할 수 있게 된다. 간결하고 소박한 표현 속에다 어지도 이렇게 풍부한 감정이 담겨져 있는가에 대하여 놀라게 한다.

이것이 오직 그들의 진실의 표백에서 왔다는 것을 다시 한번 깨닫게 한다. 이 진실의 표백은 그들이 어떤 표현법에 대한 범주를 가지지 못하였을 그 시기에 벌서 생활의 직접적 표현의 범주를 넘어서는 가능성을 열어 주었다. 그들은 전문가가 아니며 또한 그 노래들을 직업적으로 불러서 대상자들에게 감상시켜 줄 목적성을 아직 가지지 않았다. 다만 민요는 로동하는 과정에서 또한 생활하는 과정에서 생겨난 인민들의 생활감정의 진실한 표시에 지나지 않았던 것이다.

까닭에 민요는 생활의 노래이다. 즐거움, 기쁨, 슬픔— 모두 다 그 것들은 인민들의 생활 속에 뿌리 깊게 흐르고 있는 념원과 심정의 발 동인 것이다.

바로 여기에 우리 민요가 가진 락천성이 잠겨있는 것이다. 생활의 노래— 눌려도 눌려도 굴하지 않고 오랜 세월을 인민들은 노래와 더불어 살아 왔다. 생활에 절망하지 않았다. 조선인민들의 불굴의 강인성과 인내력이 여기 있다면 우리 민요들이 가진 락천적 표현은 이 생활의 강의성과 인내력에서 온 것이다. 어느 하나의 민요— 여기서 생활의 절망을 찾을 수는 없다. 다만 풍자, 야유, 폭로 형식으로 되어 있는 인민들의 착취계급에 대한 증오와 반항 정신만을 우리는 느낄 수 있는 것이다.

조국 전쟁에서 발휘한 조선 인민들의 불타는 영웅성은 우연한 한 시기의 발로가 아니며 이러한 선조들의 전통에 유래되였다는 것을 생각해 볼 필요가 있다.

'인민 문학 그 중에도 록히 민요, 구전 문학 등을 연구' 하라고 하신 수령 김일성 원수의 교시는 형식상에서 뿐만이 아니라 내용에 있어서도 우리 민족의 고상한 전통을 본받으라는 격려로 되었다.

오늘 민요에 대한 관심은 일층 고조되여 가고 있다. 그러나 악독한 일제의 조선 민족 문화 말살 정책에 뒤이은 미제 강도 도배들의 꼬스모뽀리즘의 망국적 사상의 강요와 미제의 주구 리승만 매국 도당들이 우리 나라 남반부에 도사리고 있는 조건은 우리들의 민요 수집 또는 보급, 계승, 발전 상에서 허다한 상처를 초래하였다.

이제 민요의 수집, 발굴, 보존, 보급, 연구 사업들은 긴급하며 중대한 바가 있다.

이 소책자가 이 방면에 다소라고 기여하는 것으로 된다면 다행한 일이라고 생각하고 있다.

인민 시인 신재효

『문학신문』, 1957.12.5

신재효 선생의 탄생 145주년을 기념하여 이듬해 그의 사상과 예술을 흠모하던 한 학도로서 아무런 생각도 없이 그저 무심할 수는 없었다.

이마적 문학신문에 연이어 게재되는 그에 대한 글들을 고무되어 요새는 나도 선생을 기념하는 마음으로 정담 주목 해온 그의 유적을 다시 펴놓고 정성스러이 읽어 보기도 하고 선생의 용모를 곰곰이 생각해 보기도 한다.

신재효 선생은 애국한 인민 시인으로 인민의 문학과 인민의 음악에 불후의 공적을 끼친 기적적 인물이다.

선생의 자서가에 '선생△야'가 있다. '네 선생이 누구시냐'로부터 시작하여 자기가 고창 읍내에 산다는 것 '본관은 평산 신씨, 있을 재, 효도 효는 선생의 판별이요, 일백백 근원원은 친구간의 자호이다. 이렇듯 엮어 가다가 자기 집의 꾸밈새를 묘사하는 대목에

두충나무 문지기로

집안에 벽오동은

---

* 판독이 불가한 부분은 △으로 처리하였음.

업진생과 동갑이라

란 구절이 있다. 업진생은 자기의 생일(1월12)을 말한 것이요, 자기가 나던 해에 심은 벽오동 나무와 함께 자라난 것을 말하는 것으로 벽오동은 그의 아버지 신광흠이 심은 것이고 선생은 고창 태생인 것을 묵묵히 일러 주고 있다.

선생은

의식자를 하노라고
世世 풍우 사십년을

신신고고한 가운데에 보내고 73세까지 그 후 반생은 오로지 예술 창작 사념으로 마치었다.

한량중에 멋알기는
고창 신오장이 날개라

하는 것은 〈날개타령〉의 일절이다.

민요가 갓 생기기까지 이르른 것을 보면 선생의 사업이 그 얼마나 예술적이 있으며 생활이 얼마나 운치 있고 또 이것이 그 얼마나 세상에 알려있는 가를 알 수 있는 것이다. 무려 그 저택의 건축이야 정원 일대가 왼통 멋으로 꾸며져 있었다.

집이 그리 큰 집은 아니었다. 전후 칸 겹집으로 아담하고 적당하여서 그 자서가에 있는 것과 삶이 두충나무로 △△△한 높았고 그 안에 벽오동을 심고 그 곁에 정자도 짓고 △△야, 란초야, 연산홍, 자미홍, 철쭉이며 포도 △△도 심어 두고 그 사이에 시내'를 묶어 △△여 그 물이 툇마루 앞으로 졸졸 흐르게 하여서 마루나 밖에서 물'소리를 베고 드러누어 시도 읊조리고 명상에 잠기게도 하게 하였다.

물을 두어 제곁에 두었다가 △소리를 도도아 하고 싶을 때에는 △ 속에 여기 저기 돌아서 △아 저어끼랴 △△기 △하고 이 △△△모 시인이 시내'가에서 △△을 어루만지며 시를 읊조리는 모습을 상상할 수 있다.

내가 선생의 고택을 찾은 것은 이미 선생이 세상을 떠난지, 40년 후에나 당시의 자취를 짐작할 만하였다.

선생이 어디까지나 사회의 외곽에서 생활과 예술의 △△ 속에서 생활을 예술화하였으며, 생활의 예술을 활동하는 생활이었다.

선생의 살림살이는 무지 많았으나 사치스럽지는 아니하였다. 검소하고 점잖은 분으로 의복에 있어서도 △이야 △△를 가리지 아니하되 늘 깨끗이 자주 갈아 입어서 속담에 옷 자주 갈아 있는 이를 신오위장 옷 입듯한다고 한다. 어느 때 새날 지은 마구자 소매가 저고리 소매보다 섶이 한장이나 단듯이 우 아래 진 것을 보고 그 연유를 묻는 이가 있었다. 선생이 하는 말은 매사에 범상치 아니했기 때문이다. 선생은 웃으면서 '가지런하면 나타나지 않아 속에 입은 옷이 생색이 없지 않소!'하고 대답하였다. 이는 복담야요, 선생은 늘 소탈

하여서 그런 것들은 개념치 않은 생활이었다.

자수면 △△를 하니만큼 부지런하며 너머 게으르고 더위도 식히는 것을 미워하였다.

　　가을손이 허리 펴고
　　길가다 배고프리

한 것은 〈치산가〉의 구절이다. 〈치산가〉에는 가난한 안해가 남편을 받드느라고 치마폭을 뜯어서 밤을 새워 사어 준 보선을 신고 나가서는 남의 술에 취하여 구렁을 빠져 돌아오는 외입장이의 무뢰와 불한당 모멸하는 구절이 들어 있었음을 기억한다.

사람을 대하되 매사에 화기가 얼△△△더러 희열이 있으면서도 꾸밈새와 주책스러움이 없어 천연스럽기 때문에 상하없이 곧따르군 하였다. 인자하고 후덕하여 이웃 사람의 딱한 사정도 내일 같이 엄률히 △보아 주었으며 내일 하면서 남의 여러운 자리를 잘 알어 주었다.

　　가시뼈 말이 생겨 불상하게 △성이라
　　엄맨 사실 놀 때 없어 손톱 발톱 자자지게
　　밤낮으로 버티어도 △△△엔 자상하다

이렇게 화면들명 △편을 리해하고 조절하였다. 어느 해인지 흉년이 들어 사람들이 기근에 시달려 제 선생은 있는 곡식을 다 내어 이를 구지하였다.

이 덕행이 조정에 알려지자 그 대대로 삶직은 아니나 △△으로 오 위장 벼슬을 받은 것이다. 그래서 마침 신 오위장이라 하겠다. 신 오 위장을 와전해서 신오장 혹은 신호장으로 부르는 것이요 호칭 구실 을 한 것은 아니다.

이 기만에서 전하는 이야기가 있다.

곡식을 주되 남에게 은혜를 베풀면 교만하여 할 수 있고 감사를 받으니 비굴하여서 질 수 있다하여 거져 주지 아니하고 무엇하나를 가지고 와서 곡식과 바꾸어 가게 되었다. 가지고 오는 것은 펴 보지 도 않고 무엇이냐 얼마냐 묻지도 않으며 창고에 두어 벌려 보지도 못 하게 하고 다만 전하는 바로 곡식을 내 주었다. 선생이 세상을 떠난 후에 후손이 없고 보니 걸레도 못되는 넝마쪼가리와 심한 것은 △△ 기었다고 하는 이야기가 이것이다. 이에 △△선생의 공덕비가 고창 일대 꽤 여러게 세워져 있다.

선생은 부처처럼 늘 눈을 감고 연설하였다. 밤에도 독서하는 때 외에는 불을 켜지 않고 있었으며 낮에도 밤오기 전에는 방을 어둡케 할 수 있게 아예 그 장치를 하여 두었다. 광대들의 판소리를 감상할 때에는 먼저 어둡게 하여 소리만을 듣고 밝게 하고서는 너름새를 아 울러 보았다고 한다.

당시 태어난 기생치고 선생의 제가를 받지 않고 세상에 이름을 드 날릴 수는 없었다. 그러기 때문에 문안하는 기생, 광대가 떠날 날이 없었다.

선생은 배우도 가수도 아니었으나 온 몸에 정률하여 판소리의 창과 너름새에까지 친절한 지도를 아끼지 아니하였다. '백구야 나지마라 너 집을 내아나니'하는 백구가 첫△△을 잘러내려하고 '자는 백구도 다라 나겠다' 한 것과 놀부가를 하는 광대의 모 심는 시늉하며 앞으로 나서는 것을 보고 '지아 싸움을 모 다 다 잘한다' 하였다는 것은 훌륭한 이야기가 있거니와 이렇듯 그의 지도가 사실적이요 체험적이었다. 여러 명창의 소리를 참가하여 있어서도 실로 환상적인 시야초월 하였다.

선생이 사안씨는천승 절벽 불끈 솟아

만장 폭포 월렁 꿀렁 달기광대 한퇴지

라 하여 명창 권삼득을 당송팔대 단장의 한 사람인 한퇴지에게 견주었고 높게 솟은 천승 절벽을 월렁 꿀렁 하는 만장폭포에 비기었다. 실로 권삼득이와 절벽 높이가 눈에 보이는 듯하고 그의 △△하고 △음 깊은 소리가 귀에 들리는 듯하다.

선생은 녀광대의 효시인 채선이를 길러내는데 성공하였다.

지금으로 녀 광대를 내놓았다 하는 것이 지금 생각으로는 그리 대사로운 일같지 않으나 그때에 있어서는 만만이 어려운 일이 아니었다. 기생이란 노래, 즉 가작이나 △△만을 부르는 것이요, 잡가는 아에 부르지 않는 법으로 되어 있어서 모다 하는 말은 사당이나 삼△아니고는 △△을 입내 내지 않고 △△를 생각하여 하라고도 하지도 않은 법이었다. 더욱 광대 판소리쯤이야 이미 전혀 없었다. 이런 것을 기생, 채선이에게 사사한다는 것은 사가는 신 오위장이나 하지 채선이나가 다 예술적 안목과 구습을 버리고 이겨 △△△△ 사상과 희생을 각오하는 △△이 없이는 생심도 못할 바이었다. 마침내 채선이 판소리는 성공하였다.

오히려 남자 반대가 무색할 정도였다. 그는 인민의 지지와 사랑을 받아서 모든 제자가 극복되게 새 기어 영해의 △△△을 차지하게 되었다.

선생은 채선의 성공에 자신을 얻어 판소리를 더욱 넓게 보급케 할 양으로 〈아예·광대〉의 육성까지를 예상하였다. 춘향전의 남창, 여창, 동창은 이 의도의 소치이어서 남, 녀, 아들 광대에 따라 사설을 달리 하려고 하였던 것이다.

마지막으로『신 오위장 가본』에 대한 이야기로 문을 닫을가 한다. 선생의 산정한 판소리 여섯 마당과 창작 가사 십 여편을 아울러 세칭『신 오위장 본』이라 이른다. 이는 진실로 우리 문학사상의 자부의 유산인 것이다.

조선의 운문 문학상에서 그 대표적인 고전을 둔다면 박 준의 수편으로 추정하는 「요조사장(악장가사)」, 정철의『송강가사』와 김천택의『청구영언』과 이제『신오위장가본』을 아울러 조선 시가의 4대 경전이라 이를 것이다.

『국조 사창』사랑채의 최초의 집간이며『청구영언』은 시조채의, 『송강 가사』는 가사채의 대표적인 전적이라면『신 오위장 가본』은 판소리계 문학의 효시의 표본으로서 역사적인 보물인 것이다.

『신 오위장 가본』은 신 오위장 자신이 전집한 것은 아니다. 또 그의 후손의 수습으로 된 것도 아니요, 노래를 지극히 사랑하는 한 애호자 리처삼의 수사에 의하여 수록된 것이며 이것이 인멸을 면하고 우리에게 전해진 것이다.

조선음식

「천리마」, 1964.4.

꽃밭에 오래 있으면 향내 나는 줄 모르듯이 우리는 아침 저녁으로 음식을 대하기 때문에 의례히 그러려니 하고 범상히 여기지만 곰곰이 따져보면 우리의 음식이 얼마나 훌륭한가를 새삼스럽게 느끼게 된다.

우리 조상들이 수천 년 동안 쌓아 온 경험에 기초하여 창조되고 발전되어 온 조선음식은 영양 가치로 보아서나 위생 상으로 보아서나 아주 합리적으로 만들어져 있다.

조선 음식은 우선 그 종류부터 다종 다양하며 맛이 있고 보기만 해도 구미가 돈다.

생선 조기 하나를 들어 보아도 생선으로 먹는 것은 물론이고 간조기, 굴비, 가조기, 조기젓, 속젓, 석란젓, 아가미젓, 조기포 등등으로 만들어 먹는다. 생선으로는 조기죽, 조기찌개, 조기 조지, 조기 졸임, 조기 찜, 전유어, 어만두, 어채, 회, 구이 등으로 조리해 먹는다.

또한 조기는 다른 음식과 함께 조리하여 양념으로도 쓴다.

구이에도 통구이, 자반구이 또한 석쇠에 구워서 남비나 전철에다 거듭 익히는 등 여러 가지 방법이 있다.

---

* 판독이 불가한 부분은 △으로 처리하였음.

이와 같이 조기 한 가지로도 20여종의 요리를 만든다.

모든 음식에서 영양 가치가 기본적인 문제이지만 이와 함께 더 맛있게 만드는 문제가 중요하다.

그런 의미에서 조선 음식이 가지는 맛은 실로 부유하다.

음식 맛이 다양하기 때문에 그 중에는 자극성이 진한 것, 단 것 등이 있지만 일반적으로 순순하고 은근해서 깨물수록 고소하고 미묘하기 때문에 먹은 뒤에도 입에서 맛이 좀처럼 사라지지 않는다.

음식 맛을 잘 내기 위하여서는 우선 재료를 잘 고르고 양념을 잘 해야 한다.

즉 소고기 하나에서도 양지 머리와 허벅지살을 쓰는 료리가 다르다. 곰거리와 내장을 가지고도 염통은 산적으로, 콩팥은 구이로 담낭은 즙을 내고 간은 생회'감으로 쓴다.

살코기도 썰어 쓸 데가 다르고 얇게 썰어 쓰는 데가 다르고 또한 잘게 다져서 쓰는 데가 각각 다르다. 뿐만 아니라 새로히 △△ 져며 쓰고 깎아 쓰며 갈아 쓰고 채를 쳐서 쓴다.

또한 음식을 익히는 데도 여러 가지 방법이 있다. 물을 익히는 방법만 하더라도 데치는 것, 삶는 것, 끓이는 것, 고기 고음, 달이는 등 그 열도와 시간이 제각기 다르다.

조선 음식은 다 만든 음식이라도 먹어보고 남의 입 맛에 맞게 간을 맞추어 먹도록 초장, 유장, 초고추장, 겨자, 후추 등 다종의 조미료를 음식장에 갖추어 놓고 쓴다. 고음에는 흰 소금이 제일이고, 회곁에는 참기름, 소금, 탕평채에는 겨자가 좋다.

속담에 '보기 좋은 떡은 먹기도 좋다'는 말과 같이 우리는 상차림의 순서와 그 색조에 관심을 돌려야 한다. 음식을 다룰 때부터 모양나게 썰고 고명도 수십 가지 쓰며 고명도 곱게 하여야 한다.

또한 음식을 상에 차릴 때 우선 먹기 편리하게 놓으며 색깔의 조화도 맞춘다.

조선 음식은 또한 그 맛이 정미하고 우리의 섬세한 미감각을 충족시키도록 만들어져 있다.

이미 조리해 놓은 음식 중에서도 지방과 마을에 따라 맛이 달라서 평양 랭면이니, 개성 관수니, 매친 인절미니 하여 지방 특식과 특산이 따로 있으며 4월에는 어채요, 6월에는 △△수단이요 하는 식으로 계절에 따라 제각각 독특한 맛을 자랑하고 있다.

떡에는 송편, 노리 등이 있으며 약과 강정, 산자, 기타 주류 등 특수한 음식도 있다. 이밖에도 우리가 아침 저녁으로 먹는 반찬은 발효시킨 음식이다.

간장, 된장은 물론 진장, 고추장, 김치, 짠지, 깍두기 콩과 수십 가지되는 젓갈 등은 간과 온도 시간을 맞추는 데서 모두 정밀한 기술을 요하는 발효음식들이다.

이렇듯 조선음식 문화는 오랜 옛날부터 창조되고 발전 되여 왔다. 지금도 합성 료리로 최고명을 이루는 것은 열구자이지만 이 열구를 안치고 재당하는 신선로는 이조 연산조 때 정해량이라는 사람이 창안했다고 하는데 이도 벌써 460년 전 이야기다.

조선 음식은 또한 우리들의 비위에만 맞는 것이 아니라 풍토와 식성 다른 외국 사람들로부터도 사랑을 받고 있다.

중국 한나라 때, 부여의 구이가 전해져서 '맥적(貊炙)'이란 이름으로 호평 받았으며 당나라에서도 이것을 계속 즐겼다. 또한 우리의 과자는(약과) 원나라에서도 '고려병(高麗餠)'이라고 하면서 매우 즐겨 먹었다.

현재에도 중국, 일본을 비롯한 외국에서 조선 음식을 만들어 팔고 있으며, 일치하게 그 맛이 특이하다고 말하고 있다. 이렇듯 우리의 음식은 모든 사람들의 비위에 맞게 만들어 먹을 수 있기 때문에 풍습과 식성이 다른 나라 사람들까지도 즐겨 먹는 것이다.

3

창극

춘향전

조운 · 박태원

나오는 사람들 춘향, 월매, 향단, 리몽룡, 방자, 후배사령, 서리, 중방, 역졸들, 변학도, 목랑청, 리방, 호장, 호방, 례방, 통인, 급창, 집장사령, 집사, 정수 육사정, 사령들, 봉영장, 순창군수, 곡성현감, 구례현감, 옥과현감, 농부1, 농부2, 농부3, 농부4, 농부5, 농부들, 기생들, 처녀들, 과부들

제1막 광한루

숙종 대왕 즉위초

5월 단오 천중절에

남원 광한루에―

막이 오르면

좌편은 광한루요 우편은 오작교로 앞내 버들 뒤내 버들 실시

---

* 『조선창극집』, 국립출판사, 1955.9.26.

리 늘어지고 새소리 귀에 맑은 천중절 아침인데,

추천노래 부르면서 처녀들이 춤을 춘다.

합 창 단오 단오 5월 단오
그네 명절 좋을시고

그네 매자 그네 매자
장림숲에 그네 매자
당사실로 쌍그네 매고
너와 나와 둘이 뛰자

단오 단오 5월 단오
그네명절 좋을시고

단오 단오 5월 단오
그네명절 좋을시고

예쁜아 꽃분아
우물안집 작은 악아
분성적 바삐하고
추천놀이 어서가자

단오 단오 5월 단오
그네명절 좋을시고

　머리에 창포 꽂고
　앵도 따 입에 물고
　다홍치마 번듯번듯
　흰 버선이 맵시난다

에이야 5월 단오
그네명절 5월 단오
굴러라 밀어라
앞뒤 점점 높아라

　물 차는 제비처럼
　나려앉는 나비처럼
　솟거니 나리거니
　그네바람에 향기인다

에이야 5월 단오
그네 명절 5월 단오
굴러라 밀어라
앞뒤 점점 높아라

머리우의 나뭇잎은
흐늘흐늘 흐늑이고
발아래 산과 들은
넘실넘실 물결친다.

− 처녀들 춤추며 숲속으로 사라지자,

우편으로서 향단이를 데리고 춘향이가 나오는데, 수화류문 초록 장옷
남방사 홑단치마 자주 영초 수당혜로 아름답고 고운 자태 아장 걸어 하늘 걸
어 가만가만 나오면서,

춘 향 청화 5월 단오 가절
하늘도 맑을시고
흰구름 무심한양
둥덩실 떠 흐른다

시냇물 굽이친데
젖을듯한 푸른 그늘
장장채승 당사 그네
추천하는 처자로다

그네바람에 지는 꽃잎

눈보라를 치는구나
귀가문의 아낙네도
가는 봄을 아끼는가

훨훨 흩듣는 꽃
지는데가 어디메냐
높이높이 나는 나비
잡을 길이 바이 없다

제 이름을 서로 불러
꾀꼬리로 우는 소리
가직히 시름겨운
이내 수심 자아낸다

향 단 (무심히 듣다가 고개를 갸웃하고)

아씨도 무슨 시름이세요.

춘 향 (호젓한 웃음을 입가에 띠우며)

네가 내 마음을 다 알아도 그는 네가 모르리라.

─수작을 파하고 춘향이와 향단이, 오작교 사뿐 건너 추천을 할양으
로 숲속으로 들어가자,

좌편으로서 서산나귀 방울소리 딸랑딸랑 들리더니, 방자를 앞세우고 리도령이 나오는데,

사또 자제 리몽룡의 호사를 볼작시면, 옥안 선풍 고운 얼굴, 전반같은 채머리 곱게 빗어 밀기름에 잠재워 궁초당기 석황 물려 맵시있게 잡아땋고, 성천 수주 겹동배 세백저 상침바지, 극상세목 겹버선에 남갑사 다님치고, 육사단 겹배자 밀화단추 달아입고, 통행전을 무릎아래 는짓매고, 영초단 허리띠 모초단 모리낭을 당팔사 갖은 매듭고를 내여 는짓매고, 쌍문초 진동청 중추막에 도포 받쳐 흑사띠를 흉중에 눌러매고, 육분당혜 끌면서 의젓하게 나오는데, 손에는 한자루 호당선을 쥐였다.

방 자 (리도령을 돌아보고 손으로 가리키며)

예가 바로 광한루요 저게 곧 오작교 외다.

리도령 (고개를 끄덕이고)

남원읍 제일승지 광한루를 일컫더니,

명불허전으로 경개 과연 전승하다.

— 광한루 섭적 올라, 이리저리 두루두루 산청경개 둘러보고,

리도령 적성 아침날은

늦은 안개 띠여 있고

록수 저문 봄은

화류 동풍 둘렀는데

우람하고 높은 다락
아로새긴 부연추녀
네활개를 적 벌리고
벽공에 솟았고나

황학루와 봉황대도
이만은 못하리라

(연방 혼자서 고개를 끄덕이며)
좋다, 좋아…

책방 단장안을
천하로만 여기고서

죽이리라 살리리라
들리느니 호령소리
섬돌의 긴긴해만
바라볼뿐일러니

황홀한 대천지가
안하에 열리니
조롱에 갇혔던 새

허공에 난것처럼

호연한 내 마음이

그냥 날듯이나싶고나

    – 이때 내아에서 잠술상이 나와, 방자 받아들고 루상으로 올라간다.

리도령 (방자를 향하여)

후배사령은 어디 갔느냐?

사　령 (좌편으로서 나오며)

예 —

리도령 이리 올라오너라.

사　령 예 —

(연해 허리를 굽신굽신. 황공하여 그대로 서있다.)

리도령 파탈하고 노닐 때에 상하를 너무 차리면 정도 없고 록록하고

때가 묻어 못쓰니라. 네 어서 올라오너라.

사　령 황공하오이다.

(연해 굽신거리며 루상으로 올라온다.)

리도령 (방자를 향하여)

향당에 막여치라니 후배사령 상좌로 앉히고, 방자 너도 게

앉아라.

방　자 황공하오이다.

― 파탈하고 둘러앉아 몇순배 먹은후에, 취흥이 도도하여 자리에서
일어나자, 리도령은 이리저리 루상을 거니르며,

리도령 평양 감영 대동문

　　　　련광정을 일렀고

　　　　진주의 촉석루와

　　　　충주의 탄금대를

　　　　승지라 이르건만

　　　　이에서 더할소냐

　　　　신경일시 분명하고나

　　　　광한루도 좋거니와

　　　　오작교 더욱 좋다

　　　　오작교 분명하니

　　　　견우 직녀 없을 소냐

　　　　견우성은 내려니와

　　　　직녀성은 누구런고

― 후배사령은 이사이에 소리없이 아래로 나려가고, 방자만 남았는데,

문득 리도령, 한편을 바라보자 정신이 황홀하여,

리도령 이애 방자야

방 자 예 ―

리도령 저 건너 화림중에

언듯번듯 저게 뭐냐

방 자 (흘낏 바라본후, 시치미를 뚝 떼고)

어디 무엇 말씀이요 ―

소인 눈에는

아무것도 아니 뵈오

리도령 저게 그래 안보인다?

내 부채발로 바라봐라

방 자 부처발 말고

미력발로 바라봐도

아무것도 아니 뵈오

리도령 (그대로 어린듯 바라보며 반은 혼잣말처럼)

내가 아마도

탐심이 없으므로

금이 화해 뵈나보다

방 자 금이란 당치 않소 ―

금생려수란들
물마다 금이 날가
적성강에 금 난단 말
들은이가 없소이다

리도령 그렇다면 옥이로다
방 자 옥일리 있으리까 ―

옥출곤강이라 한들
뫼마다 옥이 나리
지리산은 령산이라
신선은 난다 하되
옥 난단 말 없느니라

리도령 그럼 정녕 귀신일다
방 자 백주 청명 밝은 날에
귀신이 어이 있으리까
리도령 (자못 초조하여)

이도 저도 아닐진대
그럼 대체 무엇이냐

갑갑하다 일러다오

방　자 (능청맞게 그제야 알아본 듯이)

오— 저것이요? 난 또 뭐라고…

이제야 자세 보니

본읍 퇴기 월매 딸

춘향이로소이다

리도령 (빙긋이 웃으며)

기생의 딸? … 그럼 부를수 있겠구나. 네 가서 불러오너라.

방　자 (픽 웃으며)

불러 오라구요? …

춘향의 고운 자태

남방에 유명키로

감사 병사 목부사며

군수 현감 관장들이

저마다 보려 하되

천하의 절색으로

녀공 재질 뛰여나고

문장을 겸전하여

녀중 군자로

자처하는터이라

낱낱이 거절하니

황공하온 말씀으로

불러보기 어렵내다

리도령 (듣고나자 다시 빙그레 웃으며)

네 말은 그러하나―, 내 저를 기생으로 알미 아니라, 글을 잘
한다기로 청하는터이니, 잔말 말고 불러오너라.

방 자 예 ―

― 저 방자 분부 듣고 춘향 부르러 건너간다. 맵시 좋은 저 방자, 인물 좋은
저 방자, 련잎벙치 숙여쓰고 충충거리고 건너갈제, 한푼두푼 걸음제를 서푼너
푼 건너가며, 조약돌 덤벅 쥐여 양류간에 앉은 꾀꼬리 툭 쳐 후리쳐 날려보며, 오
작교 건너가 춘향 추천하는 앞에 바드드득 달려들며,

방 자 아나 엿다, 춘향아 ―

　— 부르는 소리에 춘향이 깜짝 놀라 그네에서 나려서자 향단이와 함께
양류간으로 나오며,

춘　향 애고 그녀석— 무슨 소리를 그렇게 질러?

방　자 (호들갑을 떨며)

이애 춘향아

큰일 났다 큰일 났어

사또 자제 도련님이

광한루에 오셨다가

너 노는 모양 보고

불러오란 령이 났다

향　단 (곁에 있다 나서며)

미친 소리 하지 말아. 도련님이 우리 아씰 어찌 알고 오라시여?

춘　향 (화를 내여)

이녀석— 네가 아마도 내 말을 종달 새 열씨 까듯 조랑조랑

까바쳤지?

방　자 (흥 코웃음 치고)

내가 네 말을 할 리가 있느냐? 네 처신이 글러서 그렇지…

춘　향 내가 그를게 무엇이냐?

방　자 (다시 한번 코웃음 치고)

네 그른 래력을
네 들어보아라―

계집아이 행실로서
여봐라 추천을 하량이면
네 집 후원에 그네를 매고
남이 알가모를가 한데서
은근히 뛰는게 옳지

광한루 머지 않고
또한 이곳을 론지하면
록음 방초 승화시라
방초는 푸렀는데

앞내 버들은
초록장 두르고
뒤내 버들은
류록장 둘러
한가지 늘어지고
한가지 펑퍼져
광풍을 겨워서
우줄우줄 춤추는데

광한루 구경처에

그네를 매고 네가 뛸제

외씨같은 두 발길로

백운간에 노닐적에

홍상자락이 펄펄

백방사 속치마는

동남풍에 펄렁펄렁…

도련님이 보시고 너를 부르시지 내가 무슨 말을 하단말가?

— 잔말 말고 어서 가자.

춘 향 못가겠다.

방 자 뭐?— 량반이 부르는데 천연스레 못가겠다?…

향 단 (곁에 있다 또 나서며)

이녀석아. 도련님만 량반이고 우리 아씬 량반이 아니란 말이냐?

방 자 (픽 웃고)

그까짓 량반이야 절름발이 량반이지

(다시 춘향이를 향하여)

우리 도련님으로 말할진대—

당대 충효 대가로서

가세가 장안 갑부

지벌은 연안이요

외가는 청풍이라

얼굴은 남중일색

풍채는 호동이요

문장은 최고운

필법은 김생이라…

호걸남자로서 장안에 이름났다. 자아 가자—

춘 향 (동하는 기색없이)

그래도 못가겠다.

방 자 (짐짓 눈을 둥그렇게 뜨며)

뭐? 못가?

춘 향 못갈 래력을

들어 보아라—

량반댁 도련님이

글공부 아니하고

유산하기 긴치 않고

유산은 할지라도

남의 집 녀자 보고

전갈하기 당치않고

전갈은 할지라도
여자된 도리로서
남자의 전갈 받고
따라가기 고이하다
방　자 말인즉 옳다마는―

도련님 좋은 기구
네가 만일 아니가면

래일아침 조사후에
너의 모친 잡아다가
책방 단장안에
마주걸이 하게 되면

넌들 마음 어떠하며
내 맘인들 좋을소냐

(한번 얼려보고는 다음에 슬쩍 눙쳐)
이애 춘향아―

단오명절 좋은 날에
재자 가인 서로 만나
시 한수 화답함이
무어 레절에 구애되리

보배를 깨면 사가 되느니라. 자아 가자—

— 춘향이가 입가에 보일듯말듯 빙그레 웃음이 떠오르며 슬쩍 향단이를 돌아본다

방자 수작에 겁을 먹은 향단이가 기다리고있었던 듯 눈짓하고 넌짓 밀어, 춘향이 마침내 오작교를 건는다.

방 자 (한번 싱긋 웃고 충충거리며 광한루로 돌아와)
　　춘향이 대령이요—
리도령 이리 오르라 일러라.

— 춘향이 잠간 망설이다 마침내 런보를 정히 옮겨 층계를 올라선다.

리도령 춘향을 맞는 듯 한발자국 앞으로 나선다.

춘향 루상에 오르자 란간앞에서 발길을 멈추고 새별같은 눈을 들어 리도령을 홀낏 보다 눈이 서로 마주치자 얼굴이 와락 붉어 아미를 숙인다.

리도령 춘향을 불러는 왔으나, 마상 대하니 가슴만 두근 두근 정신이 암암하여 잠시 덤덤히 있다가 이윽고 입을 열어,

리도령 려염 처자 불러보기 청문에 고이하나… 글을 잘한다기 시나 한수 하답할가 이렇듯 청한게니… 허물 말라.

춘 향 (눈을 들어 부끄러이)

제가 무슨…

(들릴듯말 듯 한마디 하고는 다시 아미 숙인다.)

리도령 이름은 춘향이라 들었거니와… 성은 무엇이며 나이는 몇 살 이뇨?

춘 향 성은 성가이옵고 나이는 십륙세로소이다

리도령 나와 동갑 28이로군…

— 그나마 몇마디 묻고나니 더 건넬 말이 없어, 리도령 어색하게 서있는데,

춘 향 (외면한채)

시속 인심 고약하니 그만 물러가겠내다.

— 말을 마치며 곧 라상을 검쳐잡고 외씨같은 발을 옮겨 다락에서 나려간다.

— 리도령 멀거니 서있다가 춘향이가 그대로 돌아가려는 것을 보자,

리도령 춘향아

　　　― 춘향이 향단이와 더불어 나가다말고 발길을 멈추며 그의 다음 말을 기다린다.

리도령 (용기를 내어)

　　　내 한가한 틈을 타서, 너를 한번 찾으려니와…, 너의 집이 어디메뇨?

　　　― 춘향이 부끄럼을 머금고 선뜻 대답 못하다가, 들릴가 말가하게

춘　향 방자가 아리이다.
　　　― 한마디 남기고 표연히 돌아간다.

　　　― 리도령 그의 뒤모양을 잠간 바래다가,

리도령 방자가 아리이다…

　　　― 춘향이 한 말을 무심히 뇌여보고 혼자 빙그레 웃으며,

리도령 방자야 네 일러라
　　　춘향이 집이 어디메냐

방 자 (손을 넌짓 들어 가리키며)

저기 저 건너
동산은 울울하고
령당은 청청한데
문전에 수양버들
실실이 늘어지고
후원에 온갖 화초
란만히 피여있어

송정 죽림 두사이로
은은히 보이는게
바로 춘향의 집이니라

리도령 (고개를 끄덕이며)

장원이 정결하고
송죽이 울밀하니
춘향의 정절을
가희 짐작하리로다

(이윽히 그편을 바라보다가)

직녀 돌아가매

은하수가 아득하다

덩그렇게 빈 다락에

향기만 남아있고

마음은 부질없이

오작교에 어리누나

- 멀리서 은근히 들려오던 5월 단오의 합창소리 차츰 높아질 때,

-막-

제2막

1장 백년가약

1막에서 열흘 지난

5월 보름날 밤.

춘향의 집 후원 별당 - 부용당.

무대

중앙에서 우편으로 치우쳐 방과 루마루가 있고,

좌편은 후원으로 통했으니, 화계우를 볼작시면,

동백 춘백 영산홍에 모란 작약 월계화, 란초 지초 파초 치자 온갖 화초 란만하고,

밤은 깊어 3경인데, 빈 뜰에 휘영청 15야 달이 밝다.

막이 오르면

방안에 홀로 앉아 거문고를 타고있는 춘향이의 고운 자태가 주렴너머로 보인다.

이윽고 한곡조 타고나자, 거문고를 한옆으로 밀어 놓고, 춘향이 부스스 일어나서 마루로 나온다.

깊은 밤, 때 아닌 발자취에 놀랐는가 ― 개짖는 소리 멀리서 들려온다.

춘향이 란간에 의지하여 그편으로 잠간 눈을 주다가, 고개를 드어 달을 쳐다본다.

조금 가까이서 개짖는 소리 또 들려온다.

춘향이 란간앞을 떠나 몇발자국 옮기다가, 마루바닥에 떨어져있는 책자를 집어들고 방으로 들어가며 곧 방문을 닫는다.

조금 동안을 두어 방안의 등불이 꺼지고 빈 뜰과 루마루에 달빛만 가
득한데,

문득 석탑에 잠든 개가 사람자취 놀라 깨여 컹컹 짖고 내닫는다.

― 좌편 일각대문이 소리없이 열리자, 청사초롱에 불 밝혀 들고, 가만
가만 방자가 들어오며 뒤를 보고 손짓한다.

― 리도령 불안스러이 좌우를 살피면서 뒤따라 들어와,

리도령 이애 방자야 이렇게 암말없이 들어와도 좋으냐?
방 자 좋지 않으면 어쩌우? … 그럼 그냥 돌아갈라우?

― 방자 빈정대며 한마디 할 때에, 개가 또 컹컹 짖는다.

방 자 이―개 이―개

― 방자 손짓하여 개를 쫓다가 문득 우편으로 눈을 주고,

방자 이거 야단났소. 안에서 누가 나오나 보우

― 호들갑을 떨며 방자 입으로 훅 불어 초롱의 불을 끄자, 잡담 제하고
리도령의 손을 잡아 나무 뒤로 은신할 때,

　　　― 안으로서 춘향모 월매가, 부산 백통대에 서초 피워 입에 물고 아자
아장 걸어나오며,

월　매　저 개야 짖지 말아. 공산에 잠든 달을 네가 보고 왜 짖느냐?
　　　… 속담에도 달 보고 짖는 개라더니 너를 보고 한 말이다.

　　　― 월매 뜰 한가운데 와서 걸음을 멈추고 잠시 달을 쳐다보다가,

월　매　달 밝다 달도 밝다
　　　몹시도 밝을시고
　　　너는 하냥 그 빛이나
　　　늙은 것은 내로구나

　　　나도 젊어 다냥시절
　　　예쁘다는 말도 듣고
　　　봄이면 화전놀이
　　　가을이면 단풍구경

　　　남원의 월매 월매
　　　소문이 둥둥 떠서
　　　주야 호강 사랑속에
　　　세월 가는줄 몰랐더니…

홍안을 비추던 달

너는 하냥 그 빛으로

소연하기 서리같은

내 백발을 비치누나

— 월매 노래하며 다시 안으로 발길을 향하는데,
개가 또 컹컹 짖는다.

월 매 저 개야지지 말아

찾아올이 없으려는

무심한 달을 보고

네가 어이 이리 짖니

— 후원쪽을 한번 돌아보고 발길을 돌리려다 문득 다시 고개 돌려 나
무뒤를 살펴보고 깜짝 놀라,

(두어걸음 뒤로 물러서면서)
아니, 네가 누구냐 응?…

선동이냐 인동이냐

봉래 방장 채약동가

어떠한 아이기에

아닌밤중에

남의 집엘 들어와서

은근히 앉았느냐

이놈 네가 필연 도둑놈이지?…

방　자 (나무뒤로서 나오며)

쉬― 사또 자제 도련님이 와계시오.

월　매 (달빛에 그를 자세히 살펴보고)

너 이자식 방자로구나. 그럼 진작 말을 해야지? 이거 대단 죄

송하구나…

― 불끄고 소리없던 춘향방의 영창문이 이때 바시시 얼리며, 문틈으로 춘향이의 하얀 얼굴이 밖을 내다보고는, 다시 영창문이 소리없이 닫혀 진다.

― 월매 리도령을 맞으려 나무앞으로 몇걸음 발길을 내어놓을 때,

― 리도령 할 일없이 주저주저 나무뒤에서 나온다.

월　매 (허, 허 웃고)

도련님이, 이 늙은 것이 눈이 어두워 잘못 보고 말씀을 함부

루 하였으니 노여워 마옵시오.

리도령 아닌밤중에 말도 없이 남의 집엘 들어왔으니 그런 욕도 먹어

싸지.

월 매 하, 하, 하… 이리 쉬 풀어질줄 알았더면 욕을 좀 더 많이 할
걸 하, 하, 하…

리도령 허, 허, 허, 허…

(따라서 웃었으나 아무래도 어색하다.)

월 매 도련님. 내 집에 나오시기 천만 의외요. 자― 안으로 들어가
서 노시다 가옵소서.

리도령 ……

방 자 (앞으로 나서며)

춘향이 어디 갔소? ― 도련님이 춘향이의 문장 말을 들으시
고 벼르시고 벼르시다 이 밤에 나오셨다오.

월 매 (가볍게 웃으며)

제가 글은 무슨… 자― 도련님 올라 가십시다.

― 월매 리도령을 인도하여 부용당앞으로 걸어가며, 안을 향하여,

월 매 향단아―

향 단 네―

― 대답소리 들리며, 월매가 대돌우에 올라서려 할 때, 안으로서 향단
이 나온다.

월 매 이애

    (향단이를 가까이 불러 귓속말로 몇마디 이른다.)

향 단 네―

    ― 살짝 눈을 들어 리도령을 쳐다보고 향단이 안으로 들어가자,

    ― 월매 리도령은 인도하여 루마루로 올라서며,

월 매 (방을 향하여)

    악아― 자니? 이리 좀 나오너라.

    (리도령에게 자리를 권하며)

    도련님, 이리 앉으십시오.

    ― 리도령 자리에 앉으며 이리저리 둘러볼 때.

    ― 춘향방 영창문이 소리없이 열리며, 춘향이 루마루로 나온다.

월 매 (딸을 쳐다보며)

    너 전날 광한루서 도련님을 뵈웠다지?… 도련님이 널 보시

려 우정 이 밤중에 나오셨단다. 인사를 여쭈어라.

    ― 춘향이 부끄러이 앞으로 나와 리도령에게 인사를 드린다.

월 매 (땅을 향하여)

게 앉아라.

― 춘향이 한옆에 외면하고 앉자,

월 매 (리도령을 향하여)

도련님이 내 집에를 오실배 없는데, 이렇듯 찾아주시니 대단
황공하오이다.

리도령 그럴리가 웨 있는가? 겸사의 말이로세.

― 겨우 한마디 대꾸를 하고는 다시 할 마리 없어 무료하게 앉았득, 란
간너머로 초당에 붙인 액자(額子)를 바라보고,

리도령 부용당이라 잘도 썼다. 석봉(石峰)이 못미치리…

― 그 말에 춘향이 새별같은 눈을 들어 리도령의 옆 얼굴을 쳐다보다
가, 스스로 낯을 붉히며, 다시 아미를 숙인다.

방 자 (마당 한구석에 쪼그리고 앉았다가)

액자구경 오셨소? ―할 말이 있으시면 선뜻 내여놓실게지,
사내대장부가 주저할게 무엇이요?

월　매 (그 말 듣자, 리도령을 물끄러미 쳐다보고)

　　　무엇을 그러시는지…

　　　― 이통에 리도령의 말문이 열렸것다.

리도령 다른 말이 아니로세―

　　　우연히 광한루서
　　　춘향을 한번 본후
　　　련련한 그 마음이
　　　잊을 길 바이 없이

　　　춘향과 더불어
　　　백년가약 맺어보려
　　　이렇듯 나왔으니
　　　자네 맘에 어떠신가

　　　― 춘향모 듣고나자 옷깃을 바로하고 리도령을 향하여 정중히 말을
낸다.

월　　매 도련님 황공하오나

　　　이내 말씀 들어보오

서울 자하골
성참판 령감께서
보외(補外)로 남원에
좌정하였을 때

소리개를 매로 보고
나로 수청 들리시니
모신지 3삭만에
령감은 올라가고
그달로 태기 있어
낳은게 저것이라

젖줄 뗄만하게 되면
데려가마 하시더니
뜻밖에 그 량반이
세상을 버리시매
보내들 못하옵고
내 손 하나로 길러낼제

7세에 소학 읽혀
수신 제가 화순심을
낱낱이 가르치니

근본이 있는 고로
만사가 달통이라
녀공재질 례의 범절
누가 내 딸이라 하오리까

60당년 늙은 몸이
저 하나를 의지하여
이렁저렁 지내오되

내 지체 부족하니
재상가 부당하고
사서인은 넘고 처져
혼인이 늦어가매
주야로 걱정이나

도련님은 량반이라
춘향과는 당치않소
그런 말씀 말으시고 그저 노다 가시지요.

리도령 그게 무슨 말씀인가?—

춘향도 미혼전

내또한 미장가전
피차에 이러하니
류례는 못할망정
량반의 자식으로
1구 2언 하겠는가

넘려 말고 허락하게

월　매 도련님은 젊은 마음
봄나비 꽃본듯이
지금은 그러시나
부모 몰래 하시는 일
나중에 소문 겨워
아차 한번 버리시면

백옥같은 내 딸 마음
어미가 모르리까
독숙공방 소년정절
그 아니 불쌍하오

리도령 (마음에 답답하여)

아니 그게 될 말인가? ―

춘향 사정 내 알거니
박대 행실 있을손가
내 저를 초취같이 여길테니
허락만 하여주게

― 그래도 춘향모 얼른 결단 못하는데,

― 뜰에 앉아 듣던 방자, 이때 벌떡 일어서며,

방 자 아니 무얼 그리고 망설이오? 불감청이나 고소원이지…

요조숙녀 군자호구라
군자이신 도련님이
춘향같은 숙녀에게
다시 변개 있으리까

광한루 우연 상봉
범상한 일 아니여든
천정한 연분이면
누가 감히 막으리오

월　매 (그 말 듣자 고개를 갸웃하고, 반은 혼자말로)

천정 연분이라… 그러면 꿈도 바이 허사가 아니로다…

방　자 아니 무슨 꿈을 꾸었소?

월　매 (방자는 상대 않고 춘향을 돌아보며)

악아 춘향아

내 아까 꿈을 꾸니

너 자는 침상에서

채운이 일어나며

청룡이 너를 물고

하늘로 오르기에

룡의 허리 검쳐잡고

이리 궁글 저리 궁글

한동안 궁글다가

소스라쳐 잠을 깨여

가만히 생각하매

경사있을 대몽이라

아직 두고 보쟀더니

이 밤으로 증험할 줄

낸들 어이 알았으랴

　― 월매 마침내 뜻을 결하고, 리도령을 향하여,

월　매　여보 도련님―

　　　　류례는 못이루나

　　　　혼서 례장 사주단자

　　　　모두 다 겸하여서

　　　　증서 한 장 하여주오

리도령　(마음에 못내 기뻐)

　　　　그리다뿐이겠나

　　　　글랑은 그리 하소

　― 월매 연상(硯床)을 들어다 리도령앞에 놓고, 산호연적 물을 따다 수양매월(首陽梅月) 진하게 갈아주니,

　― 도령, 앞으로 나앉으며 청황모 무심필(无心筆) 반중등 흠썩 풀어, 백릉설화 간지(白綾雪花間紙)우에 두 어자 얼른 적는다.

　　　　동방(洞房)은 고요하고

　　　　화촉(花燭)은 잔잔한데

　　　　수양매월 맑은 향기

　　　　넌즛이 높을사록

　　　　꽃다운 맹세가

　　　　새별같이 또렷하다

　　　　비냐 구름이냐

　　　　헤아릴수없이

　　　　모란같이 탐스럽고

　　　　아름다운 젊은 청춘

　　　　앵도처럼 고운 마음이

　　　　초불처럼 흐늑인다

　　　　－ 리도령, 다 쓰고나자 월매에게 준다

월　매 (증서를 받아들자 정중하게 읽는다.)

　　　　바다가 마르고

　　　　산이 다 닳도록

천지 신명은

이 맹세를 밝히소서

　―　때마침 안으로서 주안상 차려들고 향단이가 나온다.

　―　월매, 증서를 고이 접어 허리춤에 찌르고, 상을 받아다 리도령앞에 논다.

　―　리도령 눈을 들어 보니, 시체 수단으로 술상을 차렸는데, 라주칠반 (罗州漆盘)에 김치, 약포육, 전복쌈,　한접시, 거기다 실과를 곁들어 놓았다.

　―　이때 뜰에서는, 주안상을 드리고 섬돌로 나려서는 향단이를 향하여,

방　자 (한걸음 앞으로 나서며)

이애, 향단아 ― 너의 어머닌 무슨 꿈 안 꾸었다던?…

　―　향단이 고개 들어 그를 한번 흘낏 보고, 즉시 새침하니 돌아서서 안으로 향한다.

방　자 (그 뒤모양을 멍하니 바래며)

너도 누굴 닮아 요렇게 도고하냐…

　―　향단이 대꾸 않고 안으로 들어갈제,

월　매 (춘향을 돌아보고)

악아― 부끄러이 아지 말고 이리 와 약주 부어라.

(다시 리도령을 향하여)

도련님 안주가 없사오나 이는 장모의 허물이오니 용서하시고, 약주나 많이 잡수시오.

― 춘향이 부끄럼을 머금은채 상곁에 와서 앉아, 잔에 술 부어 리도령에게 준다.

리도령 (술잔을 받아 손에 들고)

마음만 같았으면 륙례를 행할터이나 그러지를 못하니 이 아니 원통하랴. 그러나 춘향아, 이 술을 우리는 대례 술로 알고 먹자.

― 한 잔 먹고 나서 잔을 춘향에게 돌려주며,

리도령 너의 어머니께 한잔 드려라.

― 춘향이 다시 한잔 부어 저의 모친에게 올린다.

리도령 장모―, 경사술이니 한잔 드소.

월　매 (술잔을 받아들고 감개가 자못 깊어)

즐겁고 기쁜 날이
오늘우에 또 있으리

아비없이 자란 내 딸
하느님이 감동하사
명문대가 도련님과
백년을 기약하니
다시없는 경사오나
지낸 일을 돌아보니
령감생각이 간절하여
자연 비창하여이다

리도령 정리에 당연하나 ―

오늘같이 좋은 날에
이왕지사 생각 말고
약주나 어서 드소

― 리도령과 춘향모가 다시 몇잔 더 나눌 때,

― 방자 뜰에 가 쪼그리고 앉아서, 당상의 술자리를 멀거니 바라보다,
문득 발을 한번 탕 구르며,

방　자　(마치 개가 어쩌기나 하는 듯)

　　　이―개

월　매　(그 소리에 뜰은 내다보고)

　　　아니 방자, 그저 게 있었니?…

방　자　(짐짓 볼멘소리로)

　　　진작 갈걸 잘못했구료―

월　매　내 그만 깜빡 잊었고나…

　　　게 있다 도련님 상 나거든 너도 한잔 먹어라.

방　자　(벌떡 일어서서 사뭇 시비나 가릴 듯이)

　　　오늘 경사가 대체 니 덕인데 그래 퇴주술로 때려오?

월　매　아따, 잘못되였구나…

　　　(그김에 자리를 일어 뜰로 나려오며)

　　　자 ― 나하고 안으로 들어가자.

방　자　(어깨를 으쓱하고)

　　　그러면 그렇지… 자― 어떻소?

월　매　오―냐 사무여한일다.

　　　봉이 나니 황이 나고

　　　장군 나니 룡마 난다

　　　봉과 같은 나의 사위

　　　황과 같은 내 딸 춘향

　　　금실 금실 좋은 금실

천정 배필이 아니냐

　　　─ 월매 안으로 들어간다.

　　　─ 방자 그 뒤를 따라 안으로 향하며,

방　자　청실홍실 마디마디
　　　　월로승이 뉜줄 아오
　　　　잘되면 술이 석잔
　　　　못되며는 뺨이 세개

　　　　내 대접을 잘해야만
　　　　검은 머리가 파뿌리 되도록
　　　　수부 다남 하오리다

　　　─ 루상에서 리도령, 춘향을 향하며 빙그레 웃고, 춘향이 수집어 아미
숙일 때,

─암전─

2장 사랑가

1장에서 해가 바뀌여
이듬해 춘 3월.

부용당.

열사흘 달이 대낮처럼 밝은 밤이다.
화계우에 란만히 핀 화초들이 달빛에 어리여 더욱 고운데,

부용당 루 마루에서는 춘향이 한가롭게 묵화를 치고있고,
리도령은 곁에 가 뒤짐지고 서서 굽어본다.

무대에 불이 들어가면

춘향이 묵화를 다 치고난 길이다. 자세를 바로하고 잠간 들여다보다
가 머리를 들어 리도령을 쳐다본다.

그림을 굽어보며 말없이 고개를 끄덕인다.

― 춘향이 붓을 놓자, 화폭을 들고 일어나서 벽에다 갖다 건다.

그림은 바위에 란초 ―

춘향과 리도령 (함께 그림을 바라보며)

         돌틈에 자란 란초

         가는 바람 넌짓 불어

         줄기줄기 주름지니

         잎잎이 향기로다

리도령 담아하다 꽃맵시는

         춘향 너와 같으련과

         말없이 받고 선 돌

         그 나일시 분명하다

　　― 춘향이 말없이 듣고있다가 리도령의 노래가 거의 끝날무렵에 고
개를 돌려 그를 쳐다본다.

　　서로 눈이 마주치자 빙긋이 한번 웃고, 다음은 주거니 받거니 사랑가
로 넘어간다.

합　창 사랑이로구나

         어허 내 사랑 내 알뜰이지

         어허 둥둥 내 사랑이지

리도령 장장 춘일 긴긴날에

         사랑이 끝이 없고

춘   향 노래가 무궁하다

합   창 록수 부용 그늘속에

　　　부르거니 따르거니

　　　두둥실 떠 노니는

　　　원앙새야 물어보자

리도령 너희들이 그 우리냐

춘   향 우리들이 네 원앙가

합   창 물에도 쌍쌍

　　　당에도 쌍쌍

　　　뉘가 뉜줄 모르겟네

　　　사랑이로구나 내 사랑이야

　　　무엇 같다 이르리오

리도령 아지랑이 아질아질

　　　높이 솟은 종달새냐

　　　부상 아침날의

이슬 머금은 해당화냐

죽실을 입에 물고
오동에 넘나드는
기산 조양의 봉황새냐

리도령 (말로)

그래 너는 나를 무엇에다 비할고? ─

춘 향 알뜰한 우리 님을

무엇에다 비하리까

채운간에 여의주를 희롱하는

북해의 흑룡 같소

리도령 흑룡이 나일진대

여의주는 너로구나

합 창 사랑이로구나 내 사랑이야

리도령 태산같이 높은 사랑

춘　향 바다같이 깊은 사랑

합　창 아름답고 고운 태도
　　　　평생 보고 남는 사랑

리도령 춘향아 —

춘　향 도련님 —

합　창 (시창으로)

　　　사랑은 끝 없어도
　　　인생이야 한이 있다
　　　시중 천자 리태백이
　　　달 잡으러 고래 타고
　　　채석강에 든 연후에
　　　다시 왔단 말 없구나

춘　향 우리 사랑 즐길적에
　　　　사후 기약을 하사이다

리도령 너는 죽어 꽃이 되고

춘 향 도련님은 나비 되여

합 창 2, 3월 춘풍시에

리도령 네 꽃송이 내가 앉아
　　　　너울너울 춤추거든
　　　　네가 나인줄 알려무나

합 창 사랑이로구나 내 사랑이야

리도령 또다시 될것 있다
　　　　너는 죽어 종로 인경 되고

춘 향 도련님은 인경마치 되여

리도령 아침이면 33천

춘 향 저녁이면 28수

합 창 길마재 봉화 세자루 꺼지고
　　　　남산 봉화 두자루 꺼지면
　　　　인경 첫마디 치는 소리

그저 뎅뎅 칠 때마다

다른 사람 듣기에는
인경소리로만 알아도

리도령 우리 둘인 춘향 뎅―

춘　향 도련님 뎅으로 아십시다

합　창 사랑 사랑 내 사랑이야
사랑이로구나 내 사랑이야
어허 둥둥 내 사랑이야

리도령 남창 북창 노적같이
다물다물 쌓인 사랑

춘　향 명사 10리 해당화같이
연연히 고운 사랑

리도령 5장6부 굽이굽이
알알이 맺힌 사랑

춘 향 6천마디 뼈끝마다

　　　서리고 얽힌 사랑

리도령 앵도같이 붉은 사랑

춘 향 석류같이 박힌 사랑

리도령 구시월 서리바람에

　　　절로 벌어진 석류처럼

　　　량가슴 쩍 벌리고

　　　보여주고싶은 사랑

합 창 사랑 사랑 우리 사랑

　　　천지가 온통 사랑이로구나

　　　내 사랑 내 알뜰이지

　　　어허 둥둥 내 사랑이야

—암전—

3장 리별가

2장과 같은 해

가을 밤.

부용당.

무대에 불이 들어가면

춘향이 등불아래 홀로 앉아, 도련님 드리려고 금랑에 수를 놓고 있다.

향단이 밖으로서 들어온다. 도련님이 오시나 하여, 동구밖에까지 나가서 기다리다가 그대로 들어오는 길이다.

향단이의 발자취 듣고, 춘향이 잠간 눈을 들어 문쪽을 바라본다. 그러나 도련님이 보이지 않으므로 그대로 앉아서 수를 논다.

향　단　(방안으로 들어서며)

　　오늘은 웬 일이세요? 도련님이…

춘　향　(그대로 수를 놓으며)

　　글쎄―, 서울서 사람이 왔다더니 무슨 일이 계신지…

향　단　(춘향의 곁에 가 앉아 그가 놓은 수를 들여다보다가)

　　아씨 왜 이런―

　　(하고 문갑우의 화병을 곁눈질하고)

　　― 국화를 놓지 않으시고 진달래를 놓으세요?

춘　향　(비로소 눈을 들어 향단이를 쳐다보며)

　　　너는 국화가 좋으냐?

향　단　좋지 않아요?

　　　구시월 서리바람

　　　온갖 꽃이 다 이울제

　　　홀로 피는 국화꽃이

　　　그 아니 갸륵하오

춘　향　(가볍게 고개를 끄덕이며)

　　　그도 그래. 그러나—

　　　진달래 꽃봉오리

　　　봄뜻을 머금으면

　　　천리산야에

　　　쌓인 눈이 다 녹는다고

　　　도련님은 진달래를

　　　더욱 이뻐하신단다.

　　　— 이때 리도령이 문안으로 들어선다.

향　단　(먼저 보고 자리에서 일어서며)

　　아이 도련님이 오시네.

　　　－ 춘향이 눈을 들어 리도령을 보자, 수놓던 것을 주섬주섬 한옆으로
　걷어치고 분주히 일어나 방긋 웃고 맞아들이며,

　　　도련님－

　　　오늘은 왜 늦었소?
　　　책방에 손님 왔소?
　　　서울서 누가 왔다더니
　　　무슨 일이 계시였소?…

　　　－ 연해 물으며 춘향이 리도령의 쾌차를 벗겨서 홰대에 건다.

　　　－ 이사이에 향단이는 안으로 들어간다.

춘　향　(새삼스러이 리도령의 얼굴을 쳐다보며)

　　　미간엔 수심이요
　　　얼굴에는 눈물흔적
　　　도련님 왜 이러오?

몸이 아파 그러시오?

— 리도령 대꾸 않고 힘없이 자리에 앉으며 다만 쉬느니 한숨이라.

— 춘향이 마주앉아, 그의 기색을 살피면서,

도련님—
내 집에 다니신다
꾸중을 들어셨소?

리도령 (비로소 입을 열어 반은 혼자말로)
꾸중을 들었기로
이다지도 서러우랴

춘　향 (마음에 더욱 의아하여)

아니 도련님
서러운 일이 무엇이요?

리도령 (그제야 눈을 들어 춘향을 바라보며)

사또께서

동부승지 당상하여
내직으로 들어가신단다

춘 향 (눈을 반짝이며)

이는 댁의 경사온데
울기는 왜 우시오

옳지, 내가 안따라갈가보아 그러시오? ─

녀필 종부라니
천리라도 따라가고
만리라도 싫지 않소

도련님 정말이죠?
날 속이지 않으시죠? ─

내 평생 원일러니
이제 한양 가겠고나…

리도령 (다시 외면하며)

아이고 이애야

속타는 말 그만 해라

너를 데리고간다면야

무슨 시름 있으랴만…

   — 춘향이 혼자 좋아하다가 그 말에 어리둥절하여 리도령만 바라본
다.

리도령 (그대로 외면한채)

이번에 네 말을

사또께는 못여쭙고

대부인전 여쭈었다

꾸중만 들었단다

량반의 자식으로

천첩 두었단 말이 나면

족보에 이름 떼고

사당 참여 안시킨다니…

이 아니 난처하냐

   — 춘향이 그 말 듣자 어여쁜 얼굴이 붉으락푸르락, 눈썹이 꼳꼳하더

니, 문득 면경 체경 둘러치고 문방사우를 와지끈 탕탕 깨뜨리며,

서방 없을 춘향이가

세간하여 무엇하며

단장하여 뉘 눈에 괼고

(리도령앞으로 바작 다가앉으며)

천첩 천첩…

천첩이란 웬 말이요

그게 무삼 말삼이요

리도령 … …

— 이때 앞으로서 월매가 나온다. 우당탕 와르르… 무엇이 깨어지고, 흐느껴우는 소리 은은히 들리기로 자다말고 일어나서 흐트러진 머리채를 건음건음 걸어엊고, 치마도 안두른채 아장아장 나오면서,

애고 저것들이

사랑쌈을 하는구나

어— 참 아니꼽다…

— 혀를 끌끌 차고 영창밖에서 엿듣는다.

춘　향　작년 5월 15야에
　　　나의 집엘 나오시여

　　　도련님은 여기 앉고
　　　춘향 나는 저기 앉아
　　　도련님 날더러
　　　무엇이라 말하였소

　　　상전이 벽해 되고
　　　벽해가 상전이 되도록
　　　리별없이 사자하고
　　　단단맹세 하시더니

　　　말경에 가실 때는
　　　뚝 떼여버리시니
　　　28청춘 젊은년이
　　　독숙공방 어이 살고

리도령　춘향아 우지 말아

내가 가면 아주 가며
아주 간들 잊을소냐

춘 향 도련님은 올라가면
귀가문에 장가 들고
대과 급제 하신후에

행화춘풍 곳곳마다
절대가인 좋은 풍류
주야 사랑 노실적에

날같은 하향 천첩
꿈엔들 생각하리

― 월매 물색도 모르고 사랑쌈만 여겼더니, 밖에서 들어보매 리별이
분명하다. 소스라쳐 깜짝 놀라, 그대로 뛰여들려다, 문득 치마도 안두른 제몸
을 돌아보고 분주히 안으로 들어간다.

― 방안에서는 춘향이 그대로 느껴울며,

춘 향 못가리다 못가리다
나를 두곤 못가리다

룡천검 드는 칼로

내 목을 뎅겅 베여

물에 넣고 가면 갔지

살려두고는 못가리다

　— 월매 치마끈을 잡아매며 안으로서 다시 나와, 어간대청 섭적 올라 방으로 들어서며,

월　매 어허 이거 요란쿠나

아니 춘향아

이게 웬 일인고, 응? —

네가 여태 배운 것이

4서 3경 성훈인데

남 다 자는 깊은 밤에

요망하게 아이고 지고…

이게 무슨 행실이며

우는 일이 웬 일이냐

　— 춘향이 말 못하고 치마끈만 물어뜯으며 눈물이 비오듯한다.

월　매　말하여라 웬 일이냐

춘　향　도련님이 가신다오

월　매　도련님이 가신다니…

춘　향　사또께서 승차하여
　　　　내직으로 들어가신대요

월　매　(허, 허 웃고)

　　　　허허 그럼 경사로구나
　　　　도련님댁 경사며는
　　　　네 영화도 되려니와
　　　　나는 같이 못갈망정
　　　　너는 응당 갈터인데
　　　　우는 일이 웬 일이냐―

춘　향　도련님이 못데려간대요
월　매　무어 못데려가?
　　　　(리도령을 돌아보고)
　　　　아―니 도련님, 정녕 그랬소?

리도령 (기운없이)

　　그렇다네… 지금은 섭섭하나 후기약을 둘밖에 도리가 없을 가보이.

　　― 춘향모 그 말 듣자, 검은 얼굴이 붉으락푸르락하며, 두주먹을 불끈 쥐고 벌벌 떨며 딸보고 하는 말이,

월　매 잘되였다 이년아

　　　　썩 죽어라 썩 죽어

　　　　너 죽은 시체라도

　　　　저 량반이 지고 가게

　　　　저 량반 올라간 뒤

　　　　뉘 간장을 녹일나냐

　　　　내 일상 이르기를

　　　　후회하기 쉽느니라

　　　　태과한 맘 먹지 말고

　　　　려염 사람 가리여서

　　　　형세 지체 너와 같고

　　　　재주 인물 너와 같은

　　　　봉황의 짝을 얻어

　　　　내앞에 노는양을

　　　　내 안목에 보았으며

　　　너도 좋고 나도 좋지

　　　마음이 도고하여
　　　남과 별로 다르더니
　　　잘되고 잘되였다

　　　― 두손벽 땅땅 치며 리도령앞으로 달려들어,

월　매　아니 여보 도련님
　　　나구 말 좀 하여보세

　　　내 딸 춘향이를
　　　버리고 간다 하니
　　　행실이 그르던가
　　　인물이 밉던가
　　　언어가 불순턴가
　　　잡스럽고 루하던가
　　　어디 말 좀 들어보세
　　　무엇이 그르던가

　　　군자 숙녀 버리는 법
　　　칠거지악 없으며는

못버리는 줄 모르는가

내 딸 어린 춘향이를
밤낮으로 사랑할제
앉고 서고 눕고 지며
백년 3만 6천일에
떠나가지 마자 하고
주야장천 어루더니

그래 말경 갈 때에는
뚝 떼여버리시니

양류 천만산들
가는 춘풍 어이하며
락화 락엽 되거드면
어느 나비 다시 오리

백옥같은 내 딸 춘향
독숙공방 님 그리다
시름 상사 병이 되어
다시 일지 못할진댄
60당년 이내 몸이

팔 잃고 사위 잃고

지리산 갈가마귀

게발 물어 던진 듯이

뉘를 믿고 산단 말이요

못하지요 못하지요

량반 자세하고

몇사람 신세를

망치려고 안데려가…

— 월매 발악하며 치둥글 내리둥글 목제비질을 시작하니,

리도령 (황겁하여)

여보소 장모, 좋은 수가 하나 있네.

— 좋은 수가 있단 말에 춘향과 춘향모, 말은 없이 리도령의 얼굴만 빤히 쳐다본다.

리도령 래일 행차에

요여(腰輿)가 나오고

요여 배행 내가 하니

신주는 모셔내여
내 창옷 소매에 넣고
요여에단 춘향이를
태워가잔 그 말일세

ㅡ 춘향모 어이없어 입 벌리고 말 못한제,

춘 향 (마음을 결단하고 저의 모친 돌아보며)

어머니 들어가오ㅡ

량반의 체면되여
오죽이나 답답하고
오죽이나 민망해야
저런 말씀 하시겠소

오늘 밤 새도록
말이나 실컷 하고
울음이나 실컷 울고…

월 매 (딸을 돌아보며)

못하지야 못하지야
저 량반 가신후에
뉘 간장을 녹일나냐

보내여도 각을 짓고
따라가도 따라가거라

— 밖으로 나와 섬돌에 내려서며,

몹쓸년의 팔자로다
전생의 무슨 죄로
이생에 천기 되여
맺히고 맺힌 한에
비록 녀식일지라도
주옥같이 고이 길러
말년 영화 보쟀더니

말경에는 내 입방정
또 신세를 망치누나

— 월매 안으로 들어간 뒤, 자리에 남은 두 사람, 잠시 말이 없다가,

춘 향 (먼 하늘을 바라보며)

범 가는데 바람 가고

룡 가는데 구름 가건만

나는 어이 못가는고…

가자 하니 길이 없고

마자 하니 애절 상사

쇠털같이 많은 날에

님 그리워 어이 살고

1각이 3추라면

백년이면 몇 3추냐

장장 하일 긴긴날과

동지 섣달 기나긴 밤

이리 뒤척 저리 뒤척

피 마르고 뼈만 남아

먹고 자도 않고

죽지도 아니 하면

서창에 지는 달과

오동에 찬비 소리

어이 보고 듣자느냐

… …

리도령 (마음에 애절하여)

　　　춘향아 ― 우지 말아

춘　향 (물끄러미 바라보다가)

　　　도련님― 참으로 리별이요.

리도령 아이고 춘향아

　　　어쩌자고 이러느냐

　　　두고 가는 이내 마음

　　　구곡 간장 다 녹는다

　　　서울에 올라가서

　　　대과 급제 하거드면

　　　너를 데려갈터이니

　　　서러 말고 기다려라

　　　― 이때 춘향모, 향단에게 술상 들리고 다시 나와 리도령에게 술을 따
라 권하며,

월　매 여보시오 도련님―

　　　내 나이 반백이라

　　　오늘이나 래일이나

다 썩고 남은 간장
생사가 미판이나

도련님 서울 가도
춘향을 잊지 말고
백년가약 생각하여
다시 찾아주신다면

죽어 저생 가서라도
그 은혜를 갚으리라

리도령 (그를 위로 하여)

장부의 말 한마디
천금같이 중하거니
산하로 지은 맹세
저바릴 길 있으리까

장모 그는 념려 말고
부디 몸을 안보하여
나를 믿고 기다리오

― 이때 동이 훤히 터오는데, 밖으로서 방자, 헐레벌떡 뛰어들어오며,

방 자 도련님, 어서 가십시다.

잘 가거라 잘 있거라
한번 웃고 말 일이지
무슨 리별을 이렇듯이
뼈가 녹게 한단말이요

대부인 행차는 벌써
오수역에 나가셨소

리도령 나귀 등대하였느냐
내 곧 나가마

― 방자를 밖으로 내어보낸 뒤에도,
리도령 심사 애저하여 그대로 앉아있고,
춘향이도 실심한 듯 그대로 있는데,

― 춘향모 딸을 보고 다시 사위 돌아보며, 차마 그 자리에 더 앉았들
못하여, 부스스 일어나서 밖으로 나오더니,

월 매 대하 장강 흐르는 물

뉘라서 막아내며
서산에 지는 해를
뉘라서 잡아 매랴

　─ 허히 탄식하며 월매 안으로 들어간 뒤,

　─ 리도령은 그대도록 움직이지 않는데,

　─ 마침내 춘향이 마음을 결단하고 자리에서 일어나자 홰대의 쾌자
를 떼여들고 리도령앞으로 오며,

춘　향 엎질러진 물이오니
어찌할 도리 있소

귀중하신 도련님은
춘향 날만 생각 말고
대부인 행차 뫼셔
원로 평안히 가옵신후

한때라 방심 말고
글공부 하시여서
대과 급제 하시거든

외로운 춘향이가

남원땅에 있다는걸

부디 잊지 마옵소서

　　　－ 쾌자를 입혀주며 신신당부하는 춘향,

　　　－ 리도령도 그를 향해 마지막 부탁일다.

리도령 산하로 지은 맹세

한시라 잊을소냐

쇠끝처럼 굳은 마음

홍로라도 변치 말고

송죽같이 굳은 절개

네가 나 오기만 기다려라

　　　－ 일변 당부하며, 일변 허리에 찬 남대단 두루주머니 주황당사끈을

끌러 화류집 사모경을 춘향에게 내여주며,

리도령 아나 춘향아 거울 받아라

장부의 밝은 마음

거울과 같을진댄

천백년이 지난다고

변할줄이 있을소냐

춘 향 (거울을 받아 간수하고, 보라대단저고리 면주고름 어루만져 옥지환을 끌
르며)

옥과 같이 결백하고

지환같이 끝없는 정

바라건대 도련님은

나인듯이 간직하오

― 춘향이 옥지환을 리도령에게 주고 그 따라 뜰로 내려서며, 또 한마
디 당부하는 말이 ―

마상에 피곤하여

병이 날가 넘려오니

일찍 들어 주무시고

느직이 떠나가사이다

리도령 날랑은 넘려말고

너나 부디 잘 있거라

― 리도령 한마디를 남기고 문을 향해 나간다.

─ 춘향이 그 자리에 서서 뒤모양을 바래다가, 문득 설움이 북받쳐,

춘 향 도련님─

리도령 (그 소리에 돌아서며)

춘향아─

─ 우르르 돌아와 춘향의 손을 잡고, 둘이 다 기가 막혀 부들부들 떨뿐이다.

그러나 마침내는 두고 갈 사람이요, 보내야 할 사람이다.

춘향과 리도령

울며 서로 잡은 손길

한번 노면 천리로다

대창같이 엷은 애가

불티같이 다 삭는다

상하는 준별한데

인정은 왜 일반인고

─ 손을 놓자 리도령 돌아서서 나간다.

─ 춘향이 실심한 듯 그 자리에 서서 뒤모양을 바랠 때,

—막—

제3막 심장가

리도령이 떠난 뒤로 어느덧 1년이라,

이때에 춘향이는 실혼수심(失魂愁心) 병이 나서 문을 닫고 홀로 누워 상사곡 단장성(相思曲 斷腸声)으로 자나깨나 님 그리워 눈물로 날을 보내는데—

그사이 신관이 도임하여 1년을 지내다가 라주목사(羅州牧使) 이배(移排)하고 다시 신관이 났으되, 자하고 막바지에 사는 변학도(卞学道)라는 사람이라, 얼굴이 잘나고 남녀창 우계면(男女唱 羽界面)을 거침없이 잘 부르고 풍류속에 통달하여 일대호걸로 자처하나, 실은 한낱 탐재호색(貪財好色)의 무리라, 남원의 춘향이가 일색이란 말을 듣고 도임하자 그 즉시로 기생부터 점고한다.

　　○ 취타(吹打).

　　○ 변학도의 소리 ― 훤화(喧譁) 금하라.
　　○ 집사(執事)의 소리 ― 훤화 금하랍신다.
　　○ 정수(鉦手)의 소리 ― 예―이.

막이 오르면

신관 변학도 동현에 좌기하고,
류방 관속 뜰아래 늘어선중에,

정수 나와서 뎅— 뎅— 징을 친다. 취타 그친다.

변학도 호장 듣느냐.

호　장 예—이

변학도 기생 점고 빨리 하라.

호　장 예이.

　　　　— 호장, 기생안책 들여놓고 차례로 호명한다.

호　장 눈 맞아 휘여진 대
　　　　뉘라서 굽다던고

　　　　굽을 절이 있으면
　　　　눈속에 푸를소냐

　　　　세한고절(歲寒孤节) 죽심(竹心)이 —

사령들 나오—

　　　　— 죽심이가 들어오는데 라상자락을 걸음걸음 걷어다가 세요 흉당에

딱 붙이고 아자아장 들어와서 점고 맞고 좌부진퇴로 물러난다.

호 장 어리고 성긴 가지

　　　너를 믿지 않았더니

　　　눈 기약 능히 지켜

　　　아름답다 매화ー

사령들 나오ー

　　ー 매화가 들어오는데 홍상을 걷어안고 라말수혜 끌면서 아장 걸어
가만가마나 들어오더니 점고 맞고 좌부진퇴로 물러난다.

변학도 여봐라ー

호 장 예이.

변학도 기생 점고를

　　　그렇게 하다가는

　　　며칠 갈지 모르겠다

　　　갑갑하여 듣겠느냐

　　　바삐 바삐 불러라

호 장 예이.

　　　(호장이 청령하고 넉자 화두로 부른다.)

오동복판 거문고

슬기둥 둥당 탄금이 왔느냐

사령들 예 ─ 등대하였소

호　장 주홍다사 벌매듭

차고다니 금랑이 왔느냐

사령들 예 ─ 등대하였소

호　장 진주 명주 자랑말아

제일 보배 산호주 왔느냐

사령들 예 ─ 등대하였소

호　장 봉래산 제일봉에

독야청청 송화가 왔느냐

사령들 예 ─ 등대하였소

호　장 이산 명월이 저산 명월이

량산 명월이 다 들어왔느냐

사령들 예 ─ 등대하였소

─ 두 명월이가 앞뒤로 서서 홍상자락을 일매지게 세요 흉당에 딱 붙이고 아자아장 디긋거려 게 세요 흉당에 딱 붙이고 아장아장 디긋거려 들어오더니 점고 맞고 좌부진퇴로 물러난다.

변학도 열 두서넛씩

한숨에 부르라

호 장 예이.

　　　산홍이 란홍이

　　　도홍이 왔느냐

사령들 예— 등대하였소

호 장 비봉이 채봉이

　　　금봉이 왔느냐

사령들 예— 등대하였소

호 장 월중선 화중선

　　　산옥이 연옥이 다 들어왔느냐

사령들 예— 등대하였소

호 장 계향이 금향이

　　　란향이 왔느냐

사령들 예— 등대하였소

　　　— 변학도 향자가 나오니까 눈초리가 처지고 입이 딱 벌어지며 궁둥이가 자리에 못볼게 들먹댄다.

호 장 취향이 월향이

　　　초향이—

사령들 예— 등대

나오―

변학도 (눈을 가늘게 뜨고)

조년이 이름이 뭐라?

통　인 초향이요.

변학도 초, 초향이?…

(마음에 저으기 실망하여)

레방 듣느냐

레　방 예이.

변학도 기생점고 다하여도

춘향이는 안부르니

어찌하여 빠졌느냐

레　방 젓사오되―

춘향은 기생이 아니오라

퇴기 월매의 딸이온데

기안 착명(妓案着名)한 일 없고

려염 생장하옵더니

구관 책방 도련님이

　　　　머리를 얹혔나이다

변학도 구관 책방 도련님이

　　　　머리를 얹혔으면

　　　　춘향이를 데려갔느냐

례　방 데려가지는 아니하고

　　　　제 집에 있나니다

변학도 (마음에 그러려니 하여 고개를 끄덕이며)

　　　　내 들으니—

　　　　춘향은 원기의 자식이요

　　　　또한 일색이라 하니

　　　　기안에 착명하고

　　　　바삐 헌신시키라

례　방 예이.

　　　— 례방이 청령하고 나간다.

　　　— 계하에 늘어선 륙방 관속들, 서로 눈짓 코짓 하며

‘춘향이가 걸렸고나’

‘우리 고을에 일이 났다’

… …

이때 호방이 주저주저 앞으로 나서서,

호 방 아뢰옵기는 황송하오나—

춘향이가 근본은

퇴기의 딸이오나

덕색이 장한 고로

권문 세족 량반네와

일등 재사 할량이며

나려오신 등내(等內)마다

한번 보자 간청하되

춘향 모녀 듣지 않아

량반 상하 물론하고

액내지간(額內之間) 소인들도

일년 일득 대면하되

언어 수작 없삽더니

그도 천정 연분인지

구관 사또 도련님과

백년가약 맺사 옵사옵고

도련님 떠나실 때

입장후에 다려가마

언약이 중하기로

춘향이도 그리 알고

수절하여 있사온데…

변학도 (화를 버럭 내여)

이놈, 아무리 무식한 상놈이기로…

그게 어떠한 량반이라고―

엄부 시하요

미장가전 도련님이

하방에 작첩하여 사자 할고

이놈 다시는 그런 말

입밖에도 내지 말아

― 이때 례방이 들어와서,

례 방 사또전에 아뢰오―

소인이 밖으로

춘향을 불렀더니

제 랑군을 생각하여

병이 들어있다 하니

사또 처분이

어떠하실는지…

변학도 (랭소하며)

무엇이 어찌하여?－

내가 저를 부르는데

자빠져서 못오겟다…

허－ 고이한지고…

(문득 소리를 가다듬어)

지금 빨리 춘향 불러 현신시키라.

통 인 예이. － 급상 춘향 빨리 현신시키랍신다－

청령급창 예이. － 사령 춘향 빨리 현신시켜라－

사령들 예－이.

－ 군노 사령 청령하고 춘향 부르러 나간후에,

    − 호장이 주저하다 마침내 입을 열어,

호　장　젓사오나, 춘향이가

기생도 아닐뿐외라

구관 사도 도련님과

맹약이 중한 터에

동반(同班)의 분의로

이렇듯 부르시면

사또 정치가

해상할가 하옵는데…

변학도　(대노하여)

무엇이 어째?…

어허 내가

저 하나를 보려다가

못보고 그만두랴

만일 춘향을

시각 지체하다가는

공형 이하로

각청 두목들을

일병태가(一拼笞加) 할것이니

네 그리 알라 ―

(문득 생각난 듯)

이놈들이 무얼 하나 ―

재촉사령 내여보내
춘향 빨리 현신시키라

통 인 예이. 춘향 재촉해 들여라―
급 창 (받아서)
춘향 재촉해 들여라―
사령들 예―이.

― 재촉사령들 나간 뒤에,

변학도 (반은 혼자말로)
허―고이한지고…

내가 저를 부르는데

수절 물결이 어떠하니…

제가 수절한단 말을
내아에서 들으시면
대부인 마님께선
딱 기절하시겠다

(통인을 돌아보고)

네 책방에 가서
랑천나리님 오시래라

통 인 네—

— 통인이 안으로 들어가자,

— 밖으로서 춘향이가 단장도 아니하고 수절하던 그 태도로 사령들
을 따라서 지적지적 걸어들어온다.

급 창 춘향이 현신이요.

— 변학도 눈을 가늘게 뜨고 춘향을 내려다보니 아미에 수심이 가득

하고 두볼에는 눈물흔적, 흐트러진 머리털은 귀밑을 덮었으나, 타고난 자색은
감출 길이 바이 없다.

변학도 (그만 입이 헤벌어져)

　　　좌우 물리치고
　　　춘향이 대상에 오르래라―
급　창 춘향이 대상에 올리고
　　　좌우 나이거라―

　　　― 관속들 눈짓 코짓 하며 분분히 물러간다.

　　　― 춘향이 할 일없어 대상으로 올라간다.

　　　― 이때에 안으로서 목랑청이 나온다.

변학도 게 앉아라.

　　　(춘향에게 한마디 이르고 다음에 목랑청을 돌아보며)
　　　이 사람 보게 요게 춘향일세.
　　　하, 고년 매우 예쁜데…

　　　― 목랑청 눈을 드어 춘향을 보았으나 흥미없는 듯, 아무 대꾸 않고 한

옆에 앉는다.

변학도 (춘향을 향하여)

이애 춘향아.

네 소문이 하 장하기로

내 밀양 서흥 마다하고

서둘러서 남원부사 벌어왔다

들으매 구관 책방 도련님이

네 머리를 얹혔다니

도련님 가신후에

독숙공방 할수 있나

응당 애부(愛夫) 있을게니

관속이냐 건달이냐

어려이 아지 말고

바른대로 아뢰여라

춘 향 (단정히 앉아서)

사또 듣죠시오—

창녀의 자식이나
기안에 착명않고

려염 생장 하옵다가
리씨댁에 허신하여
백년가약 받들고져
단단맹세 하였기로

독숙공방 주야상사
서울 계신 도련님이
찾을 날만 기다리니

관속 건달 애부 말씀
소녀에겐 당치않소

변학도 (듣고나자 크게 웃고 칭찬하되)

얼굴 보고 말 들으니
안팎으로 일색일다

(목랑청을 돌아보고)

이 사람, 보게―

자고로 인물좋은 녀인들이
절행이 없건마는
요 인물 요 마음이
요렇듯 아름다우니

그래 세상 천지간에
요렇게 절묘한
계집이 또 있을가…

― 목랑청은 원래가, 알거나 모르거나 옳거나 그르거나 되는대로 말
하는 사람이라, 춘향이는 자세히 보려고도 하지 않고,

목랑청 세상에 저런 계집이 어디 또 있으리까마는―, 바른대로 말씀
　　　이지, 저런 계집이 바이 없다 할 길인들 있사오리까?
변학도 (춘향에게 정신이 팔려, 랑청의 하는 말은 끝까지 듣지도 않고)

독숙공방 주야상사
네 마음은 그러하나―

리도령 어린 아이

　　　　서울에 올라가서

　　　　장가 들고 급제하면

　　　　천리 타양 잠시 장난

　　　　네 생각을 하겠느냐

　　　　공연한 고집 말고

　　　　네 오늘부터

　　　　목단장 고이하고

　　　　수청으로 거행하라

춘 향 아뢰옵기 황송하오나—

　　　　올라가신 도련님이

　　　　무신할리 없사옵고

　　　　서령 찾지 않으셔도

　　　　소녀의 먹은 마음

　　　　일부종사 하고지고…

변학도 허, 허, 허 고년…

　　　　(가볍게 웃고나자 목랑청을 돌아보고)

　　　　계집의 한두번 태하는것은

　　　　의례 전례판인줄 자네 아나?

　　　　없으면 무맛이니…

목랑청 (선하품을 하다가)

글쎄 그러하외다마다는 — , 분명 전례판이라 할 길도 없고,
또 전례판이 아니라 할 길도 없을 듯 하외다.

변학도 (증을 내여)

이 사람 자네 말대답은 언제나 한 곬으로 하는 일이 없고, 뭉그
러지게 야릇하게 흐리멍텅하게 하니, 그 어인 말대답인고?… 고
이한 인사로세.

(다시 춘향에게로 고개를 돌리여)

이애 춘향아. 네가 기시에 아이들끼리 만나, 살구 딸기 같이
얕은 맛에 그러나 보다마는, 하루비둘기가 재를 넘느냐? — 그
러기로 저런 설음을 보느니라.

(다시 목랑청을 돌아보며)

이 사람 — 자네도 한마디 하소.

목랑청 (춘향이를 물끄러미 바라보며)

이애 춘향아. 사또게서 재삼 분부 저러하시니 수청으로 거행
하려무나.

수청 거행 하고보면
관청은 네 집 찬장되고
운향고는 광이 되고
묵전고도 광이 되고…

일읍 주장이

　　모두 다 네 주장이라

　　이런 깨판이 어디 또 있겠느냐—마는

　ㅡ 변학도 입을 헤ㅡ 벌리고 듣다가, 목랑청의 버릇으로 끝에 갖다 붙
이는 '마는' 두자가 뜻밖이라, 눈을 돌려 흘기는데,

춘　향 (목랑청을 상대 않고 변학도를 바로 향하여)

　　수차 분부 그러하시나
　　소녀의 굳은 정절
　　굽힐줄이 있으리까

　ㅡ 목랑청 입가에 웃음을 띠우고 눈을 들어 물끄러미 춘향을 바라본
다. 처음에는 우습게 보았더니, '고것 제법이다' 싶어서…

　ㅡ 변학도는 춘향의 고집에 하도 어이가 없어 또한 물끄러미 바라보
다가, 얼르면 될줄 알고,

변학도 허 허 이런 시절 보소 ㅡ

　　기생 수절 한단 말을
　　누가 아니 요절할가

분부 거절 하는 것은

간부 사정 간절하여

별 충절을 다 말하니

네 죄가 절절 가통…

형장아래 기절하면

네 청춘이 속절없지

(절자를 가지고서 한번 잔뜩 얼르더니 다시 목랑청을 돌아보고)

이 사람. 창녀에도 정절이 있나? 하, 하, 하…

목랑청 (연성 고개를 끄덕이며)

원 창녀에게 무슨 정절이 있으리까— 마는, 바른대로 말씀이

지 바이 없다고도 못하리다.

해서 기생 롱선(弄仙)이는 동선령에 죽어있고

안동 기생 일지홍(一枝紅)은

생렬녀문 세웠으며

진주 기생 론개(论介)는

우리 나라 충렬로서

충렬문에 모셔놓고

천추 향사(享祀)하여있고

평양 기생 계월향(桂月香)도
충렬문에 들어—

변학도 (무심히 듣고있다가 다 늦게 펄쩍 놀라)

뭣이?… 이 사람 썩 들어가소.
꼴 보기 싫의. 무슨 객쩍은 사설을 기다랗게 늘어놓고…

— 목랑청 빙긋이 웃으며 일어나 휘적휘적 안으로 들어간다.

변학도 (청을 높여 호령조로)

네 이년—

구관은 전송하고
신관을 영접함이
법전에 당연하고
사례에도 당당커든

웬 사설이 이리 많은고?—

하향의 천기로서
수절이 당할소냐

고이한년이로고

종시 거행 못할가? ―

춘 향 (저도 음성이 절로 높아지며)

수절에도 상하 있소? ―

충신은 불사 이군이요

렬녀 불경 이부온데

사또께서 도임초에

수절 부녀 잡아다가

위력 겁탈 하려시니

사또의 충성 유무는

일로좇아 아나니다

변학도 (대노하여)

이년, 뭐, 뭣이?…

춘 향 (굴하지 않고)

일후에 사또께서

불우지변 당하시면

귀한 목숨 살랴 하고

도적에게 항복하여

두 임금을 섬기랴오

변학도 (그 말 듣고 기가 막혀)

애, 여보아라—

— 변학도 어찌나 분하던지, 연상(硯床)을 두드릴제, 탕건이 벗어지고 상투고가 탁 풀리고 대마디에 목이 쉰다.

— 안팎에서 술렁술렁.

통 인 예이.

(안으로서급히 달려나온다.)

변학도 (떨리는 손끝으로 춘향을 가리키며)

이, 이, 이년, 잡아내라.

통 인 급창—

— 춘향이 그 자리에 만들어논것처럼 까땍 않고 앉아있다.

— 통인 달려들어 춘향의 머리채를 주르르 끌어낼 때,

— 급창 달려나온다.

통 인 춘향 잡아내리랍신다―

급 창 예이, 사령―

(일변 부르며 일변 춘향의 팔을 잡아끌 때)

사령들 예이―

(긴 대답소리와 함께 밖에서 몰려들어온다.)

급 창 춘향 잡아 내리랍신다―

(춘향을 대돌아래 내리친다.)

사령들 예―이.

― 맹호같은 군로사령 벌떼같이 달려들어 감태같은 춘향의 머리채를 선전시정 연실 감듯, 배사공이 닻줄 감듯, 4월 8일 등대 감듯 휘휘 친친 감아쥐고 섬돌아래 동댕이쳐,

사령들 춘향 잡아 대령이요―

변학도 (분하여 그대로 씨근거리며)

형리 불러라―

통 인 형리 부르랍신다―

급 창 예이, 형리―

소 리 예―이

― 형리 나온다.

급 창 숙이라―

형 리 (제 자리에 엎디여)

예이, 형리요―

변학도 (어찌 분이 났던지 턱을 달달 까불고 허푸허푸 하며)

형리 듣거라―

조년이 날더러

역적이라 욕을 하니

때려죽여 마땅하다

다짐장 써 올려라

형 리 예―이.

― 형리 연상을 내여놓고 다짐장을 쓰는데,

― 변학도, 생각할사록 분한지 두어깨가 들먹들먹, 연방 푸푸하며,

변학도 허―말세로고. 망칙한년 다 보겠다.

형 리 (그 사이에 다짐장을 써서 들고)

춘향이 듣거라―

네 몸이 한낱 창녀로서

관장 엄령 거역하고

관정에서 발악하니

그 죄 만번 죽어 마땅하다

엄형증치하는 다짐이니

너 죽는다 서러 말고

백(白)자아래 수결 두라

— 형리 다짐장을 들고 내려와 춘향앞에 놓고, 붓을 손에 쥐여준다.

변학도 저 같은 천한년이 수절이니 정절이니… 허— 천황씨 이후로

처음 보겠고…

— 다짐장을 앞에 놓고 춘향이 잠시 움직이지 않다가 문득 붓을 들어
조금도 굴치 않고 철석같이 다짐두되, 면저 드르르 한일(一)자 그은후에 마음
심(心)자 그아래 쓰고 붓대를 던지며 다시 그린 듯 앉아있다.

— 형리 다짐장을 집어들고 대상으로 올라가서 변학도에게 올린다.

변학도 (받아보고)

뭣이?… 일심이라? 흥…

(랭소하며)

조년을 동틀에 올려매고 집장사령 대령시켜라―

형　리 급창― 춘향을 동틀에 올려매고 집장사령 대령하랍신다―

급　창 예이. 사령― 춘향을 동틀에 올려매고 집장사령 대령하여라―

사령들 예―이.

― 군로사령 달려들어 춘향을 동틀에 올려맬 때

집장사령 (앞으로 나서며)

집장사령 대령이요―

형　리 분부 뫼워라― 네 그년을 첫매에 두다리가 뚝 부러지게 치되,
만일 헐장하면 집장사령놈 죽고 남지 못하리라.

집장사령 예―이. 저만년을 일호 사정 두오리까.

― 집장사령 거동 보아라. 8척장신 키큰 사령, 전동같은 큰팔 빼여 왼
어깨에 둘러메고, 형장담빡 안아다가 동틀아래 좌르르 놓으니 철석간장이 다
떨어진다. 이놈 잡고 능청능청, 저놈 잡고 능청능청, 그중에 좀이 먹고 등심 없
고 빳빳하고 잘 부러지는놈 골라잡자,

집장사령 네 이년, 꿈쩍 말아. 만일 요동하다가는 뼈부러지리라.

(호통하고 들어서서 급장 소리 발맞추어 서면서 가만히 하는 말이)

한두개만 견디소. 어쩔수 없네. 요 다리는 요리 틀고 저 다리
는 저리 틀소.

형 리 매우 치라―

집장사령 예―이.

― 소리에 발맞추어 물러섰다 달아들어 한 개를 딱 붙이니, 부러진 형장 가지 공중에 푸르르 떠나가며 5, 6월 급한 비에 벼락치는 소리로다.

― 태장 곤장 치는데는 사령이 서서 세건마는, 형장부터는 법장(法杖)이라, 형리와 통인이 닭쌈하는 모양으로 마주 엎디여서, 하나 치면 하나 긋고 둘 치면 둘 긋고 무식하고 돈 없는 놈 술집 바람벽에 술값 긋듯 그어놓으니, 한 일(一)자가 되었구나.

급 창 하나요―

형 리 그래도 거역할가?

사령들 아뢰여라―

― 고추같이 독한 춘향 사지륙체를 바르르 떨며 장중에 글짓듯이 차례로 아뢰는데,

춘 향 1자로 아뢰리다―

　　일조리별 우리 랑군

　　일각삼추 못잊겠소

　　일편담심 굳은 마음

일시형액 가소롭소

일만번 죽사온들
일호 변경 있으리까

형　리 매우 치라―
집장사령 예―이.

― 두개를 딱 붙이니,

급　창 둘이요―
형　리 그래도 거역할가?
사령들 아뢰여라―
춘　향 2자로 아뢰리다―

이군 불사 충신이요
이부 불경 렬녀오니
이천리에 정배간들
이심을 두오리까

이팔 청춘 춘향 정곡
이천(二天) 명촉 하옵소서

형　리　매우 치라-

집장사령　예-이.

　　　　－ 세개를 딱 붙이니,

급　창　셋이요-

형　리　그래도 거역할가?

사령들　아뢰여라-

춘　향　3자로 아뢰리다

　　　삼생구사 하더라도

　　　삼강을 잊으리까

　　　삼광같이 빛난 마음

　　　삼종지의 품었으니

　　　삼생가약 중한 몸을

　　　삼월화류로 아지 마오

변학도　(기가 막혀)

　　　네 이년 대전통편(大典通編)을 모르는구나.

춘　향　(고통을 참느라고 이를 복복 갈며)

　　　대전통편이 무엇이니 자세히 일러주오.

변학도 (형리를 돌아보며)

네 대전통편을 내여놓고 조년의 죄상을 자세히 일러주라.

형 리 예이.

(대전통편을 뒤적이며)

춘향이 듣거라

대전통편에 하였으되–

모반대역하는 죄는

릉지처참 하라 하고

거역관장하는 죄는

엄치정배 의당이니

너 죽는다 서러 말아

사령들 아뢰여라–

춘 향 대전통편의

법이 그러할진대

유부녀 겁탈하는 죄는

어찌하라 하였나요

－ 변학도 그 말 듣자, 두눈이 캄캄, 코구멍이 뻑뻑, 목이 다시 콱 쉬며, 망건 편자가 툭 끊어져, 턱을 덜덜 떨더니,

변학도 조, 조, 조년을 저, 정치를 부수고 무, 물고장을 올려라.
사령들 예-이.

－ 사령들 청령하고, 춤추듯 돌아가며 란장으로 마구 치니, 백설같은 두다리에 살점은 없어지고 부스러진 뼈뿐이라.

－ 그대로 기절하여 인사 정신 못차리니, 엎디였던 형리 통인 고개돌려 눈물 씻고,

집장사령 춘향이 물고요-

－ 매질하던 저 사령도 눈물 씻고 돌아서며,

'사람의 자식은 못하겠네…'

－ 좌우에서 보던 사람, 거행하던 관속들도, '춘향이 매맞는 거동, 사람 자식은 못보겠다…' 남녀로소없이 락루하며 돌아설제,

변학도 (기막힌 듯)

허 허 고년 말 못한 년이로고… 고년 큰칼 씌워 항쇄 족쇄로 하옥하라.

사령들 예-이.

　　　− 변학도 안으로 들어가고

　　　− 사령들은 춘향을 끌어 형틀아래 내려놓으니 호흡이 불통하여 거의거의 죽어간다. 사령들 큰칼 들고 사또를 욕도 하고 쉬-하기도 하며, 눈도 흘기고 탄식으로 할제

　　　− 이때에 소문 듣고 춘향모가 향단이와 우르르 달려들어와 춘향의 목을 안고

월　매 아이고 이것이 웬 일이냐
　　　춘향이가 죽다니…

　　　악아 춘향아
　　　어미 왔다 정신 차려라
　　　무슨 죄가 지중하여
　　　이 정상이 웬 일이냐

　　　아이고 이것 죽겠구나
　　　남원 부중 남녀로소
　　　내 딸 춘향이 죽소−

질청의 상좌 상존
장청의 집사님네
내 딸 춘향을 살려주오
제 랑군 수절한다
이리 맞아 죽어 옳소
이 형벌이 웬 일이요

아이고 여보 사또
내 딸 춘향 무슨 죄요

60 당년 늙은 몸이
무남독녀 춘향 하나
열 소경 한 막대로
불면 날가 쥐면 꺼질가
저만 믿고 내가 사오
나를 마저 죽여주오

아이고 아이고 내 팔자야

분하여라 내 딸 춘향
명문가의 귀한 부인
눈 먼 딸도 원하더라

그런데가 못생기고

기생 월매 딸이 되어

이 정상이 웬 일이냐

아이고 춘향아-

-막-

제4막

1장 어사분발

춘향이 옥에 갇힌

그 이듬해 5월 초순

먼동이 틀 무렵,

전라도 초읍 려산(旅山)에서

막이 오르면

고개마루턱에-

암행어사 리몽룡이 한가운데 서있고, 서리 중방 역졸들이 그

앞에 부복하여 어사 분부 기다린다.

어 사 서리 중방 듣느냐

일 동 예이.

어 사 여기는 전라도 초읍 려산이라. 이로부터 호남 53관 차례로
　　　순행하되-, 막중 국사어니 분부 거행 불명하면 죽기를 면치 못
　　　하리라.

일 동 예이.

어 사 서리-

서 리 예이.

어 사 너는 예서 내달아서
　　　려산 익산 금구 태인
　　　정읍 고부 흥덕 고창
　　　무장 장성 광주 남평
　　　릉주 화순 동복 창평
　　　옥과로 두루 돌아

　　　금월 15일 오시에
　　　남원 광한루로 대령하라

서 리 예-이

어 사 중방 역졸들-

중방들 예이

어 사 너희들은 예서 떠나

　　　림피 옥구 금제 만경

　　　함열 부안 령광 함평

　　　무안 라주 령암 해남

　　　장흥 보성 흥양 락안

　　　려수 순천 광양 구례

　　　곡성으로 두루 돌아

　　　금월 15일 오시에

　　　남원 광한루로 대령하라

중방들 예-이

어 사 나는 예서 떠나

　　　전주 임실 무주 룡담

　　　금산 진안 장수 순창

　　　담양 운봉 들른 후에

　　　남원 48면

　　　소소히 렴탐하고

　　　부중안에 머물께니

　　　너희들은 급급히 다녀오되

백문이 불여일견이라
남의 말을 믿지 말고

각 고을의 탐관오리
민간 토색 안하는가
뢰물 받고 사안쓰나
일일이 렴탐하고

불충불효하는놈
남을 음해하는놈
술 먹고 우악하여
로인 존장 모르는놈
살인하고 엄치한놈
국곡 투식하는놈
유부녀 통간한놈
남의 산소 사굴한놈
어진 안해 무함하고
가장 두고 서방하고
제것 두고 빌어먹고
주색잡기로 판난놈
남의 집에 불지른놈
낱낱이 적어쥐고

금월 15일 오시에

남원 광한루로 대령하라

일 동 예-이

— 어사또의 분부 듣고 서리 중방 역졸들이 한사람만 뒤에 남고 좌우
로 흩어진다.

— 남은 역졸이 갈아입을 의관 일습을 어사에게 올린다.

— 어사가 행장을 차리는데,
숫사람을 속이려고 모자 없는 흰 파립에 버레줄 총총 매여 초사 갓끈
달아 쓰고, 다만 남은 헌망건에 갖풀 관자 노끈 당줄 달아 쓰고, 으뭉하게 헌 도
포에 무명실띠를 흉중에 둘러매고, 번죽 없는 부채 들고 한걸음 앞으로 나선
다.

— 역졸, 그가 벗어놓은 의관을 수습하여 왼편으로 사라진다.

어 사 (홀로 남자 한번 자기 몸을 둘러본후)

어언 3년이로구나

산하로 지은 맹세

한시 잊지 아니하고

주야 불철 글을 읽어
장원 급제 하였으며
천은이 망극하여
전라어사 제수되니
소원 성취 기쁜 마음
비길데 바이 없다

사해가 막막하여
불쌍한게 백성이라
창생의 질고 간난
일일이 살필련가

몽매에도 잊지 못한
나의 사랑 나의 춘향
쌓이고 쌓인 정회
이제는 풀겠구나

가까워올사록에
마음이 더 바쁘다
두 나래 툭툭 치고
훨훨 날아 가고지고

2장 농부가

1장에서 수일후

남원 교외 너른 들.
우편에 큰 소나무가 한그루 서있다.

무대에 불이 들어가면

때마침 농절이라,
농부들이 모조리 갈삿갓 도롱이 옆에 끼고, 뜰에 나와 모심글제 상사소
리가 랑자하다.

≪농부가≫

에 에 에헤로 상사뒤요
에 에 에헤로 상사뒤요

오뉴월 농사방극
우리 농부 시절이라

패랭이꼭지에다
장화를 꽂고서
마구라기춤이나
추어보세

　　에 에 에헤로 상사뒤요

― 이때 어사 좌편으로서 나와 소나무아래 앉아서 쉰다.

≪농부가≫

여봐라 농부야
이내 말을 들어봐라
아나 농부야 말 들어봐라

사농공상 생애중에
천하대본이 농사론다
금관 옥대 귀한 벼슬
부려울줄 있을소냐

　　에 에 에헤로 상사뒤요
　　에 에 에헤로 상사뒤요

서마지기 논배미가
반달만큼 남았네
네가 무슨 반달이냐
초생달이 반달이로다

　에 에 에헤로 상사뒤요

푸릇푸릇 배추잎은
찬 이슬 오기만 기다리고
남원 옥중 춘향이는
리도령 오기만 기다린다

　에 에 에헤로 상사뒤요

구슬구슬 흘린 땀이
주저리주저리 열매 열면
바득바득 말른 자식
토실토실 살찌겠다

　에 에 에헤로 상사뒤요

선재 내고 환자 내고

게돈까지 내고나면
남은 것이 하나도 없으니
무엇으로 살이 찌나

　에 에 에헤로 상사뒤요

　─ 한 농부 나서서 갖은 농부가를 먹이는데,

상사 소리도 듣기도 좋다

　에 에 에헤로 상사뒤요

이 배미 심그고
저 배미 심그고
장구배미로 건너가자에

　에 에 에헤로 상사뒤요

우리 고을은 4판일세
어이하여 4판인가

우리 골 원님은 강판이요

행정 좌수는 롱판이요

륙방 관속은 먹을판 났으니

우리 백성은 죽을판 아니냐

에 에 에헤로 상사뒤요

— 한창 이리 할제,

농부1 자— 쉬세.

(한마디 하자 갈멍석 숙여쓰고 앞서 두던으로 나온다)

농부들 쉽시다—

(다들 따라서 두던으로 나온다)

— 농부1, 곱돌조대 넌짓 들어 꽁무니 더듬더니 가죽쌈지 빼여놓고 담배에 세우침을 뱉어 엄지가락이 자빠라지게 비빗비빗 단단히 담아들고,

농부1 명상이— 화로 어디 있나?

농부2 (턱으로 가리키며)

게 있지 않소?

— 농부1 앞으로 나가 짚불을 뒤져놓고 화로에 푹 질러 담배를 먹는데, 농군이라 하는 것이 대가 빡빡하면 쥐새끼소리가 나것다. 량불태기가 오목오목, 코궁기가 발심발심, 연기가 홀홀 나게 피어무니,

― 어사, 나무그늘에 앉아 보다가 몸을 일어 앞으로 나오며,

어 사 어-그 농부 입심 좋고-

― 그 말에 농부들 일시에 쳐다본다.

어 사 (목통대 손에 쥐소 농부1의 곁으로 가서 앉으며)

거 담배 한대만
청했으면 좋겠구만…

― 농부1 말없이 가죽쌈지에서 가루담배를 내여주는데,

농부2 (어사의 우아래를 훑어본 뒤, 곁의 사람들을 돌아보며)

별 우스운자식 다 보겠다. 얻어먹는 비렁뱅이녀석이 반말 지
껄이가 웬 일이야

농부3 (나살이나 먹은 사람이라 어사를 흘깃 보고)
앗게…

비록 저분이
주제는 허술해도

손길을 보아하니

량반이 적실하고…

세폭 자락이

바이 맹물은 아니로세

농부2　(랭소하며)

령감 너무 아는체 마오

손길이 희면 다 량반인가

내 이놈을 뜯어보니

움속에서 송곳질만 하던

갖바치 아들이 분명하오

농부들　하, 하, 하, 하…

어 　사　(어이없는 듯 따라 웃으며)

허- 그 사람. 입이 험하군…

농부4　(문득 우편을 바라보고)

저, 쇠돌이 아니라고?

― 모두들 그편을 본다. 딸랑딸랑.. 말방울소리 들려오다 다시 멀어진

다.

농부5　뭘 한바리 잔뜩 실었다…

　　　　(혼자말로 한마디 하다가 곁을 돌아보며)

　　　　아마 읍내로 들어가는 모양이지?

농부1　(반은 혼자말로)

　　　　김도사댁 샌님이 사또 생신에 명주 백필 보낸다더니…

농부4　참 사똔지 무엇인지 생신이 이달 보름이라지?

농부3　내 리패두한테 들었는데 굉장히 차린다데. 아따 소만 암만을

　　　　잡는다든가?…

농부5　오-라 그래서…

　　　　− 농부들 물끄러미 그의 얼굴을 쳐다본다.

농부5　(그들을 둘러보며)

　　　　아-니 어제 타온 환자미에 모래가 절반이나 섞였게 말이

　　　　야… 흥! 진탕 잘 처먹겠다.

어　사　(그들의 수작을 말없이 듣고있다가, 한자리 앞으로 나앉으며 들떼여놓고)

　　　　이 고을 원님의

　　　　공사가 어떠한고…

농부2　(어사의 얼굴을 빤히 한번 쳐다본 뒤, 어려 사람들을 둘러보며)

어사 났다면
저런것들 보기 싫데

농부1 뭐? 어사?- 허, 허, 허, 허… 참말 어사인 듯 공사 묻고…

공사 어찌하여-

밥 잘먹고 술 잘먹고
호미질 갈퀴질에
쇠시랑질까지 다 잘하니
그우에 명관 없고…

농민3 (뒤를 받아서)
그나 또 그뿐인가
수절하는 춘향이가
수청 들지 않는다고
형장 쳐서 하옥하니
아무렴 명관은 명관이지

농부4 내 또 들으매
이번 생신 잔치끝에
춘향이를 올려다가

아주 때려 죽인다니…

그 말이 정말인가

농부3　그런 말이 돌긴 돌데

농부2　춘향이 죽는 꼴을

그대로 볼것인가

담아내든 어찌하든

무슨 요량이 있어야지

농부1　자네 사발통문 못보았나

어　사　(그 말은 못들은체)

들으니 춘향이가

다른 서방 하노라고

본관 수청을 안든다지?

　― 그말에 모두들 눈을 세모로 뜨는데,

농부2　(눈결에 달려들어 어사의 뺨을 딱 붙이고)

가래장부로 아래장부를 싹 실어버려, 이놈…

(한마디 뇌까리사 멱살 잡아 일으키며)

총각 대반. 가래 이리 가져오너라.

여기 파고 이놈 묻자.

어사 (착급하여)

여보 살려주오. 한번 실수는 병가 상사라지 않소?

농부3 (손을 내저으며)

그만두게. 어린 사람이 철모르고 한 말이니 그만 보내소

농부2 (잡았던 멱살을 놓아주며)

엇다 미끄러져라. 묘 참 잘 썼다.

농부들 하, 하, 하, 하…

농부1 (어사를 훈계하여)

그런 말 또 하다는 목숨 살기 어려우니 일훌랑은, 그리 마소.

어 사 다시야 그럴 법이 웨 있겠소.

(옷을 털며)

허- 망신이로고-

농부1 (여러 사람을 둘려보며)

자- 보뜰로 또 가볼가?

농부들 갑시다-

― 농부들 좌편으로 나간다. 농악소리 잠시 들리다가 멀리 사라진다.

어 사 (그 자리에 그대로 서서 그들의 뒤를 바래고)

본관 수청을 거역하다가 춘향이가 옥에 갇혔다?…

(먼 하늘을 바라보며 생각에 잠기다가)

이달 보름이라…

(한마디 중얼거리고 돌아서서 우편으로 발길을 옮기다가 문득 걸음을 멈
추고)

저놈이 볼짝쇠 아닌가?

(잠간 어찌할가 하다가 먼저 쉬던 소나무 뒤로 가서 은신하다.)

— 우편으로서 전일의 책방 방자 볼짝쇠가, 초록대님 발감개 륙승마
포 왼골전대 허리 눌러 잘끈 매고, 한발 넘는 웃놀이채 량끝 잘라 뚝뚝 짚고,
실렁실렁 올라오며 서러운 신세자탄 노래를 한다.

방 자 어이 가리 너허

어이 가리 너허

한양 천리 어이 가랴

길은 멀고 먼데

한양성이 어디메냐

어떤 사람 팔자 좋아

일대 영화 부귀하고

이놈 팔자 어이하여

이다지도 곤궁하여

길품 팔러 나섰느냐

내 신세는 팔자지만

춘향 신세 가이없다

모지도다 모지도다

본관 사또 모지도다

렬녀 춘향 몰라보고

위력 겁탈 하려 한들

송죽같이 굳은 절행

개 뉘라서 굽히리오

어이 가리 너허

어이 가리 너허

어 사 (부채로 차면하고 나무뒤에서 나오며)

아나 이애—

방 자 (걸음을 멈추고 서서 그의 우아래를 훑어보고)

보아하니 새파란 젊은 량반이 나 많은 총각어른보고 '아나 이애?' —

어 사 이애 내가 잠간 실수했다. 그런데 너 어디 가니?

방 자 춘향아씨 편지 가지고 서울 구관댁에 가오.

어 사 이애 그 편지 좀 보자.

방 자 허— 그 량반 철모르는 량반이로군.

어 사 그게 웬 소린고?

방 자 아니 그래 남의 내간을 보자 하오?

어　사　네 말이 옳다마는―, 내 들으매 춘향이가 문자이요 명필이라

　　　　더구나. 아무리 내간이기로 겉봉 잠간 보는 거야 무슨 상관 있

　　　　겠느냐?

방　자　아따 그는 그리 하오.

　　　　― 방자, 전대에서 편지 꺼내 어사앞에 내여민다.

　　　　― 어사, 피봉을 보니 춘향의 필적이 적실하다. 눈물이 핑 돌며 손이
부르르 떨려 차면한 부채를 땅에 떨어뜨린다.

방　자　(그의 얼굴을 어리둥절 쳐다보다가 땅에 엎드리며―)

　　　　아이고 서방님―

　　　　소인 방자 문안이요

　　　　령감 마님 행차후에

　　　　귀체 안녕하오십시며

　　　　서방님도 먼먼길에

　　　　로독없이 오시니까

어　사　오냐 너도 잘 있었니?

　　　　(급한 마음에 더욱 떨리는 손길로 춘향의 편지를 뜯어보니, 사연에 하였

　　　　으되)

한번 만나 가옵신후
우금 3년에
일장서 없으시니

북천을 바라보매
두눈이 뚫어질듯
윤산이 막막하와
창자가 끊기는데

무심한 호접몽만
천리에 오락가락
산란한 이내 심사
달랠길 바이 없어
긴 한숨 피눈물로
화조월석 보내더니

신관 사또 도임후에
수청 들라 엄한 분부
죽기로써 거역하다
참혹한 악형을 당하여

모진 목숨이

아직 끊지진 않았으나
장하의 원혼이
미구에 될터이라

바라건대 서방님은
길이 만종록을 누리시다
후생에나 다시 만나
리별없이 살아지다

— 편지 끝에 하였으되,

기세하시 군별첩고
자기동혈 우동추라
광풍반야 우여설하니
하위남원 옥중퇴라…

혈서로 하였는데 평사락안 기러기격으로 그저 룩룩 찍은것이 모두다
애고로다.

— 어사 보고, 두눈에 눈물이 맺거니 듣거니, 저도 모를곁에 주먹을
불끈 쥐고,

어 사 이놈을 그저 당장에 삼문 벼락을 내려야…

방　자　(그 말에 귀가 벌써 띠여, 새삼스레 그의 얼굴을 다시 한번 쳐다보고는 싱

글벙글하며)

서방님 출도시엔, 예─소인도 그저…

어　사　이놈, 내가 어사나 되었으면 그리겠단 그 말이지…, 어찌 그

럴수가 있느냐?

방　자　(픽 웃고)

관가에서 눈비찹으로 자란놈이요.

이런대도 아옵고 저런대도 압지요.

(절로 어깨가 으쓱으쓱)

불의 불법 밝히여서

백성의 원을 풀고

패악지사 들추어서

강산을 바로잡는

삼문 출도에

어깨가 으쓱

달덩이같은 마패에

신바람이 절로 나네…

어　사　(깜짝 놀라 률기하고)

이놈! 입 조심 않고, 마패니 출도니 함부로 지껄이니…

방　자　(송구하여 목을 움츠리며)

예… 예…

─ 어사, 방자를 빠히 바라보며 잠간 생각다가 혼자 고개를 끄덕이고,

어 사 이애 방자야 네 잠간 기다려라.

방 자 예ㅡ

　　　─ 어사, 소나무아래로 가서, 전대에서 종이 내고 필랑에서 붓 꺼내어
두어자 급히 적을 때,

방 자 (좋아서 춤을 추며)

　　　잘되었다 잘되여

　　　얼씨고나 잘되여

　　　어리고 귀여웁던

　　　앗자제 도련님이

　　　이제는 헌헌장부

　　　국가 동량이 되었고나

어 사 (다 쓰고나서 접어서 방자에게 주며)

　　　네 이 서간을 운봉 관가에 갖다드리면 주시는게 있으리라.

　　　내 만복사에서 머물것이니 네 그리로 대령하라.

방 자 예ㅡ

　　　(연방 싱글벙글… 서간을 전대에 넣어 허리에 띠고)

살았고나 살았고나
렬녀 춘향 살았고나

리화춘풍 건들 불어
남원에 봄이 드니
굳이 닫힌 그 옥문이
언 강 풀리듯 열리겠구나
얼씨구 절씨구 지화자 좋네

— 방자 노래 부르며 우편으로나간다.

어 사 (잠간 서서 그 뒤모양을 바래며)

저놈이 입이 방정맞아…, 대사를 앞두고 어쩔수 없다. 운봉
옥중에서 며칠만 고생하여라.

—막—

제5막

1장 칠성단

전장에서 수일 지난 황혼녘.

춘향의 집.

　―이 퇴락하고

온 집안에 찬 기운이 돈다.

　우편에 부용당.

　좌편으로 후원의 1부가 보인다.

　후원뒤로부터 앞으로 담이 둘리고,

　무대 좌편 앞으로 일각문.

　담밖은 골목.

막이 오르면

　무대는 비었는데,

　뒤곁에서 물 쓰는 소리 들린다.

　― 안으로서 향단이가 미음그릇 예반에 받쳐서 식지 덮어 이고 뜰로 나오자 뒤곁에다 대고,

향 단　마나님―

　아가씨께 갔다 와요

― 뒤곁에서 월매 소리 난다.

월 매 오― 다녀 오너라

― 향단이 밖으로 나와 좌편으로 사라지자,

― 담밖 뒤길로 어사 걸어나온다.

《방창》

일락서산 황혼시에
춘향 문전 당도하니

행랑은 무너지고
잡초만 우겄는데
첩첩히 닫힌 덧문
사람자취 전혀 없네

화조월석 좋은 시절
어제런듯 하건마는
예 놀던 부용당에
주인은 간데 없고

창앞에 옛 절개는

록죽 청송뿐이로다

— 일각문밖에 서서 어사 리몽룡, 자못 감개무량 하여 안을 두루 살피
는데, 문득 후원에 인기척이 있어그편을 바라보니,

— 칠성단(七星坛)앞에 춘향모 월매가 등불을 밝히고서, 새 등의 새 소
반에 정화수를 받쳐놓고 분향 재배 비는 말이,

월　매 비나니다 비나니다

천지지신 일월성진

관음보살 오백라한

사해룡왕 팔부신장

성주 조왕전 비나니다

한양 사는 리몽룡을

전라 감사나 암행어사를

점지하여 주옵시면

옥중에 죽는 자식

살려낼가 하나니다

― 빌기를 다한후에 춘향모 일어서며, 후유 한숨 눈물질제,

어 사 (월매의 정성 보고 저도 한숨 지으며)

내 벼슬한게
선영 음덕으로 알았더니
우리 장모 덕이로고―

― 기침을 크게 하고 안을 향하여,

이리 오너라―

― 그 소리에 부용당 섬돌아래 졸고있던 청삽살이가 구면객을 몰라
보고 커컹 짖고 내닫는다.

― 개를 보아도 감회가 깊어

요 개야 짖지 말아
주인같은 손님일다
너희 주인 어디 가고
네가 나와 반기느냐

(다시 안을 향하여)

이리 오너라—

— 월매, 뒤곁에서 나오다가 그제야 소리 듣고,

월　매 (반은 혼자말로)

밖에 누가 왔나?…

어　사 (한층 청을 높여)

이리 오너라—

월　매 (미간을 찡그리고 혀를 한번 찬 다음에)

게 누구요?… 경항 없으니 다른데나가보소.

— 대돌로 올라가 마루 끝에 가 걸터앉는다.

어　사 이 사람, 날세.

월　매 내가 누구야?

어　사 보면 아느니… 좀 나오게.

월　매 (다시 미간을 찡그리고)

아—니, 이 밤중에 누가 와서 늙은 이를 오너라 가너라 해?…

— 몸을 일어 뜰로 내려서며,

월　매 거 누가 날 찾나

거 누가 날 찾나
날 찾아을이 없건마는
거 누가 날 찾나

남원 48면중에
내 소문을 못들었나

내 신수 불길하여
무남독녀 딸 하나
금옥같이 길러내여
험옥중에 넣어두고
명재경각이 되었는데―

무슨 경황이 있다고 날 찾아왔어?
볼 사람 없으니 어서 가소.

― 어사 문안으로 들어선다.
월매가 다 늙어 눈이 어두운데다 때마침 황혼이라, 누군지 알아보들
못한다.

어　사 어허 이 사람 날 몰라
　　　　내가 왔네 자네가 날 몰라

1별후 3년이니

자네 본지 오래로세

무정세월이 류수같애

저 백발이 어인 말가

자네 일이 말이 아니로세

내가 왔네 자네가 날 몰라

월　매 아따 이 사람아

말을 해야 내가 알지

일락서산 날은 저물고

성부지 명부지한데

내가 자네를 알수 있나

말을 하소 말을 하여

어　사 어허 늙은이 망녕이여

어허 늙은이 망녕이여

내 성이 리가래도

자네가 모르겠나

월　매 리가라니 어느 리가

성안 성밖 많은 리가

어느 리간줄 내가 아나

자네는 성만 있고 이름은 없나?…

볼 사람 없어, 어서 가소.

어 사 허 허 장모 망녕이여

월 매 (어리둥절하여)

무어, 장모?—

어 사 우리 장모가 망녕이여

정녕 자네가 날 모른다면

거주 성명을 일러 줌세

서울 삼청동 사는

춘향 랑군 리몽룡—

그래도 자네가 날 몰라

월 매 (너무나 뜻밖이라 제 귀를 의심하며)

무엇이?… 리몽룡이라니 자네가 정녕 춘향 랑군 리몽룡인가?

어 사 바로 그 리몽룡일세

— 월매가 물에 빠진놈 고함지르듯 어허어허 하더니, 우르르 달려들

어 어사의 손을 잡고,

월 　매　아이고 이게 누구인가

리몽룡이라니 어디 보세

서울사람 무정터라

한번 가선 영영 잊고

소식조차 끊어지니

어찌 그리 무정한가

야속하다고 일렀더니

어디 갔다가 이제 왔나

하늘에서 떨어졌나

땅에서 불끈 솟았나

구름에 싸여 왔나

바람에 불려 왔나

어디를 갔다가 이제 왔나

얼씨구나 내 사위

― 옥에 갔던 향단이가 문을 들어서려다가 멈춧하니 서서 본다.

월 　매 (어사의 팔을 잡아끌며)

들어가세 이 사람아

뉘집이라고 아니 들어오고

문전에서 개만 짖기는가

들어가세 들어가세

(먼저 마루로 올라가며)

자— 어서 올라오소.

— 어사, 말없이 따라 올라간다.

월 매 (문득 문쪽을 보고)

향단이냐?

향 단 네—

월 매 이애 서방님 오셨다. 서울 서방님이 오셨어.

향 단 (놀라며 반가와)

서방님이 오셨어요?…

— 이사이에 어사 마루우에 자리 잡고 앉는다.

향 단 (우르르 들어와서)

소녀 향단이 문안이요—

령감 마님 행차후에
귀체 안녕하옵시며
서방님도 먼먼 길에
평안히 오시니까

어　사　오냐 향단아
　　　고생이 어떠하냐

향　단　소녀 몸은 무탈하오나

　　　옥중 아가씨를
　　　구할 길이 없사오니
　　　이 노릇을 어찌하리까

어　사　향단아 우지 말아
　　　너의 아씨가
　　　설마 살지 죽을소냐

월　매　(서서 듣다가 향단이를 향하여)

　　　서방님이 오셨으니
　　　이제는 살았다

건너방에 점화(点火)하고

뒤숭어미 불러다가

진지 얼른 짓게 하고

너는 닭 잡아 찬수해라

향　단　네ㅡ

　　ㅡ 향단이는 부리나케 안으로 들어가고,

　　ㅡ 월매는 분별을 하고나자 방으로 들어가며,

월　매　천병만마 검극중에도

비겨설 틈이 있다더니

실낫같은 내 딸 목숨

죽지 않고 살려니까

우리 사위가 오셨구나

　　ㅡ 초대에 불 밝혀 들고 다시 마루로 나오며,

래일이 본관 생일인데

알고 오셨나 모르고 오셨나

생각할수록 신기하다

─ 어사앞으로 와서 앉으며,

알뜰한 우리 사위

옛모습을 어디 보세

─ 월매 불을 들고 사위모습 살펴보니, 얼굴은 옥이로되 의복이 람루하고 궁상이 지르르 흘러 옛풍채 간곳 없다.

춘향모 그만 간담이 서늘하고 두눈이 캄캄하여 '에고' 한마디를 하고 힘없이 그 자리에 주저 앉으며,

월 매 (기어들어가는 목소리로)

아─니 이 사람아

이 모양이 웬 일인가

어 사 장모 내 말 들어보소

서울에 올라간후

자나깨나 춘향 생각

글공부에 뜻이 없어

과거에 락방하고

가산도 탕진하여

신세 자연 고단키로

춘향이나 찾아볼가

불원 천리 왔더니만

춘향이는 나보다 더

참혹하게 되었으니

내 신세가 웨 이럴가

기가 막혀 말조차 안나오네

월 매 (그 말 듣고 기가 막혀)

아이고 이젠 죽었고나—

우리 모녀 다 죽었네

애고 하느님

이다지도 야속하오

하느님도 무심하고

일원성진 제불미륵

오백라한도 쓸데없다

― 벌떡 일어나자 버선발로 주르르… 후원으로 들어가서 와르르…
칠성단을 허물어뜨리고,

령험 없은 단을 모고

손발 닳게 빌었고나

두루 앞으로 걸어나오며 실심한 사람 모양,

불쌍하다 내 자식아

아까워라 내 딸이야

28청춘 좋은 때에

만종록을 못누리고

어미를 잘못 만나

원통히도 죽는구나

너 죽는 것 어이 보랴

내가 먼저 죽으리라

― 월매 목접이질 하여가며 가슴을 쾅쾅 두드리니, 어사 내려가서 팔

을 잡아 끌어올리며,

어 사 여보소 장모―

　　　나를 보아 진정하소

월 매 무엇이? 진정?― 언청이사위 나를 보고 참으란다더니 자네
　　보고 참아?…

어 사 (월매를 마루 끝에 잡아앉히며)

　　　여보 장모 그리 마소
　　　형색이 초초하여
　　　엣풍채 없을망정
　　　어찌 될줄 장모 아나

　　　상전이 벽해 되여도
　　　비켜 설 길이 있다 하니

　　　여보소 장모―
　　　우지 말고 진정하소

월 매 흥!…

제라 별수 있나

어사 될가 감사 될가

생긴 꼴이 객사하겠다

— 숨을 한번 길게 내쉬고, 장죽을 집어들자 곁에 놓인 화로불에 불을 붙여 입에 문다.

— 이때 안으로서 향단이 상을 차려들고 나와 대돌로 올라선다.

어 사 (월매 수작에 대꾸하여)

아따 무슨 사가 되든, 사만 되면 안좋은가?

(마침 앞에다 상을 갖다놓은 향단이를 향하여)

시장하던차에 마치 가져오는구나.

향 단 바삐 짓느라고 진지가 좀 되게 되였사와요. 그래도 서방님,

많이 잡수시오.

월 매 (고개를 돌려 향단이를 흘기며)

이년아 듣기 싫다. 되면 어떻고 질면 어떠냐? 어서 안으로 썩

들어가거라.

향 단 (정색하고 월매를 향하여)

마나님 그리 마오—

멀고 먼 천리길에
뉘 보려고 오셨관대
옥중 아가씨를 생각키로
이리 할수 있으리까

(다음에 어사를 향하여)

우리 마나님이
화김에 저러시니
서방님 조금치나
노여워 마옵소서

어 사 (연방 밥을 떠먹으며)

오냐 향단아
그만 소리에
노여워 어쩌느냐
얻어먹는 사람이란
비위가 좋아야만
배를 곯지 않느니라

월 매 가련하다 연안 리씨

청풍 외가가 울겠구나

어　사　죽은 정승이

　　　　산 강아지만 못하단 말

　　　　자네도 들었으리

　　　　체모 불고하고

　　　　악착같이 살아야지

　　　　─ 두다리 사이에다 밥상을 꼭 끼고, 마파람에 게눈 감추듯 밥 한사발
을 훅딱하더니 다 먹고서, 밉게만 보이려고,

어　사　이애 향단아─

　　　　눌은밥 있건 가죠나라

월　매　(기가 막혀 혀를 차며)

　　　　하나도 된건 없고

　　　　밥만 잔뜩 먹어

　　　　식충이가 되었구나

어　사　책방시절에는

　　　　잣죽만 먹어도 끌끌하더니

신세가 이리 되매―

월　마 꼬락서니가
　　　　가릴 것은 없게 됐네

어　사 (트림을 하고나서)
　　　　이만하면 무던하다 ―

　　　　말 타면 경마라고
　　　　이제는 춘향일 좀 보아야지

월　머 아무렴 보세야죠
　　　　예까지 오셔서
　　　　춘향이를 안봐서야
　　　　인정이라 하오리까

　　　　어서 가 보소―

향　단 (상 들고 안으로 들어가려다 어사를 돌아보고)

　　　　서방님―
　　　　바루(罷漏) 치건 가사이다

어　사　바루를 쳐야 가느냐?

향　단　네—

　　— 향단이 안으로 들어간 뒤에, 어사와 춘향모, 각기 생각에 잠겨 한 동안 말없다.

　　이윽고 뎅— 뎅— 바루치는 소리 멀리서 웅성깊게 들려온다.

　　— 안으로서 향단이, 등롱에 불 밝혀 들고 나오며,

향　단　바루를 쳤사오니

　　　아씨전 가사이다

어　사　(가만히 한숨 지으며)

　　향단이도 자지 않고

　　바루소리를 들었느냐

　　— 어디선가 밤새 우는 소리 붓붓 들려오고, 문득 음산한 바람이 일는다.

　　— 어사와 춘향모, 말없이 뜰로 내려와, 향단이를 앞세우고 나갈 때,

　　　　　　　　　　　　　　　　　　　　—막—

2장 옥중가

1장과 같은 날 밤.

남원 옥에서─

무대에 불이 들어가면

옥문밖에 사정이는 꾸벅꾸벅 졸고 앉았는데,

춘향이 홀로 깨여 장탄가로 음음 운다.

춘 향 봄밤이 짧다건만
나는 어이 이리 긴가

무슨 죄가 지중하여
천리에 님 여의고
적망공방 찬 자리에
산 귀신이 되단 말가

이대로 님 못보고
옥중 고혼 되거드면

이 몸은 돌로 굳어

망부석이 되려니와

무의무탁 우리 모친

누가 있어 봉양하며

천한 게집 수절한 죄로

원통히 죽은 한을

뉘라서 풀어주리

죽자 해도 못죽겠네

애고 애고 내 일이야―

― 춘향이 자탄하다 제풀에 잠이 든다.

멀리서 바루 치는 소리 뎅―뎅― 어디선가 밤새 우는 소리 붓붓,

문득 음산한 바람이 일어나며, 뒤를 이어 궂은 비 흩날리고,

먼데서 번개불이 번쩍, 천둥이 우르르르…

― 옥사정이 잠이 깨여 옥안을 살펴보고 선하품을 하는데,

― 춘향모 향단에게 등롱 들려 앞세우고 좌편에서 들어온다.

옥사정 누구요―

　　― 헌청난 소리로 한마디 묻고 살펴 보다가 즉시 고개를 끄덕끄덕 알
은체하고, 부스스 일어나 밖으로 나가다가, 뒤따라 들어오는 리몽룡을 잠간
훑어보고 그냥 나간다.

월　매 (옥문앞으로 다가서며)

　　악아 춘향아―

　　― 춘향이 잠이 들어 대답 없다.

월　매 (조금 소리를 크게 하여)

　　춘향아―

　　― 어사, 월매 등뒤에 가 서서 옥안을 기웃이 넘겨다본다.

춘　향 (부르는 소리에 놀라서 잠을 깨며)

　　게 누구요?

월　매 내다.

춘　향 애고 어머니요? 이 밤중에 어찌 오셨소?―

　　　　이 몹쓸 딸자식을 생각하여

　　　　천방지방 다니다가

　　　　락상하면 어찌하오

　　　　일홀랑은 오실라 마오

월　매 (손등으로 코밑을 훔치고)

　　　　이애, 왔다.

춘　향 와요? ―

　　　　오다니 뭣이 와요?

　　　　서울서 편지 왔소?

　　　　나 데리러 사람이 왔소?

월　매 잘되고 귀히 되고

　　　　그만 되고 가엾이 되고

　　　　좋은 거지 되여 왔다.

춘　향 누가요? 어머니―

월　매 (저모르게 한숨 쉬고)

　　　　너 평생 상사하던

　　　　서방인지 무엇인지…

춘　향 (그 말에 소스라쳐 놀라)

무어요? 어머니

서방님이 오셨어요?

　　― 서방이 왔단 말에 춘향의 급한 마음, 흑운 같이 흐른 머리 목에 휘
휘 둘러대고, 길 넘는 전목칼을 드르르드르르 끌면서, '애고 허리야…' 칼머리
들어 저만큼 놓고, 두 손으로 땅을 짚고 뭉긋뭉긋 문앞으로 기여오며,

춘　향 서방님 어디왔소

　　　　서방님 오셨거든

　　　　말소리나 들어보세

어　사 (앞으로 나서 문살틈으로 손을 넣으며)

　　　　춘향아―

　　― 앙상하니 뼈만 남은 손을 내밀어 춘향이 랑군의 손을 잡는다. 서로
손을 마주 잡고 잠시는 말이 없이 오직 삼키느니 울음이요 흘리느니 눈물이라.

　　― 월매, 얼빠진 사람 모양 서있고,
　　향단이는 두손으로 낯을 가리고 소리없이 운다.

　　음산한 바람이 다시 한차례 세차게 불며 지난다. 어느 틈엔가 비는 멎
고, 처마 끝에 들리느니 락수소리만 뚝뚝…

어　사 (먼지 진정하여)

춘향아 내가 왔다. 정신을 차려라.

춘 향 (정신을 차려 고개를 들고)

애고 이게 누구요?

월 매 (기가 막혀)

저 잘된 것 보고도 서방이라고…

춘 향 어머니—

그게 어인 말씀이요

잘되여도 내 랑군

못되여도 내 랑군

고관대작 내 다 싫고

만종록도 내 다 싫소

어머님이 정한 배필

좋고 긇고어디 있소

나를 찾아 오신 랑군

그게 어인 말씀이요

서방님—

어찌 그리 무정하오

박명하다 우리 모녀

서방님이 리별후에
자나깨나 님 그리워
일구월심 한일러니

하느님이 감동하여
죽지 않고 살았다가
다시 볼줄 몰랐구료

— 애절한 그 소리에 창자가 끊기는 듯,

어 사 오냐 춘향아 우지 말아

그리운 너를 보러
불원 천리 찾아오니
비옥같은 네 절행에
옥중고초 웬 말이냐
네 죄가 아니라
모두 내 불찰일다

— 문득 구름이 벗겨지며 월색이 교교하다.
휘영청 밝은 달빛에 님의 행색을 새삼스레 살펴보고,

춘 향 (깜짝 놀라)

애고 서방님―
어찌 이리 되시었소?

어 사 춘향아 서러 말아
인명이 재천일다…

춘 향 (멍하니 랑군을 쳐다보다가 문득 마음을 도사려)

몽매에도 그리우던
님을 다시 만나뵈니
이 자리에 죽는다고
무슨 한이 있으리만…

(모친을 향하여)

어머니―

내가 집에 없다 하고
어머니가 화를 내면
천리에 오신 랑군

그 마음이 편하리까

집에 돌아가시거든

우리 둘이 인연 맺던
부용당에 점화하고
둘이 덮던 금침펴고
사처를 정하시고

나 입던 비단 장옷
봉장안에 들었으니
되는대로 팔아다가
서방님 의관 일습 해드리오

월 매 그는 그리라도 하자
춘 향 향단이 게 있느냐?
향 단 네—
춘 향 서방님 침수 범절
　　　안녕하고 못하시기
　　　전혀 너 하기에 달렸으니

　　　밤참 조반 전후사를

지성으로 공궤해라
어리고 약한 네가
진일 마른일 가리잖고
혀도 같고 손과도 같이
시종해온 그 은공을
이생에서 못갚으니
그것이 여한이다

향　단　아씨 그게 무슨 말씀이요

옛날의 주문왕과
대성인 공부자도
옥중 고초 겪었으니
아예 락심 마옵소서

하늘이 무너져도
솟아날 궁기 있다 하니
아씨같은 높은 절개
설마하니 어쩌리까

춘　향　(가만히 한숨 짓고)

서방님―

어　사　왜?

춘 향 들으니 래일이

　　　본관사또 생신이라

　　　잔치 끝에 나를 올려

　　　죽이겠다 벼른다니

　　　부디 멀리 가지 말고

　　　옥문밖에 지켜섰다

　　　나를 올리라 령 내리건

　　　칼머리나 들어주고

　　　나를 죽여 내치거든

　　　삯군인체 달려들어

　　　들쳐없고 나오셔서

　　　정결한 곳 가려찾아

　　　깊이 파고 묻으실 때

　　　서방님 속적삼 벗어

　　　내 가슴을 덮어주고

　　　무덤앞에 표석 세워

　　　'수절 원사 춘향지묘'라

여덟자만 새겨주오.

어 사 춘향아―

　　　너무 서러 말아

춘 향 도리는 아니오나

　　　또 한 말씀 부탁이요

　　　내 몸 하나 죽어지면

　　　60당년 우리 모친

　　　무의무탁 가련하니

　　　하해같은 처분으로

　　　로모를 받들어서

　　　춘향같이 생각하면

　　　죽어 황천 돌아가서

　　　결초보은 하오리다

월 매 (기가 막혀)

　　　아이고 저것 말 들어보소

　　　유언을 하네그려

　　　60당년 늙은 것이

백발이 흩날리는 머리
물 마를 날이 전혀 없이
지성 발원 빌었건만
기다리고 믿었던 사위가
8도걸인 되어오니
죄없는 내 자식만
속절없이 죽었고나
춘 향 어머니 너무 서러워 마오

불초 녀식이
서령 원사 하더라도
서방님이 안계시오

일시 불우하여
지금은 저러셔도
서방님의 품은 포부
경륜이 있으리라

─ 먼데서 닭이 운다. 그것을 받아서 가까운데 닭이 또 운다.

월 매 (저도 모르게 소리를 내여)
애고 이 밤이 새는고나…

― 잠간 사이.

― 닭이 한화 또 운다.

춘　향　서방님 오죽이나 곤하리까. 어서 나가 주무시오.

향　단　(월매를 향하여)

마나님, 서방님 뫼시고 가십시다… 아씨 안녕히 주무세요.

　　　　― 월매 그대로 얼빠진 사람 모양 서있는 것을 향단이 팔을 이끌어 앞을 서 나가는데,

　　　　― 어사 따라 나가다가 문득 발길을 멈추고 잠간 생각한 후,

어　사　(다시 옥문앞으로 와서)

춘향아―

춘　향　(놀라 고개를 들며)

서방님, 왜 가시지 않고 도루 오셨소?

어　사　나도 네게 부탁이 있어 왔다.

(말마디에 힘을 주어)

나를 다시 보기전엔 딴마음을 먹지 말아.

춘　향　네. 서방님 넘려 마시고 어서 나가 주무시오.

― 어사, 무슨 말을 더할 듯 잠시 섰다가, 마음을 결단하고 몸을 돌쳐 나갈 때,

—막—

제6닥 출도

전장의 이튿날

남원부사 아문 동헌에서

풍악소리 류랑한중에

막이 오르면

동헌 릉한각(凌寒閣)에 본관 변학도의 생일잔치가 벌어졌다.

당상에 근읍 수령이 구름같이 모였으니,
운봉영장, 구례, 곡성, 순창, 옥과, 진안, 장수… 각 고을 원님들이 차례로 늘어 앉고, 좌편에는 행수 군관, 우편에는 청령사령 한가운데 본관 변학도가 즈인이 되어, 저마다 다 담상을 앞에 놓고 진양조가 양양한데,

뜰에는 기치군물(旗幟軍物)이며 류각풍류(六角風流) 반공에 떠있고,

록의 홍상 기생들은 백수라삼 높이 들어 지화자 둥덩실 춤들을 춘다.

　　　— 이윽고 춤이 끝나며 기생들 물러간다.

　　　— 당상의 변학도와 각읍 수령들, 기생들 끼고 앉아 술잔을 기울이며 취흥이 자못 도도한중에,

변학도 (기생이 올린 술잔을 받아서 한숨에 쭉 들이킨 다음)

　　　여보 순창—

순　창 (안주를 집다 말고)

　　　예?

변학도 들으니 순창 3년에

　　　재미를 쏠쏠히 보셨다고—

순　창 원 재미가 무슨…

변학도 재미가 무어라니

　　　리판(吏判)대감 수연에도

　　　순창서 올라간 봉물짐이

　　　그중 굉장했다던데…

순　창 허, 허, 허, 허…

　　　무슨 그럴 리가 있소리까,

　　　다 뜬소문이죠

변학도 (좌중을 둘러보며)

주민고택을 마자 해도

안할수 없는것이

근자에 전에 없던

별종조차 그리 많고

궁교 빈족 결패들이

꼬리를 물고 찾아드니

여간해가지고야

당해낼 장비있나

순 창 과연 그러하외다

– 다른 수령들도 더러 고개를 끄덕인다.

변학도 (곡성을 돌아보며)

곡성은 그래 그간

몇백이나 벌어놓으셨소?

곡 성 원 몇백이라니요…

변학도 허허― 그래서야

　　　　모처럼 하향에를

　　　　나려오신 보람이

　　　　어디 있단 말씀이요

곡　성 본관께 아무래도

　　　　묘리를 배워야겠소이다

변학도 허 허 허 묘리라니

　　　　별것이 있으리까마는…

운　봉 자― 객담은 그만하고

　　　　잔이나 드십시다

　　― 이때 우편으로서 어사 리몽룡이 폐포 파립 검인행색으로 부적부
적 안으로 거침없이 들어온다.

　　― 이를 보자 사령들, 깜짝 놀라 우르르 내달아 앞을 탁 막는다.

어　사 (떡 버티고 서서 큰소리로)

　　　　아뢰여라 사령아

　　　　어쭈어라 통인아

　　　　먼데 있는 거러지가 대연 만나

술 한잔 안주 한점

얻어먹고 가자이다

사령들 쉬—

— 그대로 밖으로 밀어내려 할 때,

— 좌중의 운봉영장, 가만히 살펴본즉, 비록 리몽룡의 행색은 초초하되, 폐포 파립중에 인물이 비범하다. 혼자 고개를 끄덕이며,

운 봉 (본관을 향하여)

비록 저분이

의복은 람루하나

량반일시 분명하니

말석에 앉히고

술잔이나 대접하여

보냄이 어떠하오

변학도 (마음에 못마땅하여)

거, 아무려나

운봉 소견대로 하오마는—

― '마는' 소리, 장히 후입맛이 사납것다. 어사 속으로 '오냐. 도적질은 내가 하마. 오라는 네가 저라.' … 빙그레 웃으며 보고있느라니

운 봉 이리 오너라 ―

통 인 예 ―

운 봉 네 저 량반 듭시래라.

통 인 예 ―

　　　(마루 끝에 나서며)

　　　쉬 ― 사령 ―

사령들 예 ― 이.

통 인 저 량반 이리 올라오시래라.

사령들 예 ― 이.

어 사 안다 안다 운봉이 안다.

― 그대로 뚜벅뚜벅 대상으로 올라가자, 장읍불배(長揖不拜)하고 운봉곁에 가 앉는다.

― 통인 하나이 술상이랍시고 개다리소반에 다 긁어먹던 갈비대에 콩나물 한접시, 깍두기 한보시기 놓아다주는데 술은 모주가 한사발이라.

― 어사, 남의 상 보고 내 상 보니 어찌 아니 괘씸하랴.

어 사 (부채꼭지를 거꾸로 쥐고운봉의 갈비를 꾹 찌르며)

여보 운봉─

운 봉 (깜짝 놀라)

에구 웨 그러시오.

어 사 저 갈비 한 대 청합시다.

운 봉 허─ 이 량반

갈비를 달라 하면

그냥 달라 할것이지

백죄 남의 생갈비를

먹으려 한단 말이요

이리 오너라─

통 인 예─

운 봉 저 갈비 내려다가

이 량반 드려라

어 사 얻어먹는 사람이

남의 수고 빌것 있소?

내 손으로 갖다 먹지…

─ 어사, 이리저리 다니며 남의 상에서 진미만 다 내려 개다리소반에 다 갖다놓고,

흐, 흐, 좋다 좋아

진합태산이라더니…

변학도 허ー 이게 웬 일인고

별 우스운 것을

윤봉은 청해다가

파흥을 시키는고…

어 사 (부채꼭찌로 또 꾹 찌르며)

여보 운봉ー

운 봉 (또 깜짝 놀라)

허ー 또 웨 그러오? 이러다간 내 허구리에 바람구멍 나겠다…

어 사 기생을 앞에 두고

그냥 먹기 무맛이라

저 기생 이리 불러

술 한잔 따르고

권주가 하나 하라시오

운 봉 여보아라ー

네 이 량반께

권주가 하여라

기 생 (뾰로통하여)

에고 맙시사―

기생 노릇을 하려니까

별 우순걸 다 보겟네

(어사곁으로 와서)

여보 이 량반, 왜 불렀소?

어 사 오― 너 여기 앉아, 술 한잔 붓고 권주가 한마디 해라.

기 생 난 권주가 못하오.

윤 봉 (호령하여)

허― 그년. 내가 시키는터에 하라면 하는게 아니라…

기 생 (한풀이 꺾여서 상머리에 앉아. 술 한잔 가득 부어 손에 들고)

잡지그려 잡지그려

이 술 한잔 더 잡으면

천년이나 만년이나

이 모양으로 사오리다

어 사 (껄걸 웃고)

그거 새로 난 권주가로구나. 명기로다…

(기생에게서 술잔을 받다가 짐짓 도포 앞자락에다가 쏟고)

어뿔싸― 이거 단벌옷을 다 버리는 구나…

― 자리에서 일어나자 도포자락을 툭툭 터니, 술방울이 사면으로 튄다.

― 좌중이 크게 발동하여

옥　과 허― 이게 무슨 일인고
구　례 글쎄 이게 무슨 일이야
곡　성 거 운봉은 공연한걸 불러들여…
순　창 이거 좌석이 요란해 못쓰겠군.

― 이때 변학도가 속을 가만히 생각하되,
'저놈이 량반의 자식은 분명하나, 젊은 애가 저리 버릇이 없을진대, 제 집안 난봉이요 필경 무식할터이니 운자를 내여 쫓으리라…' 주의를 정하고서,

변학도 (좌중을 둘러보며)

자― 우리 좌정하여

글 한수 지은후에

세잔 갱작 하사이다.

만일에 글을 못지으면

큰 벌을 쓸터이니

좌중이 다 그리 아오
옥　과 거 좋은 말씀이요

곡　성　좋은 말씀이외다

순　창　그럼 운자는

　　　　본관이 내시지요

변학도　날더러 내라고?

　　　　기름고, 높을고 하지

운　봉　기름고 높을고라

　　　　이거 참 강운인데…

　　　　내가 아마도

　　　　봉변을 하나보다

　　　　－ 모두들 허허허 웃는다.

어　사　상좌에 말씀 올라가오

　　　　나도 부모님덕에

　　　　천자권이나 읽었으니

　　　　지필을 빌리시면

　　　　차운 하나 하오리다

운　봉　(반겨 들고)

　　　　좋은 말씀이요. － 이리 오너라.

통　인　예－

운　봉　네 이 량반께 필연 갖다올려라.

통 인 예—

순 창 (랭소하며)

　　　저 꼴에 글이라니…

운 봉 (정색하고)

　　　문무에 귀천 있소?

　　　— 통인 문방사우를 들어다가 어사앞에 놓는다.

곡 성 (문득 생각난 듯 변학도를 돌아보며)

　　　참 본관—

변학도 웨 그러시오?

곡 성 아까 무어 구경시킬게 있다고 하시더니…

변학도 구경?…

　　　(잠간 고개를 기웃하다가 즉시 허허 웃고)

　　　예— 이제 차차 하십시다.

순 창 거 대체 무엇이오니까?

변학도 혹 소문을 들으셨을지 모르오마는—

　　　내게 발악하던 춘향이년 말이요.

순 창 춘향이?…

　　　— 어사, 붓을 잠간 멈추고 눈을 들어 변학도를 바라본다.

변학도 예―, 내 오늘 그년을 올려다가 아주 장하에 물고를 낼가 하오.

어사, 다시 쓴다.

운 봉 (눈섭을 씽그리고)

하필 생신날에… 거 공연한 거조시오.

― 어사 붓을 놓자 풍죽을 자리밑에 넣고 일어 서며,

어 사 (변학도를 향하여)

불청객이 자래하여

주육을 포식하고 가니

은혜 난망이요

다시 보십시다

변학도 (마음에 시원하여)

이 량반―

평안히 가시오

언제나 또 만날는지…

어 사 (대돌아래 내려서며)

　남아 하처 불상봉이라니
　또 수이 만나겠죠

　─ 그가 밖으로 나가자 본관이하로 각 읍 수령과 기생들까지 크게 웃
는다.
　─ 홀로 운봉이 웃지 않고, 자리밑의 풍죽을 꺼내본다.

순 창 (운봉을 향하여)

　여보 운봉─
　거 뭐라고 그려놨소
변학도 개발 게발 그렸겠지
곡 성 거 언문 풍월이나
　아닌지 모르겠소
운 봉 언문 풍월이라니
　천만의 말씀이요
　필치만 하더라도
　비범한 솜씨외다
옥 과 (곁에 앉았다가 고개를 늘이여)

비범한 솜씨라니

어디 좀 보십시다

　　　― 옥과와 운봉, 함께 보며, 운봉 읊는대로 옥과 새긴다.

운　봉　금준미주(金樽美酒)는

　　　천인혈(千人血)이요

옥　과　금동이의 아름다운 술은 천사람의 피요

운　봉　옥반가효(玉盤佳肴)

　　　만성고(萬姓膏)라

옥　과　옥반상의 좋은 안주는

　　　만백성의 기름이라

운　봉　촉루락시(燭淚落時)

　　　민루락(民淚落)이요

옥　과　초불 눈물 떨어질 때

　　　백성들의 눈물이 떨어지고

운　봉　가성고처(歌聲高處)

　　　원성고(怨聲高)라

옥　과　노래 소리 높은 곳에

　　　원망소리 높더라

　　　― 읊고나자 운봉과 옥과, 창황망조하여 의관도 정제하지 못한채로

신을 찾아 신는데

변학도 (취중에 세상이 어떻게 돌아가는줄도 모르고)

　　　허 허 그 주제에 뭐라고?… '가성 고처 원성고'?…

　　　― 그 사이에 운봉과 옥과, 신 신고 섬돌아래 내려서며

운　봉 본관을 잘 노시오. 나는 유고하여 먼저 가오.

옥　과 나도 유고하여 먼저 가오.

변학도 (어리둥절하여)

　　　아니 웨들 이러시오?

　　　― 두사람 대꾸 않고 허둥지둥 밖으로 나가는데.

　　　― 순창이 또 갈차비 차리고 대돌로 내려선다.

변학도 (더욱 의아하여)

　　　순창은 웨 이러오?

순　창 대, 대, 대부인이 락태를 하셨다고 기별이 와서 가오.

변학도 아니 로형 대부인이 춘추가 얼마신데 락태를 하셨단 말이오.

순　창 금년에 여든아홉이요.

변학도 아 여든아홉에 락태를 하시다니…

순 창 아차, 그럼 락상이라고 해둡시다.

　　　― 곡성 이하로 각읍 수령들, 뒤늦게야 낌새를 채고 분분히 자리에서
일어난다.

　　　― 변학도 도무지 까닭을 모를 일이라 이 사람 쳐다보고 저 사람 돌아
보며

변학도 아니 정말 웨들 이러시오?
곡 성 에, 미, 미진한 고, 공사가 있어 가오.

　　　― 그러나 미처 도망칠 사이없이, 삼문밖이 들끓으며,

소 리 암행어사 출도야―

　　　― 서리 역졸 거동 보소, 외울망건 공단째기 새펴립 눌러쓰고, 석자감
발 새 짚신에 한삼고의 산뜻 입고, 류모방치 록피끈을 손목에 걸어쥐고, 예서
번듯 제서 번듯, 남원읍이 우근우근, 청파 역졸 거동 보소. 달같은 마패를 해빛
같이 번듯 들어,

소 리 암행어사 출도야―

　　　― 웨는 소리, 강산이 무너지고 천지가 뒤눕는 듯, 초록 금순들 아니
멸라. 남문에서,

소 리 출도야―

    ― 북문에서

소 리 출도야―

    ― 동서문 출도소리, 청천에 진동하니,
좌수 별감 넋을 잃고,
리방 호장 실혼하고,
삼색 라졸 분주하고,
모든 수령 도망할제,
부서지느니 거문고요 깨지느니 복 장고라…

    ― 본관이 똥을 싸고, 멍석궁기 생쥐 눈 뜨듯하고, 내아로 들어가서,
'문 들어온다, 바람 닫아라. 물 마르다, 목드려라'…

≪취타소리≫

    ― 3문밖으로서 류량히 울리더니, 이윽고 어사 리몽룡, 점차 후응하
고 들어와서 동현에 좌기하고,

어 사 좌우 헌화 금하라―

    ― 눈치있고 날랜 통인 당상에 뛰여올라

통 인 좌우 헌화 금하랍신다―

― 소리가 멀어지자 밖으로서 집사 들어와, 어사 앞에 군례로 보이고

집 사 순령수―

순령수 예―이.

집 사 명금 삼하지하라―

순령수 예―이.

― 정수 들어와서 명금 삼하에 취타소리 뚝 멎는다.

어 사 3공형 부르라

통 인 급창― 3공형 들랍신다―

급 창 예― 3공형

전 원 숙이라―

― 좌편으로서 3공형이 설설 기어들어온다.

급 창 3공형 대령이요―

어 사 3공형 들거라. 부사 파직이니 각창 봉고하고, 즉일 문기 닦아
　　　올리라.

3공형 예―이.

어 사 옥중의 만은 죄수 무고원수(无辜寃囚)뿐일지니 순순히 일러
　　　백방하고, 춘향일랑 칼을 벗겨 잡아들이라.

3공형 예―이.

급 창 물리쳐라―

사령들 물리쳐라―

　　　― 3공형 청령하고, 다시 설설 기여나간다.

통 인 급창―, 춘향 빨리 잡아들리랍신다―

급 창 (받아서)

춘 향 빨리 잡아들여라―

사령들 예―이.

　　　― 이때에 남원읍 로소과부 떼를 지어 모여들어 춘향을 살리려고 어
사또께 등장을 들었는데,
　　　인물도 어여쁘고 깨끗하게 늙은 부인,
　　　소복을 정히 하고 수태(羞态) 띠인 젊은 과부,
　　　비부(肥肤)하고 장옷 쓴 저 부인,
　　　얼굴도 동탕하고 키꼴도 장대하고 말 잘하는 부인이며,
　　　청상과부 팔자되어 궁태로 생긴 부인,
　　　백묘량전(百肤良田) 발매타가 호미 들고 오는 부인,
　　　작반등산 뽕타다가 모양없이 오는 부인…

　　　― 수백명의 과부 동현뜰에 가득하니,

어 사 (과부들을 향하여)

어이한 부인들인고. 소회 있거든 아뢰라.

급 창 아뢰여라-

과부들 수의사또 어즌 처분

모든 죄인 백방키로

응당 렬녀 춘향이도

방송하실줄 믿었사온데

다시 잡아 들이시니

어이하신 처분임을

알고저 왔나니다

어 사 (위엄을 보이며)

춘향이는 창녀로서

관정 발악 하였으니

용대하지 못하리라

― 과부들 그 말 듣자, 일시에 동할적에,

― 그 중에 늙은 과부 좌우를 해치며 썩 나서는데, 나이는 일백일곱살
이요 피부가 윤택하고 이목이 명료하고 기운이 정정하니 심술 많고 욕 잘하고

꼿꼿하고 떼손있는 모질고 독한 부인, 체머리 흔들흔들 눈썹이 꼿꼿 서서 량
미간을 찡그리고 이를 오드득 갈며,

과부1　여보 어사또

　　　　이 처분이 웬 말이요

　　　　수절 부녀 잡아다가

　　　　수청 들지 않는다고

　　　　형장 쳐서 하옥하는

　　　　그 사람은 죄가 없고

　　　　렬녀 춘향 관정 발악

　　　　그게 그리 큰 죄인가

　　　　어허 우스운 공사 다 보겠소

어　사　(마음에 좋아서 고개를 *끄덕끄덕*)

　　　　사필귀정 할터이니

　　　　부인들은 념려 말고

　　　　다 각기 돌아가라

과부들　어즈신 처분만

　　　　엎드려 바랍내다

— 이때에 춘향이 사령들에게 부축 받아 들어온다.

급 창 춘향이 대령이요—

과부1 (다시 앞으로 나서며)

　　　여보 어사또

　　　렬녀 춘향 백방하오

　　　아까같이 공사했단

　　　큰 봉변 당하리다

급 창 쉬—

어 사 춘향이 분부 듣거라—

　　　네 하향 천기로서

　　　관장 분부 거역하고

　　　관정 발악 하였으니

　　　그 죄 만번 죽어 마땅하다

　　　본관 수청은

　　　거역하였거니와

　　　어사 수청은 어떠할고—

전 원 아뢰여라—

춘 향 (기가 막혀)

초록은 동색이요

가제는 게편이라

내려오는 관장마다

개개이 명관이로구나

층암절벽 높은 바위

바람 분다 무너지며

청송 록죽 푸른 낡이

눈이 온다 변하리까

그런 분부 마옵시고

어서 빨리 죽여주오

— 어사 말없이 고개만 *끄덕끄덕*…, 품으로서 리별시에 받은 옥지환
을 내어 통인에게 주면서,

어 사 네 이것 갖다 춘향 주라.

통 인 예—

— 통인 지환을 받아들고 계하로 내려가 춘향 손에 쥐여준다.

— 춘향이 지환을 받아들고 들여다보다가

춘 향 오— 내 옥지환…

　　　— 한마디 중얼거리고, 어인 영문을 몰라할 때

어 사 얼굴을 들어 대상을 보라

　　　— 그 말에 춘향이, 무심히 고개들어 대상을 바라보니, 수의사또가 누구던고, 어제저녁 옥에 왔던 랑군이 분명하다.

　　　사람이 기막힌 일을 당하면 마음이 스스로 악하여지고, 좋고 반가운 일이 있으면 자연 설음이 나겄다.

　　　— 춘향이 대상을 물끄러미 쳐다보며 구슬같은 눈물이 두눈으로 줄줄 흘러 웃깃을 적시며 울음이 솟아나는데, 이 울음은 5장6부에서 나는 울으도 아니요 6천마디 뼈속에서 나오는 울음도 아니요, 이는 꼭 쓸개에서 나오는 울음이라. 아이 아이 아이 으으…, 그 자리에 폭 엎드리여 흐느낄 때,

　　　— 어사 몸을 일어 뜰로 내려와서 그의 어깨에 손을 얹고

어 사 춘향아—

　　　— 춘향이 마침내 울음을 터뜨리며,

춘 향 어찌 그리 무정하오—

모지도다 모지도다
서울 량반 모지도다

어제저녁 옥에 오셔
내 정상을 보셨으니
나더러만 말씀하고
마음 놓고 있으라면

지난 밤 그 간장은
안녹이고 지냈을걸…
어 사 춘향아 진정해라
위로할 말이 없다

꽃다운 그 이름이
고생없이 못되나니
만고의 충렬 사기
넌들 짐작 없겠느냐

— 기생과 과부들 춘향이를 옹위하여 좌편으로 들어가고,
어사 다시 대상으로 올라갈 때,

— 우편으로서 항단이를 뒤딸리고 춘향모 들어온다.

월 매 도사령아 3문 잡아라

어사 장모 들어가신다

요새도 문깐이 이리 뻣세냐?

몇놈이 죽으리라…

얼시구나 절시구

지화자 절시구

어제저녁 걸인 사위

어사란 말 웬 말이냐

애고 내가 미친년이지. 어제저녁 우리 사위를 욕도 많이하고
구박도 많이 하였더니… 이 빌어먹을년이 그 무슨 미친 짓이
냐?… 광기의 미친 말을 부디 섭섭히 생각 마오. 섭섭하면 장모
나를 어쩔텐가? ─

북두7성 자야반에

등불을 밝히고저

우리 사위 귀히 됨을

밤낮 축원 하였더니

하느님이 감동하여

어사또가 되었더라

― 이때 밖으로서 방자 뽈짝쇠가 뛰여들어와, 대상을 흘낏 쳐다보고
계하에 엎드리여,

방 자　오작교 넘나들며

갖은 언설 중매한 죄

한양 천리 먼먼 길에

편지 갖다드린 죄로

운봉옥중에 가두어두신

방자놈 헌신이요

어 사　(내려다보고 빙그레 웃으며)

오― 너 고생했다.

방 자　(그제는 야속한 생각이 버썩 들어)

원 세상에 그럴 법도 있소오리까? 유공한 방자놈을 상급은 안

주시고 운봉 옥중에다 가두어버리시니, 그래 소인이 무슨 죄요?

어 사　(다시 빙그레 웃으며)

이놈 네가 원체 경망키로 천기를 루설할가 잠시 그리한것이다.

방 자　(군중을 향하여)

운봉옥중 3일 고생

강정같이 고소한 고생

이 고생이 없거드면

렬녀 춘향 가는 목의

1천근 전목칼을

누가 있어 벗기리요

(덩실덩실 춤을 추며)

폐포 파립 8도 거지

수의 사또가 장관이요

거역관장 중죄인이

정렬부인이 장관이요

책방 방자 볼짝쇠가

3문 좌기 어사앞에

꼽사춤이 장관이로다

얼사 절사 얼사 절사…

— 이때 좌편으로서 기생과 과부들이 몸단장 고히 한 춘향을 전후 좌

우로 옹위하고 나온다.

　　　── 춘향이 저의 모친을 보자 주르르 달려들며,

춘　향 아이고 어머니─
월　매 오─ 내 딸이야─

　　　(춘향이를 덥썩 안으며)

　　　진흙에 핀 련꽃처럼
　　　어여쁜 내 딸 춘향
　　　하고한 날 옥바라지
　　　바람 치고 비 오는 날
　　　가지 가지 겪은 고생
　　　춘설같이 다 녹는다

　　　── 이때 향단이가 옆에 있다 나서면서,

향　단 아씨─
춘　향 오─ 향단아─

　　　── 둘이 덥썩 손을 잡고 서로 물끄러미 바라보며 가슴이 벅차서 말들
을 못한다.

― 기생들 다시 춘향을 옹위하여 대상으로 올려간다.

월 매 (그대로 계속하여)

　　　　남원 로소 부인네들
　　　　이내 말을 들어보소

　　　　아들 낳기만 원치 말고
　　　　딸만 많이 낳으시되
　　　　한 탯줄에 네다섯씩
　　　　쏙 쏙 내뜨리오

　　　　이 궁둥이 두었다가
　　　　논을 살가 밭을 살가
　　　　이런데나 흔들어라

일 동 지화자 지화자

― 대상에서는 어사 춘향이와 나란히 서서,

어 사 명사 십리 해당화같이
　　　　연연한 내 사랑
　　　　된 서리 매운 바람

　　　　어이 이겨내단 말가

춘　향 옥중 원수(寃讐) 춘향이가

　　　　거의 죽게 되올적에

　　　　객사에 봄이 드니

　　　　리화 춘풍 반가워라

춘향과 리도령　（함께）

　　　　높고도 깊은 사랑

　　　　송죽같이 굳은 절개

　　　　바다가 마르고

　　　　산이 다 닳도록

　　　　하늘이 이 맹세를

　　　　밝히여주시리라

일　동（받아서）

　　　　지화자 지화자

　　　　지화 지화 지화자

　　　　경사로다 우리 남원

　　　　천고의 영화로다

　　　　지화자 지화자

지화 지화 지화자

지리산이 수려하니
절대 가인 없을소냐

지화자 지화자
지화 지화 지화자

꽃다웁다 춘향 이름
천추 류전하리로다

지화자 지화자
지화 지화 지화자

－ 모두들 열광하여 춤추며 노래할 때.

－막－

조운 작품 연보

	제목	발표지	발표일	기타
시	불살너주오	『동아일보』	1921.04.05	
시	초승달이재넘을째	『조선문단』 2호	1924.11.	
시	나의사람	『조선문단』 2호	1924.11.	
시	울기만 햇셔요	『조선문단』 2호	1924.11.	
시	웃는채로	『조선문단』 3호	1924.12.	
시	山에가면	『조선문단』 3호	1924.12.	
시	立秋	『조선문단』 3호	1924.12.	
시	孤獨	『조선문단』 4호	1925.01.	
시	나의별	『조선문단』 4호	1925.01.	
시	이몸은	『조선문단』 4호	1925.01.	
시	한줄의 소리나마	『조선문단』 5호	1925.02.	
시	生의씨겅이	『조선문단』 5호	1925.02.	
시	눈물과비	『조선문단』 5호	1925.02.	
시	웨그대지도	『조선문단』 5호	1925.02.	
시	春夜의 曲	『조선문단』 6호	1925.03.	
시	아침禮拜	『조선문단』 6호	1925.03.	
시	그이의꿈속에	『조선문단』 6호	1925.03.	
시	봄ㅅ비	『조선문단』 7호	1925.04.	재발표
시	봄이라네	『조선문단』 7호	1925.04.	재발표
시	봄!	『조선문단』 7호	1925.04.	재발표
시조	法聖浦十二景	『조선문단』 8호	1925.05.	
시조	初夏唫	『동아일보』	1925.05.16	
시조	漢江小景	『시대일보』	1925.06.30	
시	님께드릴선물	『조선문단』 9호	1925.06.	

	제목	발표지	발표일	기타
시	나의詩를닑어주는이여	『조선문단』 9호	1925.06.	
시	한번	『조선문단』 10호	1925.07.	
시	네가?	『조선문단』 10호	1925.07.	
시	지는쏩닙히	『조선문단』 10호	1925.07.	
시	엇던날아츰	『조선문단』 10호	1925.07	
시조	모ㅅ비에집생각이난다	『동아일보』	1925.07.20	
시	燈盞ㅅ불	『신민』 4호	1925.08.	
시조	今日	『동아일보』	1925.09.04	
시	비	『동아일보』	1925.09.07	
시조	暎湖淸調	『조선문단』 12호	1925.10.	
시	殘日	『조선문단』 13호	1925.11.	
시	지는大日을 볼째	『조선문단』 13호	1925.11.	
시조	思鄕	『신민』 10호	1926.02.	
시조	울음	『신민』 10호	1926.02.	
시조	어머니 回甲에	『신민』 11호	1926.03.	시조집
시조	아이고 아이고	『조선문단』 17호	1926.06.	
시조	春愁	『신민』 15호	1926.07.	
시조	밤ㅅ새	『신민』 15호	1926.07.	
시조	노고질이	『동광』 4호	1926.08.	
시조	뉘를 차저	『동광』 4호	1926.08.	
시조	하고시픈말	『동광』 4호	1926.08.	
시	불난나발	『신민』 20호	1926.12.	
시	鐵網틈으로 내다보이는 하늘	『신민』 20호	1926.12.	
시	기대야七十年	『신민』 20호	1926.12.	
시조	思鄕	『동광』 8호	1926.12.	
시조	未忘	『신민』 21호	1927.01.	
시	春香이는	『조선문단』 4권 2호	1927.02.	
시	딸을안ㅅ고	『조선문단』 4권 2호	1927.02.	
시조	苦待	『신민』 22호	1927.02.	
시조	해	『동광』 11호	1927.03.	

	제목	발표지	발표일	기타
시조	봄ㅅ비	『신민』 33호	1928.01.	
시조	도라다 뵈는 길	『동광』 17호	1931.01.	시조집
시조	예! 이사람	『동아일보』	1931.06.13	
시조	머므른꽃	『신생』 5권 7~8호	1932.07~08.	
시조	별	『매일신보』	1932.07.01	시조집
시조	달	『매일신보』	1932.07.01	
시조	해	『매일신보』	1932.07.01	
시조	비맞고 찾아온 벗에게	『동광』 36호	1932.08.01	시조집
시조	누이를 보내고	『매일신보』	1932.09.29	
시조	雨裝 없이 나선 길에	『신생』 6권 1호	1933.01.	시조집
시조	달도노엽다	『신생』 6권 1호	1933.01.	
시조	책 보다가	『신생』 6권 1호	1933.01.	시조집
시조	病友를 두고	『카톨릭청년』 8호	1933.12.	시조집
시조	滿月臺에서	『문학』 1호	1934.01.	시조집
시조	눈	『신가정』 2권 3호	1934.03.	시조집
시조	어느밤	『신가정』 2권 3호	1934.03.	시조집
시조	春夜不短	『월간매신』	1934.04.	
시조	善竹橋	『중앙』	1934.09.	시조집
시조	完山七咏	『조광』 1권 2호	1935.12.	
시조	名節안날	『조광』 2권 7호	1936.07.	
시조	雪晴	『조광』 3권 6호	1937.06.	시조집
시조	雪窓	『조광』 3권 6호	1937.06.	시조집
시조	무제	신석정에게보낸엽서	1935.08.25	
시조	獨坐	『문장』 2권 8호	1940.10.	시조집
시조	長吟	『문장』 2권 8호	1940.10.	시조집
시조	海門의 아침	『문장』 2권 8호	1940.10.	시조집
시조	故鄕하늘	『문장』 2권 10호	1940.12.	시조집
시조	찬밤	『문장』 2권 10호	1940.12.	시조집
시조	나올제	『문장』 2권 10호	1940.12.	시조집
시조	石榴	『조선시집』	1947.03.	시조집

	제목	발표지	발표일	기타
시조	古阜斗星山	『조선시집』	1947.03.	
시조	脫出	『문학』 3호	1947.04.	시조집
시조	얼굴의 바다—어느 大會場에서	『문학평론』	1947.04.	
시조	落花岩	『신조선』 2권 3호	1947.04.	
시조	論介	『신조선』 2권 3호	1947.04.	
시조	菜松花	『조운시조집』, 조선사	1947.05.05	시조집
시조	古梅	『조운시조집』, 조선사	1947.05.05	시조집
시조	蘭草잎	『조운시조집』, 조선사	1947.05.05	시조집
시조	오랑캐꽃	『조운시조집』, 조선사	1947.05.05	시조집
시조	芭蕉	『조운시조집』, 조선사	1947.05.05	시조집
시조	무꽃	『조운시조집』, 조선사	1947.05.05	시조집
시조	도라지꽃	『조운시조집』, 조선사	1947.05.05	시조집
시조	玉簪花	『조운시조집』, 조선사	1947.05.05	시조집
시조	野菊	『조운시조집』, 조선사	1947.05.05	시조집
시조	부엉이	『조운시조집』, 조선사	1947.05.05	시조집
시조	앵무	『조운시조집』, 조선사	1947.05.05	시조집
시조	갈매기	『조운시조집』, 조선사	1947.05.05	시조집
시조	그 梅花	『조운시조집』, 조선사	1947.05.05	시조집
시조	題家	『조운시조집』, 조선사	1947.05.05	시조집
시조	怒濤	『조운시조집』, 조선사	1947.05.05	시조집
시조	상치쌈	『조운시조집』, 조선사	1947.05.05	시조집
시조	夕凉	『조운시조집』, 조선사	1947.05.05	시조집
시조	秋雲	『조운시조집』, 조선사	1947.05.05	시조집
시조	偶吟	『조운시조집』, 조선사	1947.05.05	시조집
시조	잠든 아기	『조운시조집』, 조선사	1947.05.05	시조집
시조	海佛庵 落照	『조운시조집』, 조선사	1947.05.05	시조집
시조	佛甲寺 一光堂	『조운시조집』, 조선사	1947.05.05	시조집
시조	山寺暴雨	『조운시조집』, 조선사	1947.05.05	시조집
시조	水營 울똘목	『조운시조집』, 조선사	1947.05.05	시조집
시조	湖月	『조운시조집』, 조선사	1947.05.05	시조집

구분	제목	발표지	발표일	기타
시조	九龍瀑布	『조운시조집』, 조선사	1947.05.05	시조집
시조	石潭新吟	『조운시조집』, 조선사	1947.05.05	시조집
시조	省墓	『조운시조집』, 조선사	1947.05.05	시조집
시조	아버지 얼굴	『조운시조집』, 조선사	1947.05.05	시조집
시조	故友 竹窓	『조운시조집』, 조선사	1947.05.05	시조집
시조	曙海야 芬麗야	『조운시조집』, 조선사	1947.05.05	시조집
시조	亡命兒들	『조운시조집』, 조선사	1947.05.05	시조집
시조	黃眞伊	『조운시조집』, 조선사	1947.05.05	시조집
시조	波蘭兵丁	『조운시조집』, 조선사	1947.05.05	시조집
시조	元旦	『조운시조집』, 조선사	1947.05.05	시조집
시조	××日	『조운시조집』, 조선사	1947.05.05	시조집
시조	一月 十三日	『조운시조집』, 조선사	1947.05.05	시조집
시조	復習시키다가	『조운시조집』, 조선사	1947.05.05	시조집
시조	×月 ×日	『조운시조집』, 조선사	1947.05.05	시조집
시조	×月 ×日	『조운시조집』, 조선사	1947.05.05	시조집
시조	×月 ×日	『조운시조집』, 조선사	1947.05.05	시조집
시조	日曜日밤	『조운시조집』, 조선사	1947.05.05	시조집
시조	×月 ×日	『조운시조집』, 조선사	1947.05.05	시조집
시조	눈아침	『조운시조집』, 조선사	1947.05.05	시조집
시조	×月 ×日	『조운시조집』, 조선사	1947.05.05	시조집
시조	×月 ×日	『조운시조집』, 조선사	1947.05.05	시조집
시조	×月 ×日 晴	『조운시조집』, 조선사	1947.05.05	시조집
시조	가을비	『조운시조집』, 조선사	1947.05.05	시조집
시조	女書를 받고	『조운시조집』, 조선사	1947.05.05	시조집
시조	面會	『조운시조집』, 조선사	1947.05.05	시조집
시조	어머니 얼굴	『조운시조집』, 조선사	1947.05.05	시조집
시조	덥고 긴 날	『조운시조집』, 조선사	1947.05.05	시조집
시조	靑春은커녕	『民聲』 4권 2호	1948.02.	
시조	柚子	『문장』 3권 5호	1948.10.	
번역시조	갖옷 말아 안고	『民聲』 5권 1호	1948.12.30	

	제목	발표지	발표일	기타
시조	金萬頃들	『조선문학선집』	1949.04.20.	
시조	내 땅	『조선문학선집』	1949.04.20.	
시조	습작	『현대조선문학선집』	1957.	
시조	그림	『현대조선문학선집』	1957.	
시조	이 世紀의 시인아	『현대조선문학선집』	1957.	
시조	설음	『현대조선문학선집』	1957.	
시조	추석장날	『현대조선문학선집』	1957.	
시조	평양 8경을 찾아	『문학신문』	1957.10.10	
시조	《아브로라》의 포성	『조선문학』	1957.11.	
시조	평양 8관	『조선문학』	1958.06.	
시조	한 늙은 귀국자의 노래	『시문학』 1집	1960.	
시조	잊지 못할 5·1절	『시문학』 3집	1961.	
시조	호박 물'부리	『시문학』 3집	1961.	
시조	동무들 이 총을 받아 주	『시문학』 3집	1961.	
시조	한 홉의 미시'가루	『시문학』 3집	1961.	
시조	이 눈이 녹기 전에	『시문학』 3집	1961.	
시조	第三秋夕	『현대시조삼인집』	이병기소장	
시조	고향소식	『현대시조삼인집』	이병기소장	
노래	영광유치원가	『영광의 노래와 글모음』	1991.	
노래	해방가	『영광의 노래와 글모음』	1991.	

	제목	발표지	발표일	기타
산문	'님'에 對하여	『조선문단』 7호	1925.04.	
산문	숫머슴애	『조선문단』 9호	1925.07.	
산문	술	『조선문단』 17호	1926.06.	
산문	상긔도 二十	『동광』 8호	1926.12.	
산문	丙寅年과 時調	『조선문단』 4권 2호	1927.02.	
산문	近代歌謠 大方家 申五衛將	『신생』 2권 1호~2호	1929.01~02.	
산문	序	유진오, 『창』	1948.01.15	
산문	조선말과 人民	『조선중앙일보』	1948.04.06	
산문	跋文	오장환, 『붉은기』	1950.05.	
산문	머리말	『조선 구전 민요선집』	1954.03.	
창극	춘향전	『조선창극집』	1955.09.	박태원 합작
산문	인민시인 신재효	『문학신문』	1957.12.05	
산문	조선음식	『천리마』	1964.04.	

1900년 6월 26일	전남 영광군 영광읍 도동리 136번지에서 조희섭(曺喜燮)과 광산 김(金)씨의 1남 6녀의 외아들로 출생(본명은 조주현(曺柱鉉))
1903년 12월 12일	부친 조희섭(曺喜燮)사망
1914년	위계후(魏啓厚) 영광보통학교 교사부임, 조운의 사랑채에서 하숙, 이후 누이 조영패와 결혼
1917년	영광보통학교 졸업, 공립 목포상업학교 입학
1918년	1월 17일 김공주(金公珠)와 결혼
1919년 1월 6일	장녀 옥형(玉瀅) 태어남, 공립 목포상업학교 졸업
1919년 3월 14~15일	영광 독립만세운동을 주도한 이복형 조병현(趙柄鉉), 조철현(曺喆鉉)과 함께 영광 독립만세운동에 적극적으로 참여하여 일경이 체포에 나섬
1919년 5월 21일	장녀 옥형(玉瀅) 사망
7월 21일	일경을 피해 만주로 망명을 시도 하다가 노준, 유경근, 조종환 등과 서울에서 일경에 체포됨으로써 1차 망명 실패
8월	첫째 이복형 조병현(趙柄鉉) 징역 1년 6월 선고받고 복역
1920년 2월 14일	둘째 이복형 조철현(曺喆鉉) 보안법 위반으로 징역 8월 선고받고 복역

7월경	2차 망명에 성공하여 만주에서 최서해를 만남
1921년	영광으로 돌아옴
1922년 1월 10일	차녀 나나(那那) 태어남
	위계후 등이 설립한 민족학교 영광중학원 국어교사로 취임
	박화성이 영광중학원 교사로 취임, 『자유예원』 등등사판 문예지 발간, 월요일과 금요일 2회에 걸쳐 교사, 학생, 일반 부녀자 등의 작품 대상으로 선발하는 문화운동 전개
1922년 4월 5일	『동아일보』의 독자란에 자유시 「불살라 주오」 발표
10월	시조동인회 '추인회' 조직을 주도, 시조창작, 물산장려, 문맹퇴치, 일본화폐사용 배척 등의 계몽사업, 소인극회 활동, 에스페란토어 보급 등 문화활동 전개
9월 21일	둘째 이복형 조철현 옥고의 여독으로 요절함
1924년 11월	『조선문단』에 시 「초등달이 재넘을 때」 등 3편의 자유시 발표
1924년 11월 2일	김공주(金公珠)와 합의 이혼
1925년 1월	『조선문단』에 박화성의 소설 「추석전야」 실림
3월	영광중학원 폐교로 실직
5월 17일	7년 만에 가람 이병기를 찾아가 시조, 신시에 대한 이야기를 나누느라 해 지는 줄도 모름. 저녁에 최서해와 함께 다시 가람 이병기를 찾아가 『조선문단』에 시조와 한시 번역한 것을 요청하여 번역 한시 6수를 받음
9월	와병으로 전북 고창 선운사에서 요양하다 돌아와 서재

	'달맞이방'에서 투병하면서 창작에 심혈을 기울임
10월 15일	시조 연구를 표방한 추인회를 창립하고 회장에 선임되었음
10월 21일	최서해가 와병 중인 조운을 걱정하는 글 「병우 조운」을 씀
10월 24일	가람 이병기가 시조 2수를 지어 보냄
11월	『조선문단』에 최서해는 글 「병우 조운」을 발표함
1926년	최서해가 영광에 내려와 보름 정도 묵음
1927년 2월 15일	누이 조분려(曺芬櫚)와 서해 최학송이 동대문 밖 '조선문단사'에서 정인보 주례로 최남선, 방두환, 강세형 제씨의 축사와 20인의 축전, 새로운 결혼법으로 결혼식을 올림
2월 28일	가람 이병기가 잡지 『한글』과 편지를 보내옴
3월 20일	조용남 등과 토우회를 창립함
7월 27일~31일	영광청년회, 영농회, 토우회, 추인회 등이 가람 이병기 초청, 불갑사 등지를 탐승, 5일간 한글강습회와 시조강좌(불갑사 만세루) 등 개최함
7월 30일	가람 이병기와 함께 노함풍군의 형제, 기타 청년 수인과 삼삼오오 불갑제에 오름
9월 17일	서울 영도사 우송(友松)집에서 가람 이병기 등과 함께 가요연구회(歌謠硏究會) 발기인회를 열고 회칙을 마련함
9월 19일	영광과학연구회를 조용남, 조규선과 창립함
10월 24일	가람이 조운에게 시조 2수를 지어 보냄. 최서해는 조운의 쾌유를 비는 편지를 자주 보냄

11월 18일	추인회를 영광향가회로 전환하고 23일 제1회 시조회를 개최함
12월 15일	영광청년동맹 집행위원으로 선임
1928년 9월 2일	영도사 맹씨 집에서 이병기, 이상호, 애류, 주요한, 최서해, 김영진, 진장섭과 8명이 모여 가요연구회를 열고, 가요연구회의 동기와 경과를 이야기 한 후, 가요연구회 규칙안을 마련하여 가요와 언어에 대하여 여러 가지 담론을 나눔
10월 16일	최서해가 가람 이병기를 찾아가 조운의 혼례에 대해 의논 영광보통학교 교사 노함풍(盧咸豊)과 재혼
10월 22일	노함풍과 혼례 후 소요산(逍遙散) 자재암(自在庵)에서 가람, 서해, 양건식, 염상섭 등과 술상을 벌여놓고 피로연. 조운이 피로사, 염상섭이 축하사를 하고 기념 촬영
1929년 3월 30일	장남 홍재(泓載) 태어남
1930년 11월 13일	가람 이병기가 시조 30수를 뽑아 편지와 함께 보냄
1931년 2월 10일	차남 청재(淸載) 태어남 영광청년회 3대회장 취임, 이후 3년간 회장 역임
1931년 8월 22일	목포 중학원에서 '한글의 유래와 조선말의 존재'로 강연하고 있는 가람 이병기를 부인 노함풍과 함께 찾아감
1932년 5월 27일	최서해와 서울 조선일보사 앞에서 가람 이병기를 만나 청량사에서 뒷산을 오름, 이은상, 문일평, 국기열, 이하윤, 최상덕, 피천득, 함병업, 설의식, 최의순과 담소, 김억이 즉석에서 이은상의 『노산시조집』 출판기념을 하자고 제의, 개회사 후 저녁식사와 음주를 함

5월 31일	가람 이병기를 만나 서울시 체부동 118번지 최서해 집에서 저녁을 먹음
6월 3일	최서해와 함께 이병기를 찾아가『가곡원류』,『청구영언』,『해동가요』를 빌림
6월 12일	서울에 머물고 있는데 가람 이병기가 찾아와서 함께 사직골 뒷재 현저동의 애류를 찾아다님
7월 7일	최서해가 복부수술 후 혼수상태로 입원해 있는 의전병원에서 간병, 이병기, 이익상이 찾아옴
7월 9일 2시	최서해가 세상을 떠남, 체부동 최서해 집에 가람 이병기가 찾아와 손을 잡고 함께 울었음
7월 11일	서울 체부동 최서해 발인, 정지용, 현철, 방인근, 박종화가 함께 함
7월 26일	서울 체류 중에 가람 이병기가 찾아옴
8월 17일	가람 이병기와 고창에서 신위오장의 행적을 더듬고, 고창성을 둘러봄
8월 18일	가람 이병기와 선운사 구경을 감
9월 26일	서울 체류 중 가람 이병기가 찾아와 최서해 가족과 작별하고 감
9월 27일	누이 분려가 시어머니와 두 아들을 데리고 최서해의 고향 근처인 회령으로 떠남, 가람 이병기에게 빌렸던『가곡원류』,『청구영언』,『해동가요』 등을 돌려줌
9월 30일	김억, 가람 이병기와 모여 앉아 담소를 나눔
10월 1일	이병도, 가람 이병기와 동아일보사 3층에서 열리는 조선고서화 진장품 전람회 구경함. 이찬, 문일평, 김은호,

	이한복을 만남
11월 8일	가람 이병기에게 『고산집』과 편지를 보냄
11월 14일	가람이 『노계집』과 『가사편』 1책과 편지를 보내옴
12월 4일	가람 이병기에게 『노계집』을 보냄
12월 7일	가람 이병기가 『해동악부』 전질 3책과 편지를 보내옴
1933년 6월 14일	3남 명재(溟載) 태어남
	잠시 영광금융조합에 근무
11월 4일	가람 이병기 모친의 병세 위급하다는 전보를 전북 익산의 가람 이병기 집으로 보냄, 가람 이병기 모친이 별세하자 시상판을 사다가 씻고, 홍제병원, 경성부청, 경성역, 중앙장의사에 가서 운구를 교섭하였음
11월 6일	가람 이병기가 모친을 모시고 익산으로 떠난 뒤 남아서 가람 이병기의 집을 돌봄
12월 15일	가람 이병기가 『악장가사』, 『죽계지』와 편지를 보내옴
1934년 2월	갑술구락부를 결성하고 회장에 선임되었음. 고서화 전시회, 문학강연회, 무용발표회, 음악감상회, 소인극 발표 등 바쁜 나날을 보냄
	민족의식함양과 친목단결, 심신단결을 목적으로 한 영광체육단이 결성되었고 단장은 위계후, 부단장은 조규원, 조운은 운영위원으로 선임되었음
6월 12일	가람 이병기를 만나 미아리공원묘지에 있는 서해묘지 참배, 문사들이 서해기념비를 세움
6월 19일	첫째 이복형 조병현 사망
10월 17일	조운이 보낸 편지가 가람 이병기에게 도착함

1935년 2월 26일	서울에 가서 가람 이병기를 만난 후에 조카를 시켜서 『청구영언』, 『가곡원류』, 『토끼타령』과 불갑산의 난 6조를 이병기에게 보냄
3월 10일	가람 이병기와 매헌을 찾아가 무교탕반에서 점심을 하고 창의문을 나서 백석실을 찾아보고 그 뒤로 성벽을 넘어 삼청동 취운정으로 돌아옴
6월 9일	회령에서 누이동생 조분려 병사
8월 3일	가람 이병기가 영광에 내려와 불갑사에 들림
8월 5일	조병모의 소산산방(별장)에 위계후, 조희충 등과 함께 머묾
8월 6일	부인 노함풍이 가람 이병기의 가방을 서울로 보냄
8월 7일	가람 이병기 일행과 고창 선운사에 감
8월 8일	가람 이병기 일행과 부안의 곰소를 거쳐 내소사에 감
8월 9일	가람 이병기 일행과 부안읍 호남여관에서 숙박
8월 10일	가람 이병기 일행과 부안의 이매창 묘를 둘러보고 서림공원을 올라 본 뒤, 신석정 등과 만나 대항리 해수욕장에서 새벽까지 맥주를 마심
8월 11일	가람 이병기 일행과 채석강을 둘러봄, 신석정이 음식을 차려옴
8월 19일	가람 이병기가 「虹橋韻」을 써 보내옴
1937년 9월 19일	영광체육단 사건으로 영광의 유지 41명과 함께 목포경찰서에 송치 투옥
1938년 5월 5일	조운, 위계후 등 24명 목포형무소에 수감되었음
1939년 2월 8일	예심면소 처분으로 1년 6개월 만에 목포형무소에서 출

옥하였음

1940년	필명(曹雲)을 본명으로 개명
9월 17일	조운이 보낸 엽서 가람 이병기가 받음
1941년	딸 나나(那那)결혼
	조선식량영단 영광출장소 서무계장으로 재직
	은행에서 대출받아 새집을 지음(현 생가는 그때 지은 것임)
1944년 6월 22일	매부 위계후가 영광읍 교촌리 304번지 사망
1945년 8월 17일	건국준비위원회 영광지부 결성식에서 총무부장에 선임됨
9월 1일	영광민립고등중학 설립위원회는 중학설립기구인 '정주연학회'를 구성하고, 구성회장을 맡음.
10월	영광인민위원회 부위원장을 맡음
1945년 12월 1일	박목월이 영광으로 찾아오자 조의현 집에서 조남령, 정종 등과 자정을 넘기면서 예술론 등으로 이야기꽃을 피움
1946년 2월 7일	조남령과 함께 가람 이병기를 방문함
2월 8일~9일	전국문학자대회에 참가, '조선문학가동맹'으로 개칭
2월 23일	서울시내 장곡천정 93번지에 '시인의 집'을 결성, 결의사항으로 '작고시인 기념비의 건, 계간시집발행의 건, 시인의 밤 개최의 건'을 채택함(참여시인 : 조벽암, 김기림, 김광균, 박세영, 박아지, 임병철, 오장환, 김철수, 한백건, 서정권, 조허림, 김대균, 윤복진, 신석정, 신석초, 임학수, 이용악, 차상찬, 박석정, 박산운, 김상훈, 여상현, 김병천, 윤곤강, 이한직)
10월 19일	가람 이병기와 놀았음

11월	문학가동맹 중앙집행위원으로 시분과에 소속됨
1947년 3월 23일	광주극장에서 열린 전남문화단체연맹 결성 대회에 문학가동맹광주지부를 비롯하여 15개 문화단체와 김남천, 이성향, 박영근이 참석하였음(위원장 송홍, 부위원장 오평기, 오지호, 조운, 조규찬이 선정되었음)
3월 26일	가람 이병기를 방문, 가람 이병기가 그의 저작『인현왕후전』, 『역대시조조선』, 『어린이 역사』를 줌 봄에 가족과 서울로 이주함
5월 5일	『조선시조집』 조선사에서 간행. 동국대학교 출강, '시조론', '시조사' 강의
12월 23일	조남령과 가람 이병기를 방문, 조운이『삼인시조집』을 하겠다고 함
12월 15일	조운이「서문」을 쓴 유진호 시집『창』이 출간
12월 28일	가람 이병기 댁에서 김상옥, 유군, 조남령과 종일 시론 시화를 나눔, 백주를 마신 후 하거댁(何居宅)에 감
1948년 1월 7일	조남령과 가람 이병기를 방문하여『삼인시조집』을 의논함
7월 14일	동서 정을(鄭乙)을 데리고 서울대학교로 가람 이병기를 찾아가, 초복날이라서 함께 종로의 개장국집에 가서 겨우 자리를 얻어 진땀을 흘리며 함께 먹음
8월 15일	이후 가족과 북행길에 올라 황해도 해주로 이주
1949년 3월 26일	가람 이병기를 방문함
4월 16일	가람 이병기를 방문함
4월 17일	가람 이병기를 방문함

5월 23일	가람 이병기를 방문함
5월 25일	가람 이병기를 방문함
8월 29일	가람 이병기를 방문함
1950년 8월 3일	가람 이병기를 방문함
8월 26일	덕수궁에 머물고 있는 조운을 가람 이병기가 찾아옴
8월 27일	덕수궁 박물관에 머물고 있는 조운을 가람 이병기가 찾아옴
1954년 3월	『조선구전민요선집』(조선작가동맹출판사)을 펴냄
1955년 9월 30일	박태원, 김아부와 『조선창극집』(국립출판사)을 펴냄
1956년 1월	이태준 등 10여명과 숙청되어 집단농장으로 쫓겨났다가 박태원, 김조규 등과 복권
1957년 10월 10일	「평양 8경을 찾아」를 『문학신문』에 발표
11월	「아브로라의 포성」을 『조선문학』(조선작가동맹출판사)에 발표
12월 5일	『문학신문』에 산문 「인민시인 신재효」 발표
12월 20일	『현대조선문학전집』 2권에 시 33편 실림
1958년 6월	「평양8관」을 『조선문학』(조선작가동맹출판사)에 발표
1963년 8월 6일	모친 광산 김(金)씨 98세를 일기로 영광읍 교촌리 304번지에서 사망
1964년 4월	『천리마』에 산문 「조선음식」을 발표

조운의 시 연구*
발굴작품을 중심으로

이동순

1. 서론

조운은 현대시에서 시조로 시형을 바꾸어 창작하면서 현대 창작
시조와 시조시형 연구의 지평을 넓힌 현대시사의 중요한 지점에 있
는 시인이다. 활발하게 시조를 창작하던 그의 월북은 많은 의문을 남
겼으나 그렇다고 그것이 현대시사에서 그의 위치를 소거하는 이유
가 될 수는 없다. 1988년 해금되었으나 업적에 비해 많은 연구가 이
루어지지는 않았다.

---

* 이 글은『문화와융합』39권 6호에 발표한 논문으로『조운 문학 전집』해설을 대신
한다.

조운은 "시도 여기까지 이르면 시신도 감히 시 앞에 묵언의 예배를 드리지 않을 수 없"는 "시가 스스로 우러나므로 시를 쓰는 천래적 시인"[1]이었다. 또한 "선배 시조시인들이 채 벗어나지 못했던 유가적 관념의 벽을 허물고 서민적 리얼리티를 성공적으로 시조문학에 도입함으로써 생활시로서 시조의 새 길을 열어 놓"[2]았다. 그는 일제하 사상사적 맥락에서도 한치의 흔들림 없이 '조선혼'을 노래한 "표범 같은 천재시인"[3]이었다. 뿐만 아니라 "우리의 일상적 말버릇이 시조라는 율격과 어울리어 이루어내는 놀라운 활력은 누구도 흉내내기 어려운 조운 특유의 사실적 재치와 해학"[4]이 두드러진 작품을 썼다. 그럼에도 불구하고 그의 문학적 성과는 월북 후 분단을 거치면서 반공 이데올로기가 통치의 수단으로 작동함으로써 한 동안 연구 대상조차 되지 못했다. 다행히 해금 이후에 두 번에 걸쳐서 발간된 『조운 문학 전집』[5]과 『조운 시조집』[6]은 흩어진 작품을 한 자리에 모으는 성과를 얻었다. 그리고 『조운 평전』[7]은 조운의 삶과 시세계를 밝히고 이해의 지평을 넓히는데 적잖은 기여를 하였다.

한 개인의 모든 문학적 성과를 집적하는 전집이 발간은 또 다른

---

1 윤곤강, 『시와 진실』, 정음사, 1948, 181쪽.
2 정양, 「조운의 시조와 역사인식」, 『한국언어문학』 47집, 한국언어문학회, 2001, 442쪽.
3 조남령, 「현대시조론」, 『문장』 20호, 1940, 158쪽.
4 정양, 「조운의 시조와 역사인식」, 『한국언어문학』 47집, 한국언어문학회, 2001, 442쪽.
5 조운, 『조운문학전집』, 남풍, 1990.
6 조운 기념사업회, 『조운시조집』, 작가, 2000.
7 조병무, 『조운평전』, 푸른사상, 2012.

전집의 발간을 위한 토대가 되고, 작품이 발굴되면 필수적으로 수정 보완을 요구한다. 따라서 이 논문에서도 세 권에서 밝히지 못했던 조운의 작품을 발굴하여 공개하고, 발굴한 작품들이 갖는 가치와 의미를 논하고자 한다. 발굴한 작품은 창작시 1편과 와 시조 6편과 번역시 1편으로 결코 적지 않은 작품이다. 창작시 1편과 시조 5편은 시기적으로 일제 강점기에 발표한 작품들이고, 시조 1편은 월북해서 북한에서 쓴 연시조이며, 한시를 번역한 시조 1편은 해방기 때의 작품이다. 처음으로 연구대상이 되는 이 작품들은 조운의 시세계를 해명하는 데, 또한 인간 조운을 이해하는데 일조할 것으로 기대한다.

2. 조운 발굴 작품 연구

조운의 작품과 생애는 『조운 문학 전집』과 『조운 시조집』, 『조운 평전』을 통해 잘 알려져 있다. 세상에 완전무결한 문학전집은 없듯이, 세 권에서 밝히지 못했던 조운의 작품을 발굴하여 공개하는 것만으로 의의가 있는 일이라고 할 수 있다. 그런 만큼 발굴한 작품들을 공개하고 작품의 가치와 의미를 논함으로써 시세계를 해명에 일조하는 일이라고 하겠다. 잘 알다시피 조운의 문학적 활동은 「불살너주오」를 시작으로, 초기에는 『조선문단』에 주로 작품을 발표하였다. 창작 초기에는 주로 현대시를 발표하다가 1925년 『조선문단』에 「법성포12경」[8]을 발표하면서는 한동안 시와 시조쓰기를 병행하였다. 그러다가 시조에 전념하게 되면서 시조시인으로 정체성을 굳히게 되었다. 처음으로 알려지게 되는 아래의 시 「燈盞ㅅ불」은 현대시에서 시조로 장르의 전환을 고민하던 시기의 작품이다.

다—마서진 헌燈盞에는
기름이 조—곰 담겨잇습니다
쌤도못되는 저근심지에
불이 부터서 그불비츤
늙은 령감이 삼ㅅ고잇는
신틀을 비최이고는
수지로 쬐작쬐작 바른
竹窓을 쓸코
낮엄는 空間을 向하야
작고 다라나고만 잇습니다

불은 오래가지도 못할것이니
닭이 세홰나네홰쯤 울게되면
기름은 다—달을것임니다
바람에 불려 써지거나
기름이 다—달키까지는

8 조운, 「법성포12경」, 『조선문단』 8호, 1925.5.

이燈盞은 심지를태워 그불비츨

작고작고 보내고 잇슬것입니다

燈盞은 아무긴쯧도 가지지안햇슴니다

다맛 기름을 흘니지안는것

심지를 담ㅅ고 잇는것 쑨입니다

밋글밋글한 기름

헌솜을 피어비빈 심지

그것들도 무슨쯧을 가진것은아님니다

허나 기름이 심지에 시어들고

심지에 불이부터 타게되면

그쌔부터는 모든것이 —

意義를 가지게 됨니다

령감에게는 조름이왓슴니다

신틀을 치워노코 잠짜리를봅니다

燈盞불의 마즈막運命은 가까윗슴니다

그러나 燈盞은 조곰도서러워하지도안코

몃방울남은 기름을 앗가워하지도안슴니다

只今에 써저도 곱게써질것입니다

燈盞에 불은 써젓슴니다

그러나 불비츤 사라지지안는것이니

이째껏빗난 燈盞ㅅ불의비츤

千萬年 萬萬年 그지업는時間에

千萬里 萬萬里 그지업는空間을

쏘아나가며 빗나고잇습니다

아— 이적은 燈盞ㅅ불은!

이—적은방에서 타고난불비츤!

—「燈盞ㅅ불」 전문[9]

조운은 화자가 드러나 있던 드러나 있지 않던 관계없이 시인 조운과 일치하는 사람으로 여겨진다. 또한 작품 속에 담긴 경험 내용 또한 자신이 주체가 되어 직접 겪은 바를 말하는 방식[10]을 유지하였던 만큼 위의 시에서도 확인된다. 조운은 시조「법성포12경」을 발표한 후 주로 시조를 썼고, 시「비」[11] 이후에는 해방까지 시조만 썼다. 시조를 쓴 이후 유일하게 쓴 시 2편 중의 1편이 바로「燈盞ㅅ불」이다. 「燈盞ㅅ불」, 「비」는 시에서 시조로 창작을 옮겨가는 과정을 보여주는 작품이다.

두 작품 모두 1925년 작품으로 가람 이병기와 함께 "시조, 신시에 대한 이야기를 나누느라 해 지는 줄도 몰랐"[12]던 때, 1925년 1월『조

---

9 조운, 「燈盞ㅅ불」, 『신민』 4호, 1925.8.
10 박태일, 「재북시기 조운 시조의 한 양상」, 『열린정신 인문학연구』 16권 2호, 2015.12, 241쪽.
11 조운, 「비」, 『동아일보』, 1925.9.7.

선둔단』에 박화성의 소설 「추석전야」가 이광수의 추천으로 등단하는 데 결정적인 역할을 한 뒤였고, 3월에는 교사로 있던 영광중학원이 폐교하면서 실직하여 전북 고창 선운사에서 요양하다 돌아와 서재 '달맞이방'에서 투병하면서 시작활동에 전념하던 시기에 쓴 작품이다. 5연으로 구성된 시지만, 형식적인 측면에서 연시조의 시형이 드러나기도 한 시다. 1연은 등잔불에 타들어가는 심지의 불이 신을 삼고 있는 영감을 비추고, 2연은 불이 꺼질 때 까지 불빛을 낼 것이며, 3연은 등잔불은 타기 시작하는 순간부터 의의가 있으니, 4연은 기름을 조금도 남기지 않고 아낌없이 타다가 꺼지며, 4연은 등잔불이 꺼져도 사라지지 않고 빛난다는 내용으로 시상을 전개하고 있다. 불꽃과 심지가 타들어가면서 환하게 밝히는 희생은 영원히 빛날 것이라는 주제를 형상화한 작품이다. 새로 밝힌 작품 중에 일제 강점기에 쓴 시조 「春愁」와 「밤ㅅ새」 2편이 있다. 전문은 아래와 같다.

    장독대 엽헤 돗는란초는 엽브기도하이

    새풀이 자랄사록

    그대생각으로만 찬 나의마음에는

    서럼이 자라나니 새서럼이 자라나니

    그대는 지금어데잇노

---

12 정병욱 · 최승범 편, 『가람일기』, 청구문화사, 1976.

그고장에도 봄이오고 쏘풀이자라거든

내가 그대를그려 서러함을보소

장독대 엽헤 란초가 치나자랏네

―「春愁」 전문[13]

山은 나직하여

므리므리한 그림자만 멀직히 조흐는데

한밤ㅅ중이면 물도드나드지안는지

물무에로 걸어갈듯이나 십다

마을에 등불은 모조리 써지고

게우 두서네게 남어젓고나

내가 잠못니뤄 海岸을 헤메는

이밤에사 말고

별은 웨저리도 총총하며

이슬은 웨이리도 차게나리는고

아―저건쏘 무슨샌가?

제발 우지나 좀마랏스면………

―「밤ㅅ새」 전문[14]

---

13 『신민』 15호, 1926.7.
14 『신민』 15호, 1926.7.

두 작품은 『신민』 15호에 발표된 "우리의 시조문화가 그 음악성을 상실하면서 생명력이 쇠잔해질 무렵에 시조의 문학성을 근거로 시조중흥의 길"을 모색하던 시기에, "정형률이 가져오기 쉬운 부자연스러운 이물감"없이 "우리말 구어의 호흡과 시조의 묵은 율격이 한 데 녹"[15]여 내고 있다. 그리고 "고시의 창의적 재구, 의유와 반복의 율조, 조어의 대립적 배경"[16] 등의 형식적 특징도 확인된다. 「春愁」는 그리운 대상에 대한 그리움을 '난초'에 빗대어 묘사한 작품이고, 「밤ㅅ새」는 잠 못 드는 밤에 더욱 예민해진 감각을 드러낸 작품이다. 두 작품 모두 "절절단장의 운조는 시구의 뜻 여하없이 잊히지 않는 인상을 준다."[17] 그리고 일기체와 회화체를 살리는 시적 장치가 확인된다는 점에서 조운 시의 특징을 잘 보여주는 작품들이라고 할 수 있다. 이상의 작품 3편이 잡지에 발표되었다면 신문지상에 발표된 작품은 「달」, 「별」, 「누이를 보내고」가 있다. 모두 『매일신보』에 발표한 작품들이다. 발굴하는 과정을 통해 발표지면도 처음으로 밝혀지게 되었다. 먼저 발굴한 단시조 「달」과 「해」를 옮기면 다음과 같다.

달이 무엇이든고 뭣이길래 이러는고

오랑캐도 니가시러 물어가지 못가거늘

---

15 정양, 「조운의 시조와 역사인식」, 『한국언어문학』 47집, 한국언어문학회, 442쪽.
16 임선묵, 『근대시조집의 양상』, 단대출판부, 1983. 111~114쪽.
17 조남령, 「현대시조론」, 『문장』 20호, 1940, 159쪽.

얼릴듯 창에빗최어 맘만덥게 하는고

—「달」 전문[18]

신방에 드는쳐자 지는해에 비길진데

안개 거들치고 둥두렷이 돗는해는

치마폭 거머쥐고나서는 신부인듯하여라

—「해」 전문[19]

두 작품은 『조운시조집』[20]에 실려 있는 「별」과 함께 발표된 작품
이다. 그런데 『조운시조집』에는 「별」만 있고, 그동안 「별」에 대해서
는 발표한 지면도 밝혀지지 않았다. 두 작품을 발굴하는 과정에서
「별」의 발표지면이 밝혀지게 된 셈이다. 시조 「별」, 「달」, 「해」의
'별'과 '달'과 '해'는 천상에서 지상을 비추는 대상들이고, 빛을 발하
여 밝혀준다는 유사성을 갖고 있다. 그래서 한 지면에 동시에 발표
한 것으로 추정되는 데 단순하고 명료하게 주제를 드러내는 단형시
조의 특징을 잘 살려낸 작품이다. '달'과 '해'의 외적 형상의 묘사가
아닌 심정의 묘사가 두드러진다는 점에서 「채송화」나 「고매」 같은
단형시조와는 다른 지점에 놓인다. 조운은 "대상의 즉물적 감흥을
일상 언어로 평이하게 묘사하면서 시적 자아는 객관적 거리감을 유

---

18 『매일신보』, 1932.7.1.
19 『매일신보』, 1932.7.1.
20 조운, 『조운시조집』, 조선사, 1947.

지"[21]하고 있는 특징이 재확인된다. 뿐만 아니라 대상을 객관화하여 표현함으로써 '달'과 '해'가 상징하는 관습적인 상징이 아닌 '달'은 정한을, '해'는 부끄러움을 상징한다. 시인의 감정을 투영하여 묘사함으로써 새로운 상징으로 대상을 객관화하고 있는 것이다.

조운은 가족애가 깊었던 시인이다. 시조 「상추쌈」은 가족들이 모여 앉아 먹었던 상추쌈 대회를 모티브 삼은 작품이고, 「아버지 생각」은 아버지를 그리워하면서 쓴 작품이며, 「어머니 회갑날」도 어머니의 삶을 그린 작품이다. 이처럼 조운의 작품에는 여러 편에 걸쳐 가족의 삶을 형상화한 작품이 많다. 그의 가족애를 확인할 수 있는 시조 「누이를 보내고」는 가족애의 정도와 깊이를 알 수 있는 작품으로 발굴의 의미가 더욱 각별하다. 전문을 옮기면 다음과 같다.

새도록 퍼붓고도 머질줄을 모르는고
가는네마음이 보내는나 갓게드면
細雨도 핑게를삼아 하로묵어 갈랏다

큰놈은 신을벗겨 담뇨우에 안치우고
업힌애 돌처안으며 흑흑늑겨 쓸어지니
내고개 구더진듯이 江건너만 보인다

21 조창환, 「조운론」, 『인문논총』 1, 아주대 인문과학연구소, 1990, 87쪽.

북간도 이사꾼은 그래도 호강이야

남편의 무쇠가튼 팔쑥에나 매달리지

어린애 늙은어머니를 약한네가 엇절네

어느듯 淸凉里라 나는예서 나리란다

會嶺이 千八百里 一晝夜를 간다건만

이러듯 잠깐이면야 낫안에는 못가리

빗발은 내쌤을치며 車窓을또 두드린다

汽笛이 멋자마자 에고옵바 나는소리

머리가 쭈썻하더니 오르르 썰린다

차라리 못할말로 죽어가는 길이라면

이러틋 쓰럽게 안니치든 안을지며

손우의 누이만되어도 이닥지는 안으리

돌치서 터벅터벅 비마지며 걸어오니

『옵바 못가겟소』 울부지며 싸르는듯

무침코 도라다보고 헛기침만 하엿다

비도 얄궂지 써나자곳 개더니만

旅館 찬방에 밤기프자 쏘다진다

城津을 지널째쯤은 제발오지 마라다오

내하로가 이리길제 얼마나 너는머냐?
汽車 時間表와 時計를 겨테노코
지금은 여기쯤이나하며 쓴채밤을 새윗다

二十八日上午八時三十四分
지금은네가 부령역에 다엇스리라
　　　　　　　　―「누이를 보내고」 전문[22]

　　조운은 1919년 독립운동을 위해 망명한 만주에서 최서해를 만났고, 귀국한 후 최서해가 『조선문단』에서 편집을 맡으면서부터는 문학적 인연도 깊어졌다. 그리고 최서해가 조운의 여동생인 조분례와 혼인함으로써 가족이 되었다. 그런데 최서해가 갑자기 사망하면서 불행해지게 되었다. 최서해가 세상을 떠나기 직전인 1932년 5월 27일에도 조운은 최서해와 서울 조선일보사 앞에서 가람 이병기를 만나 청량사에서 뒷산에 올랐고, 이은상, 문일평, 국기열, 이하윤, 최상덕, 피천득, 함병업, 설의식, 최의순과 담소를 나누었으며, 김억이 즉석에서 열린 이은상의 『노산시조집』 출판기념식을 열고 개회사를 하고, 저녁식사와 음주를 함께 했다. 그리고 5월 31일에는 가람 이

---

22 『매일신보』, 1932.9.29.

병기와 서울시 체부동 118번지 최서해 집에서 저녁을 먹었다. 6월 3일에는 최서해와 함께 이병기를 찾아가『가곡원류』,『청구영언』,『해동가요』를 빌려 오는 등 문학적으로 깊어졌다. 이렇게 조운과 최서해는 가족으로 문우로 함께 했다. 그런데 최서해는 7월 7일 복부수술 후 혼수상태가 되었고, 7월 9일 세상을 떠나고 말았다. 조운은 이병기와 손을 잡고 같이 울었고, 7월 11일에 정지용, 현철, 방인근, 박종화가 함께 장례를 치렀다. 조운의 여동생 조분례는 최서해가 세상을 떠난 뒤 9월 27일에 시어머니(최서해의 어머니)와 두 아들을 데리고 최서해의 고향 근처인 회령으로 떠났다.[23]

이것이 시조「누이를 보내고」를 쓴 배경이다. 최서해가 1932년 7월 9일 세상을 떠났고, 분례는 9월 27일 회령으로 떠났는데 이 작품은 "二十八日上午八時三十四分"에 썼고, "지금은 네가 부령역에 다 엇스리라"에서 밤새 동생의 기찻길과 동행했음을 알 수 있다. 그리고 다음날 9월 29일에 발표되었다. 저간의 배경은 최서해의 사망에 따라 여동생 분례가 최서해의 고향인 회령으로 떠나는 모습과 그 날 그 순간, 그리고 밤새도록 동생인 분례 걱정에 잠 못 드는 오라비의 심정이 선명하게 드러나 있다. 남편을 잃고 걸리고 업은 어린 형제와 시어머니를 모시고 멀리 떠나야 하는 동생의 모습을 바라봐야 하는 오라비의 비감이 9수의 시조에 담겨 있다. 그렇게 떠나보낸 동생도 떠난 지 삼 년 만인 1935년 6월 14일에 회령에서 세상을 떠나고

---

23 정병욱·최승범 편,『가람일기』, 청구문화사, 1976(세세한 날짜는『가람일기』를 따랐다).

말았다.[24] 그 슬픔을 시조 「서해야 분례야」에 읊은 바 있다. 따라서 이 시조의 발굴은 그보다 먼저 매제인 최서해가 세상을 떠난 직후 멀리 떠나는 동생의 모습을 담은 시조라는 점에서, 그리고 동생 분례에 대한 사랑을 보여주는 작품이라는 점에서 특별한 지점에 놓이는 작품이라고 할 수 있다.

또 이번에 발굴한 작품 중에 「갖옷 말아 안고」가 있는데 이 작품은 창작시조가 아니라 번역시다.

1

갖옷 말아 안고 수우잠에 집엘 가니

흰 니 비인 뜰은 눈쌓인체 쓸도 않고

갓피인 梅花 한그루 鶴이 門을 지킨다.

(原詩)

坐擁貂裘小睡溫 依依歸夢訪國園

雪晴溪館無人掃 一樹梅花鶴守門

—藕船 李尙迪

2

궂은비 날잡아두고 짐짓 개지 않는것가

<hr>

窓밖에 江물소리 진종일 듣노라니

꾸꾸꾹 살구꽃밑에 비둘기가 우노라

(原詩)

好雨留人故不晴 隔窓終日聽江聲

班鳩又報春消息 山杏花邊款款鳴

—保閑齊 申光漢—

3

처마에 나는 제비 깁소매에 지는 꽃잎

뷔인 洞房에 무엇이아니 설음이꼬

江풀은 푸르고 푸른데 임은 아니 오시네

(原作)

燕掠斜겯雨雨飛 落花僚亂撲羅衣

洞房極日傷春意 草綠江南人未歸

—許蘭雪軒—

(譯時調 "石羊集"抄)

—「갖옷 말아 안고」 전문[25]

25 『민성』 5권 1호, 1948.12.30.

무엇보다도 시조 「갖옷 말아 안고」는 조운이 번역한 유일한 시조를 발굴한 것이다. 그런데 직역한 시조가 아니고 의역한 시조로, 시인 조운이 처음으로 번역한 첫 한시로서 의미가 있다. 첫 번째 수는 이상적의 한시로 귀가한 집안 풍경을 '눈', '매화', '학'을 통해 선명하게 그려냈고, 두 번째 수는 신광한의 한시로 하루 종일 그치지 않고 내리는 비에 지진 심경의 묘사가 뛰어나며, 세 번째 수는 허난설헌의 한시로 '님'을 기다리는 심정을 잘 드러냈다. 한시가 갖고 있는 원뜻을 시조의 시형에 맞게 번역하였을 뿐만 아니라 원작자의 내면 심리를 잘 살려냄으로써 번역시이지만 또 하나의 시조로서 가치가 있다. 이상 새로 발굴한 조운 작품 목록은 다음과 같이 정리된다.

발굴한 작품 목록

제목	발표지	발표일	기타
燈盞ㅅ불	『신민』 4호	1925.8	시
春愁	『신민』 15호	1926.7	시조
밤ㅅ새	『신민』 15호	1926.7	시조
달	『매일신보』	1932.7.1	시조
해	『매일신보』	1932.7.1	시조
누이를 보내고	『매일신보』	1932.9.29	시조
갖옷 말아 안고	『민성』 5권 1호	1948.12.	飜譯詩
평양 8경을 찾아	『문학신문』	1957.10.10	북한, 시조

정리한 위 목록에서 확인되는 것처럼 발굴한 작품들의 발표지면을 알 수 있다. 이 중에서 조운이 발표한 지면 중 처음 밝혀진 지면은 『매일신보』다. 『매일신보』에는 「달」, 「해」와 함께 발표했던 시조

「별」이 있다. 「별」은 『조운시조집』에 있는 작품으로 이번에 지면이 밝혀지게 되었다. 그리고 「평양 8경을 찾아」는 그동안 북한에서 발표한 작품 목록 및 연구에서 빠져있던 작품으로 『문학신문』에 발표했다. 조운은 월북한 이후 "모두 8편의 창작시조를 내놓았다. 1950년대의 것인 「《아브로라》의 포성」과 「평양 8관」, 그리고 1960년과 1961년 『시문학』에 이어서 실었던 6편"[26]으로 알려졌는데 이제껏 묻혔던 시조 「평양 8경을 찾아」가 확인됨에 따라 여기에 1편이 더 추가된다.

을밀대의 봄(乙密臺春)

빈공에 솟을 다락 좌우로 흐르는강

강건너 들이요 들건너 산이로다

한눈에 천리춘색을 먼저 찾아 즐긴다

부벽루의 달(浮碧樓月)

새기둥 나뭇잎새 안아보고 싶은마음

달도 추녀끝에 매달리려 하는구나

너 또한 부벽루없이 무슨달맛이리요

*폭격에 헐린 부벽루는

금년에 새로 세웠다

26　박태일, 「재북시기 조운 시조의 한 양상」, 『열린정신 인문학연구』 16권 2호, 2015.12, 238쪽.

영명사의 중(永明寺僧)

천년 고찰이요 국중명찰이더니라

미제의 란폭(亂暴)으로 일조에 빈터되다

나무로 새긴 부천들 정만넘츨 있으리

애련당 비소리(連堂聲雨)

애련당 그어덴고 예인지 오래란다

련광정 란간에 비껴들던 한늙은이

재로선 5층집 가리키며 (그자린가 싶으오)

보통문 손님 전송(普通送客)

만리 풍설중에 부디편안히 다녀오소

울며불며 애를끊던 보통문 처마밑에

부러운 국제 별차가 예보란듯 달린다

통산의 푸른빛(通山漫翠)

뜨는별엔 청둥오리 지는별엔 한서린듯

노상 푸른결은 늦가을이 제철이다

비개자 구름가시니 더욱멋이로구나

수례문 뱃노리(車門泛舟)

퍼얼펄 공화국기 휘날니며 닿는배에

한말 물자구나 수레문이 어드메요

뚝 안이 백치섬이니 게가물어 보시오

*수레문 건너에 있던 백치섬(白痴島)이 록지가 되어 강둑안에 들었다.
지금은 이를 전리라 한다

마탄의 봄물(馬灘春深)

단비가 한밤새에 무던히 왔나부다

안주벌 중화벌에 대여주고 남은물이

제풀에 바쁜냥하여 뒤둥그려 흐른다

一九五七. 一○

—「평양 8경을 찾아」 전문[27]

　　북한에서 쓴 이 시조는 평양의 팔경을 읊은 연시조다. 조운은 「을
밀대의 봄」, 「부벽루의 달(浮碧樓月)」, 「영명사의 중(永明寺僧)」, 「애련
당 비소리(蓮堂聲雨)」, 「보통문 손님 전송(普通送客)」, 「통산의 푸른빛
(通山漫翠)」, 「수레문 뱃노리(車門泛舟)」, 「마탄의 봄물(馬灘春深)」을 평
양의 팔경으로 꼽아 정취를 그려냈다. 월북 이전의 작품들에 비해 시
적 긴장과 압축과 절제미가 사라지긴 하였지만 그의 시조적 특성을
잘 유지하고 있다. 이 시기에 쓴 북한체제에 대한 고무와 찬양을 담
고 있는 「평양팔관」은 북한체제를 전면적으로 옹호하고 있는 작품

---

27 『문학신문』, 1957.10.10.

인데 비해 이 작품에는 일곱째 수인 「수례문 뱃노리(水門泛舟)」에 '퍼얼펄 공화국기 휘날니며 닿는배에'라는 구절에만 직접적으로 드러나 있을 뿐, 작품 전면에 드러나진 않았다. 특히 「법성포12경」 등 경치를 읊을 때만 썼던 연시조를 북한체제에서도 고수하였다는 사실은 월북이전에 썼던 시조와 크게 다르지 않다. 또한 월북했던 시인 박팔양이나 임화, 김상훈 등은 북한체제에 대한 고무와 찬양 일색의 작품을 발표한 것과도 구별될 뿐만 아니라 북한에서도 시조에 천착하였다는 사실은 그가 문학적 정체성을 유지하기 위해 애쓴 흔적이라고 하겠다.

발굴한 시와 시조 외에도 새로 발굴한 산문은 「조선말과 인민」,[28] 「인민시인 신재효」,[29] 「조선음식」[30] 등 3편이 발굴되었다. 또 최근에 가람 이병기 손자에 의해 발견된 『현대시조삼인집』에는 그동안 알려지지 않은 조운의 시조 「第三秋夕」과 「고향소식」이 발굴됨에 따라 조운 시조와 작품세계의 지평이 넓어지게 되었다.

3. 결론

조운은 시사에서 중요한 지점에 있는 시인이다. 현대시에서 출발

---

28 『조선중앙일보』, 1948.4.6.
29 조운, 『문학신문』, 1957.12.5.
30 조운, 「조선음식」, 『천리마』, 1964.4.

하였던 그가 시조로 시형을 바꾸어 창작하였다는 점에서 창작시조의 발달과정 뿐만 아니라 시조에 대한 연구의 지평을 넓혔다. 발굴한 작품은 창작시 1편과 시조 6편과 번역시 1편으로 결코 적지 않은 작품이다. 이 작품들은 그의 전성기의 작품을 포함하고 있어 그의 문학세계를 깊이 이해하는 데 도움이 될 것이다.

처음으로 공개한 작품은 시「燈盞ㅅ불」, 시조「春愁」, 「밤ㅅ새」, 「달」, 「해」, 「누이를 보내고」이다. 시「燈盞ㅅ불」은 시조로 시형을 바꾸어 가는 과정에 있었던 작품으로 현대시와 시조의 시형이 발견되는 작품으로 연구 가치가 있다. 연시조「春愁」, 「밤ㅅ새」와 단형시조「달」, 「해」는 시조창작의 전성기 작품으로 시형에 대한 고민과 언어의 절제미를 볼 수 있다는 점에서, 연시조「누이를 보내고」는 최서해의 가족사가 담겨 있다는 점에서 문학적 가치가 높다. 이 작품들은 조운의 문학적 생애와 시조 연구에 중요한 작품으로, 장르 전환 과정을 알 수 있게 되었다는 점에서 가치와 의의가 있다.

또한 유일한 번역시「갖옷 말아 안고」는 직역보다는 의역으로 한시의 원저자의 심경을 잘 살려내고 있는데 그가 한시를 깊이 이해하고 있었음을 확인할 수 있다. 북한에서 쓴「평양 8경을 찾아」는 체제에 대한 옹호를 최소화하면서 평양의 팔경을 연시조로 읊고 있다는 점에서 문학적 정체성을 유지하기 위해 애썼다는 사실도 알 수 있다. 이상의 시문학 작품을 발굴하는 과정에서의 작품 세계를 한층 깊이 있게 이해할 수 있게 되는 토대가 되는 산문 3편을 발굴한 것도 의미 있는 수확이다. 따라서 발굴한 작품이 문학적 의미를 더하는 연구의 대상이 됨으로써 조운의 문학작품 연구의 지평이 넓어지게 되었다.
조운의 작품 전체를 깊이 이해하는 데 단초가 될 수 있기를 바란다.